내 휴식과
이완의 해

My Year of Rest and Relaxation
by Ottessa Moshfegh

이 도서의 국립중앙도서관 출판예정도서목록(CIP)은
서지정보유통지원시스템 홈페이지(http://seoji.nl.go.kr)와
국가자료종합목록 구축시스템(http://kolis-net.nl.go.kr)에서 이용하실 수 있습니다.
(CIP제어번호: CIP2020009436)

내 휴식과 이완의 해

오테사 모시페그 장편소설 | 민은영 옮김

My Year of Rest and Relaxation

Ottessa Moshfegh

문학동네

일러두기

1. 주석은 모두 옮긴이주다.
2. 본문 중 고딕체는 원서에서 이탤릭체 등으로 강조한 부분이다.
3. 장편 문학작품은 『』, 연속간행물·영화·방송·음악·미술작품 등은 〈 〉로 구분했다.

루크를 위해.

내 사랑. 오직 하나뿐인.

차례

네가 똑똑하거나 돈이 많거나 운이 좋다면
인간의 법칙을 피할 수 있을지도 몰라.
하지만 영혼이라는 내면의 법칙은
그리고 자연이라는 외부의 법칙은
어떤 인간도 피할 수 없어
그 어떤 인간도……

〈린지에 사는 늑대〉, 조니 미첼

하나

나는 잠에서 깰 때마다, 밤이건 낮이건, 내가 사는 건물의 밝은 대리석 로비를 터덜터덜 지나 근처 길모퉁이에서 24시간 영업하는 보데가*로 가곤 했다. 그곳에서 대용량 커피 두 잔을 사서 각각에 크림과 각설탕 여섯 개를 넣은 후 첫번째 잔은 아파트로 돌아가는 엘리베이터 안에서 단숨에 들이켰고, 두번째 잔은 영화를 보고 동물 모양 크래커를 먹고 트라조돈과 앰비언과 넴뷰탈을 복용한 후 다시 잠들 때까지 천천히 마셨다. 이런 방식으로 시간의 흐름을 잊었다. 며칠이 지났다. 몇 주가, 몇 달이 흘러갔다. 생각이 나면 길 건너 태국 음식점에 주문 전화를 하거나 피

* 주로 24시간 영업하며 식료품과 주류 등을 파는 잡화점.

스트 애비뉴에 있는 간이식당에서 참치샐러드를 배달시켰다. 자다가 깨서 보면, 잠결에 예약한 미용실이나 스파에서 예약을 확정하려는 음성메시지가 휴대전화에 남겨져 있었다. 매번 다시 취소 전화를 했는데, 사람들과 얘기하기를 싫어하는 나로서는 달갑잖은 일이었다.

이 단계 초기에 나는 더러운 세탁물 수거와 깨끗한 세탁물 배달이 일주일에 한 번씩 이뤄지도록 조치해두었다. 찢긴 비닐봉지가 거실 창문으로 들어오는 바람에 바스락거리는 소리를 들으면 마음이 편해졌다. 소파에서 잠에 빠져들 때 코끝에 스치는 깨끗한 세탁물 냄새가 좋았다. 하지만 얼마 후에는 더러워진 옷들을 모아 세탁물 가방에 넣는 일이 너무 귀찮아졌다. 그리고 집안의 세탁기와 건조기 소리는 내 잠을 방해했다. 그래서 더러워진 팬티는 그냥 버렸다. 어쨌거나 예전 속옷들은 트레버를 떠올리게 했다. 한동안 빅토리아스시크릿의 조잡한 속옷들이 우편으로 도착했다. 투명 비닐봉지에 개별적으로 밀봉된 자홍색과 연두색의 프릴 달린 끈팬티들, 곰돌이 무늬나 원피스 형태의 잠옷들. 나는 그 봉지들을 벽장에 처박아둔 채 속옷을 입지 않고 지냈다. 이따금 바니스나 삭스 백화점에서 남자용 파자마를 비롯해 주문한 기억도 나지 않는 다른 물건들—캐시미어 양말, 그림이나 글씨가 있는 티셔츠, 명품 청바지—이 소포로 배달되었다.

샤워는 잘해야 일주일에 한 번 했다. 눈썹 뽑기와 탈색과 제모, 심지어 머리 빗기까지 그만두었다. 보습제나 각질제거제도 바르지 않았다. 털을 밀지도 않았다. 아파트에서 나가는 일도 드물었다. 모든 공과금은 자동납부로 처리했다. 내 아파트와 돌아가신 부모님이 살던 뉴욕주 북부 옛집의 재산세도 일 년 치를 미리 냈다. 그 집 세입자에게 받는 월세는 매달 내 예금 계좌로 직접 송금되었다. 실업수당도 일주일에 한 번 자동응답 서비스로 전화를 걸어 성실한 구직활동을 했는지 묻는 로봇에게 '그렇다'는 의미로 '1'을 누르기만 하면 저절로 들어왔다. 그 정도면 내 모든 처방약에 대한 본인 부담금과 보데가에서 쓰는 물건값을 충당하기에 충분했다. 게다가 내게는 투자금도 있었다. 돌아가신 아버지의 재정 관리자가 투자금 현황을 꾸준히 파악해 분기별로—나는 한 번도 읽은 적 없는—내역서를 보내주었다. 예금 계좌에는 엄청난 일을 벌이지만 않는다면 이삼 년은 충분히 살 수 있을 만큼 많은 돈이 있었다. 그뿐만 아니라 비자카드의 신용한도도 높았다. 돈 걱정은 하지 않았다.

'동면'에 들어가서, 할 수 있는 데까지 잠을 자기 시작한 때는 2000년 6월 중순이었다. 나는 스물여섯 살이었다. 여름이 물러가고 가을이 춥고 우중충해져가는 모습을 부서진 블라인드 널판 틈으로 바라보았다. 근육이 위축되었다. 보통은 TV 앞 소파 위에서 잠들곤 했는데도 침대 시트가 누레졌다. 포터리반 제품인 파란색과 흰색 줄무늬 소파는 아래로 푹 꺼지고 커피와 땀 얼룩으로 뒤덮였다.

깨어 있는 시간에는 영화 보기 말고는 하는 일이 별로 없었다. 일반 TV 프로그램을 보면 견딜 수 없었다. 특히 초기에 심했는데, TV를 보면 너무 크게 자극을 받은 나머지 모든 것을 조롱하고 흥분하며 강박적으로 리모컨을 눌러댔다. 감당할 수 없었다. 읽을 수 있는 유일한 뉴스는 보데가에서 파는 지역 일간지의 선정적인 헤드라인뿐이었다. 커피값을 치르며 그것들을 재빨리 훑깃거렸다. 부시 대 고어 구도의 대통령 선거. 어느 중요 인사가 죽었고, 아이가 납치되었고, 상원의원이 돈을 횡령했고, 유명 운동선수가 임신한 아내를 두고 바람을 피웠다. 뉴욕시에서는 많은 일이 벌어지고 있었지만—그건 항상 그렇다—그중 어느 것도 내게 영향을 미치지 않았다. 이것이 잠의 멋진 점이었다. 현실이 분리되어 영화나 꿈처럼 무심히 내 정신에 나타난다는 것. 나와 관련 없는 일은 쉽게 무시할 수 있었다. 지하철 노동자들이 파업에 들어갔다. 허리케인이 왔다가 갔다. 다 상관없었다. 외계인이 침공했거나 메뚜기떼가 극성을 부렸을 수도 있고, 내가 그런 사실을 알아차렸을 수도 있지만, 그랬더라도 걱정하지 않았을 것이다.

약이 더 필요할 때는 세 블록 떨어진 곳에 있는 라이트에이드*까지 나가기도 했다. 언제나 괴로운 길이었다. 퍼스트 애비뉴를 따라 걷다보면 온통 움츠러들 일뿐이었다. 나는 세상에 나오고 있는 태아 같았다. 공기도 아프고 빛도 아프고 세상의 곳곳이 현란하고 적대적으로 보였다. 이런 외출을 하는 날에만 술에 의존했다. 보드카를 한 잔 마시고 밖으로 나간 후, 예전에 인생을 사는 척하며 바깥으로 나돌 때 자주 가던 식당과 카페를 모두 지나갔다. 그런 경우가 아니면 아파트 주변 한 블록 반경을 벗어나지 않으려 했다.

보데가에서 일하는 남자들은 전부 젊은 이집트인이었다. 정신과 의사 닥터 터틀, 친구 리바, 아파트 건물 수위들을 제외하면 내가 정기적으로 보는 사람은 그 이집트인들뿐이었다. 다들 잘생긴 축에 속했는데 두세 명이 특히 괜찮았다. 각진 턱과 남자다운 이마에 두꺼운 눈썹은 애벌레 모양이었다. 그리고 다들 눈에 아이라이너를 칠한 것처럼 보였다. 다 합치면 대여섯 명쯤 되었을 테고, 내 추측으로는 서로 형제나 사촌이었다. 차림새를 보면 가까이하고 싶은 마음은 들지 않았다. 그 남자들은 축구 티셔츠에 가죽 재킷을 입고 십자가 달린 금 사슬 목걸이를 걸었으며 라

* 미국의 대형 드러그스토어 체인.

디오는 Z100* 채널을 틀어두었다. 유머 감각이라고는 전혀 없었다. 처음 그 동네로 이사했을 때 그들은 내게 때로는 짜증이 날 정도로 추근댔다. 하지만 내가 이상한 시간에 눈곱이 끼고 입가에 침이 굳은 모습으로 터덜터덜 가게에 들락거리기 시작하면서 그들은 내 애정을 얻으려는 노력을 멈췄다.

"뭐가 묻었네요." 어느 아침에 계산대 뒤에 앉은 남자가 기다란 갈색 손가락으로 자기 턱을 가리키며 말했다. 나는 그냥 손을 내저었다. 나중에 보니 얼굴 여기저기에 치약이 묻은 채 굳어 있었다.

그렇게 지저분하고 잠이 덜 깬 손님으로 나타나기를 몇 달간 반복했더니 그 이집트인들은 나를 '보스'라 부르기 시작했고, 간간이 내가 내민 50센트에 기꺼이 낱개 담배를 팔았다. 커피를 살 수 있는 곳은 수없이 많았겠지만 나는 그 보데가가 좋았다. 거리가 가까웠고, 커피 맛이 일관되게 나빴으며, 브리오슈나 거품 없는 라테 따위를 주문하는 사람과 마주칠 필요가 없었다. 코흘리개 아이들도, 스웨덴 출신 오페어**도 없었다. 멸균 처리한 듯 말쑥한 전문직 종사자들도, 데이트하는 사람들도 없었다. 그곳의

* 최신 인기곡을 내보내는 뉴욕의 라디오 채널.

** 입주 보모로 일하며 급여를 받고 그 나라의 언어와 문화를 익히는 사람들.

커피는 노동 계층—수위와 배달부, 수선공, 식당 종업원, 가정부—의 커피였다. 공기 중에는 싸구려 청소용 세제와 곰팡이 냄새가 진동했다. 아이스크림과 아이스바와 얼음이 든 플라스틱 컵으로 채워진 서리 낀 냉동고에도 살 만한 것들이 있었다. 계산대 위에 놓인 투명한 플렉시글라스 칸막이 안에는 껌과 사탕이 가득 들어 있었다. 변하는 건 아무것도 없었다. 줄 맞춰 진열된 담배, 둥글게 말아놓은 스크래치 복권, 열두 가지 다른 브랜드의 생수, 맥주, 샌드위치, 아무도 사지 않는 고기와 치즈가 진열된 케이스, 오래된 포르투갈식 빵이 놓인 쟁반, 비닐로 개별 포장된 과일이 담긴 바구니, 벽면 가득히 꽂힌 잡지들. 나는 그 잡지들에 눈길을 주지 않았다. 일간지 헤드라인 외에는 아무것도 읽고 싶지 않았다. 내 지력을 자극하거나 부러움이나 불안을 일으킬 수 있는 것은 무엇이든 멀리했다. 나는 늘 고개를 숙이고 다녔다.

리바가 가끔 와인 한 병을 들고 아파트에 나타나 내 옆에 있어주겠다고 고집을 부렸다. 그녀의 어머니는 암으로 죽어가고 있었다. 다른 이유도 많았지만 그 때문에라도 나는 리바를 만나고 싶지 않았다.

“내가 온다는 걸 잊었니?” 리바는 나를 지나쳐 곧장 거실로 들어가 불을 켜며 묻곤 했다. “어젯밤에 우리 얘기했잖아, 기억해?”

앰비언이든 솔포톤이든 다른 어떤 약이든, 복용한 약이 막 효과를 내기 시작할 때 나는 리바에게 전화하기를 좋아했다. 그녀의 말에 따르면 내가 해리슨 포드나 우피 골드버그 얘기만 하려 한다는데 그래도 자기는 괜찮다고 했다. "어젯밤에 네가 〈실종자〉의 줄거리를 처음부터 끝까지 얘기했잖아. 차에 코카인을 싣고 달리는 장면도 설명했어. 계속 그 영화 얘기만 해대더라."

"그 영화 속 에마뉘엘 세녜르가 굉장히 멋져."

"어젯밤에도 똑같이 말했어."

리바가 나타나면 나는 안심과 짜증을 동시에 느꼈는데, 자살을 감행하려다 누군가의 방해를 받으면 아마도 그런 감정이 들 것이다. 내가 자살을 하려 했다는 말은 아니다. 사실 그건 자살과 정반대였다. 나의 동면은 자기보존을 위한 것이었다. 그렇게 해서 내 생명을 구하게 될 거라고 생각했다.

"이제 들어가서 샤워해." 리바는 부엌으로 가며 그렇게 말하곤 했다. "난 쓰레기를 치울게."

나는 리바를 사랑했지만 더이상 좋아하지는 않았다. 우리는 대학 때부터 친구로 지냈는데, 그간의 시간이 지나고 우리에게 남은 유일한 공통점은 함께한 역사뿐이며, 그것은 원망, 추억, 질투, 부정, 그리고 그녀가 내게서 빌려 가며 드라이클리닝해서 돌려주기로 약속했지만 그러지 않은 옷 몇 벌로 이루어진 복잡한 회로였다. 리바는 미드타운에 있는 보험중개사에서 임원 비서로 일했다. 외동딸에, 헬스장에서 살다시피 했고, 목에 플로리다주 모양의 붉고 얼룩덜룩한 모반이 있으며, 껌을 씹는 습관 때문에 측두하악골 증후군이 생겼고, 입에서는 계피와 풋사과 사탕 냄새가 났다. 그녀는 내 집에 와서 안락의자 위를 치우고 앉을 자리를 마련한 후 아파트의 상태에 대해 지적하고, 내가 살이 더 빠진 듯 보인다고 말하고, 자기 직장에 대해 불평하기를 즐겼는데, 그러는 내내 와인을 마시며 한 모금만 비어도 잔을 채웠다.

"사람들은 내 처지를 이해 못해. 내가 시도 때도 없이 쾌활한 사람인 줄 알아. 게다가 이 새끼들은 아랫사람이면 누구든 개똥처럼 대해도 된다고 생각한다니까. 그런데 난 실실 웃으면서 귀엽게 굴고 팩스나 대신 보내야 한다는 거야? 엿 먹으라고 해. 다들 대머리나 되어 지옥에서 불타라지."

리바는 상사인 켄과 연애중인데, 그는 아내와 아이가 있는 중년 남자였다. 그녀는 켄에게 집착하는 제 마음은 터놓고 얘기하면서도 둘이 자는 사이라는 점은 숨기려 했다. 언젠가 회사 안내책자에 실린 그의 사진을 보여준 적이 있다. 큰 키에 어깨가 넓고, 흰색 버튼다운 셔츠에 파란색 넥타이를 맸는데, 얼굴 생김새는 어찌나 평범하고 지루한지 플라스틱 주형으로 뜬 것만 같았다. 리바는 나이 많은 남자들에게 약했는데 그건 나도 마찬가지였다. 우리 나이대 남자들은 너무 빤하고 다정하고 애정을 갈구한다고 그녀는 말했다. 그녀의 혐오감은 이해됐지만 나는 그런 남자를 만난 적이 없었다. 내가 사귄 남자들은 나이가 적든 많든 다들 무심하고 쌀쌀맞았다.

"네가 워낙 냉랭해서 그래." 리바가 이유를 댔다. "비슷한 사람끼리 끌리는 법이지."

친구로서 리바는 정말 빤했고 다정했고 애정을 갈구했지만, 동시에 굉장히 비밀스럽기도 하고 나를 자꾸 가르치려 들 때도 있었다. 내가 늘 잠만 자려 하는 이유를 이해할 능력이 없든가, 혹은 그저 그럴 생각이 없었다. 항상 내 허물을 들추며 제 도덕적 우위를 내세웠고, 그때그때 내가 들인 나쁜 습관을 지적하며 "정신을 좀 차리"라고 말했다. 내가 잠에 빠지기 시작한 여름에는 "멋진 비키니 몸매를 허비하고 있다"고 나를 꾸짖었다. "담배는 독이야." "바깥에 좀 돌아다녀라." "식사할 때 단백질 섭취는 충분히 하고 있니?" 등등과 함께.

"난 아기가 아니야, 리바."

"난 그저 네가 걱정돼서 그래. 마음을 쓰니까. 널 사랑하니까." 그녀는 말하곤 했다.

우리가 처음 만난 대학 3학년 때 이후로 리바는 조금이라도 저속한 욕망은 맨정신으로 인정해본 적이 없다. 하지만 그녀는 완벽하지 않았다. "자기가 무슨 새하얀 백합이라도 되나." 내 어머니라면 그렇게 말했을 것이다. 나는 리바가 폭식증이라는 걸 오래전부터 알고 있었다. 목에 쓰는 전기 안마기로 자위를 한다는 것도, 성인용품점에서 제대로 된 바이브레이터를 사기가 너무 창피해서 그런다는 것도 알았다. 학자금 대출과 한도까지 꽉 채워 쓴 신용카드들 때문에 빚이 많고, 어퍼웨스트사이드의 자기 아파트 근처 건강식품점의 미용 매장에서 테스트용 화장품을 훔친다는 사실도 알았다. 가는 데마다 들고 다니는 커다란 화장품 가방 속 다양한 물건에 테스트용임을 알리는 스티커가 붙은 것을 보았다. 리바는 허영심과 지위욕의 노예로서, 맨해튼 같은 곳에서는 드물지 않은 유형이었지만 나는 그런 필사적인 태도가 특히 거슬렸다. 그래서 그녀의 지성을 존중하기 어려웠다. 그녀는 브랜드 이름과 유행 추종과 '수준 맞춰' 사는 일에 집착했다. 정기적으로 차이나타운에 가서 최신 명품 가방의 짝퉁을 샀다. 한번은 내게 크리스마스 선물로 두니앤드버크 지갑을 주었다. 그리고 자기 거랑 똑같이 맞춰 가짜 코치 열쇠고리를 사주기도 했다.

얄궂게도 리바는 고급스러워 보이고 싶은 욕망 때문에 항상 더 품위 없어 보였다. "연구한 우아함은 우아함이 아니야." 나는 언젠가 설명하려 했다. "매력은 헤어스타일과 달라. 있거나 없거나, 둘 중 하나거든. 멋스러워 보이려고 노력할수록 더 촌스러워지는 거야." 리바를 가장 아프게 하는 것은 힘들이지 않은 아름다움, 예컨대 나와 같은 아름다움이었다. 언젠가 비디오로 〈비포 선라이즈〉를 함께 보며 그녀가 말했다. "줄리 델피가 페미니스트인 거 알았니? 그래서 살을 더 빼지 않는 걸까? 저 여자가 미국인이었으면 절대로 이 역할에 캐스팅되지 않았을 거야. 저 늘어진 팔 보이지? 여기 사람들은 군살 붙은 팔을 용납하지 않아. 팔에 군살이 붙으면 끝장이야. SAT*와 같지. 점수가 1400점 미만이면 사람 취급도 못 받아."

"넌 줄리 델피의 팔에 군살이 있어서 행복하니?" 내가 물었다.

"아니." 그녀는 한참 생각하다 말했다. "그런 걸 행복이라고 하진 않을래. 흡족함에 더 가깝겠지."

리바가 내게 감출 필요 없다고 느끼는 듯한 한 가지는 질투심이었다. 우리가 친구가 된 이래로 내가 좋은 일이 있다고만 하면 리바는 "불공평해" 하고 투덜거렸고, 그 바람에 그 말은 그녀가 툭하면 풀기 없이 건성으로 외치는 구호처럼 되어버렸다. 내 좋은 성적, 새로운 색깔의 립스틱, 마지막으로 남은 아이스바, 비싼 돈을 주고 자른 머리 등에 대한 자동적인 반응이었다. "불공평해." 나는 그녀의 질투와 분노로부터 나 자신을 보호하려는 것

* 미국의 대학입학자격시험.

처럼 손가락으로 가위표 모양을 만들어 우리 둘 사이에 내밀었다. 언젠가는 그런 질투가 그녀가 유대인이라는 사실과 관련이 있는 건지, 내가 와스프*라 모든 게 쉽게 풀린다고 생각하는 건지 물었다.

"내가 유대인이라서가 아니야." 리바가 그렇게 말한 기억이 난다. 졸업을 앞둔 그때 나는 4학년 한 해 동안 수업을 반 이상 결석했는데도 우등생 명단에 올랐고, 그녀는 GRE**를 망쳤었다. "내가 뚱뚱해서 그런 거야." 사실 그녀는 뚱뚱하지 않았다. 실제로는 굉장히 예뻤다.

"근데 난 네가 좀더 자신을 잘 돌보면 좋겠어." 언젠가 내 아파트에 온 그녀가 잠이 덜 깬 내게 그렇게 말했다. "그건 내가 해줄 수 없잖아. 우피 골드버그가 뭐가 그렇게 좋니? 별로 웃기지도 않잖아. 넌 기분을 띄워줄 영화를 봐야 해. 〈오스틴 파워〉 같은. 아니면 줄리아 로버츠랑 휴 그랜트 나오는 그거 있잖아. 근데 갑자기 너 〈처음 만나는 자유〉에 나오는 위노나 라이더 같다. 하지만 외모는 앤젤리나 졸리랑 더 닮았지. 그 영화에서 금발로 나오잖아."

* 앵글로색슨계 백인 신교도의 줄임말로, 미국 사회의 영향력 있는 계층으로 여겨진다.

** 미국의 대학원입학자격시험.

그녀는 나에 대한 걱정을 이런 식으로 표현했다. 그리고 내가 '약에 취해' 있다는 사실도 좋아하지 않았다.

"그런 약들 먹으면서 술 마시면 정말로 안 된다." 리바가 남은 와인을 마저 마시며 말했다. 나는 그녀가 와인을 전부 마시도록 놔두었다. 대학 시절에 그녀는 술집에 가면서 '심리치료를 받으러' 간다고 표현했다. 위스키사워*를 한 모금에 들이켤 수도 있었다. 술을 마시다가 중간에 애드빌을 먹었다. 그렇게 하면 주량이 높아진다면서. 그 정도면 아마 알코올중독자에 해당할 것이다. 하지만 나에 대해서만큼은 리바의 말이 맞았다. 나는 정말로 '약에 취해' 있었다. 하루에 열두 알도 넘게 먹었다. 하지만 모든 게 잘 조절되고 있다고 나는 생각했다. 전부 완전히 합법적인 약물이었다. 그저 계속해서 자고 싶었다. 계획이 있었다.

"약물중독 같은 거 아니야." 나는 방어적으로 말했다. "잠시 쉬고 있는 거야. 지금은 내 휴식과 이완의 해거든."

"참 운도 좋구나." 리바가 말했다. "나도 좀 일을 쉬고 게으름 피우면서 영화나 보고 온종일 졸다가 깨다가 하면 좋겠지만, 그렇다고 불평하는 건 아니야. 단지 그런 호사를 부릴 여유가 없는 거지." 리바는 술기운이 오르면 소파 테이블에 발을 올려 내 더

---

* 위스키에 과즙을 넣은 칵테일.

러운 옷이나 열지 않은 우편물을 조금씩 바닥으로 떨어뜨리고, 켄에 대해 주저리주저리 늘어놓으면서 그들의 '오피스 로맨스' 드라마의 최신편을 들려주었다. 주말에 할 예정인 재미있는 일들을 자랑했고, 새롭게 시작한 다이어트 규칙을 어겼다며 주말에 헬스장에서 만회해야 한다고 불평했다. 그러다 결국에는 자기 어머니 얘기를 하며 울었다. "엄마와 예전처럼 대화할 수 없어. 정말 슬퍼. 버림받은 느낌이야. 정말, 정말 외로워."

"우린 모두 외로워, 리바." 나는 말했다. 그건 진실이었다. 그녀도, 나도 외로웠다. 이것이 내가 줄 수 있는 최대한의 위로였다.

"엄마 일은 최악에 대비해야 한다는 거 알아. 예후가 좋지 않거든. 그리고 암에 대해서도 내게 다 얘기해주지 않는 것 같아. 그저 너무 절망적인 기분이 들어. 날 안아줄 사람이 있으면 좋겠어. 그거 한심한 거니?"

"애정을 갈구하는 거지." 나는 말했다. "괴롭겠구나."

"켄 일도 그래. 정말 견딜 수 없어. 완전히 혼자가 되느니 차라리 죽어버릴 거야." 그녀가 말했다.

"적어도 대안은 있네."

내가 마음이 내키면 우리는 태국 음식점에서 샐러드를 배달시켜 먹으며 유료 서비스 영화를 보았다. 나는 비디오테이프가 더 좋았지만 리바는 무조건 '새롭고' '인기 있고' '다들 좋다고 하는' 영화를 보려 했다. 근래에 그녀는 우월한 대중문화 지식을 자긍심의 원천으로 여겼다. 유명인에 대한 최신 소문을 알았고 가장 새로운 패션 트렌드를 추종했다. 나는 그딴 것들에 눈곱만큼도 관심이 없었다. 하지만 리바는 〈코즈모폴리턴〉을 꼼꼼히 읽었고 〈섹스 앤드 더 시티〉를 보았다. 미모와 '삶의 지혜'로 남을 이기고 싶어했다. 리바의 부러움은 매우 독선적이었다. 나와 비교할 때 그녀는 '소외 계층'이었다. 그리고 그녀의 조건에 따른다면 그 말이 옳았다. 나는 모델 같은 외모에, 내가 벌지도 않은 돈이 있으며, 진짜 명품 옷을 입었고, 미술사를 전공했다는 이유로 '교양 있는' 사람이었다. 반면 리바는 롱아일랜드 출신으로, 10점 만점에 8점 정도이지만 스스로를 '뉴욕에서는 3점짜리'라 여겼고 경제학을 전공했다. 그녀는 그것을 '괴짜 아시아인들의 전공'이라고 이름 붙였다.

도심 반대편에 있는 리바의 아파트는 엘리베이터가 없는 건물의 3층이었고, 땀에 젖은 헬스장 옷과 감자튀김, 리졸 소독제, 토미걸 향수 냄새를 풍겼다. 그곳으로 이사하면서 내게 여분의 열쇠를 주었지만 오 년간 딱 두 번밖에 가지 않았다. 리바는 자신이 내 아파트로 오는 걸 더 좋아했다. 건물 수위가 자기를 알아봐주고, 금색 버튼이 있는 근사한 엘리베이터를 타고, 사치품을 탕진하는 내 모습을 보는 걸 좋아했던 것 같다. 리바의 어떤 점 때문이었는지 모르겠다. 그녀를 떼어낼 수 없었다. 리바는 나를 숭배하면서 동시에 미워했다. 내가 불행 속에서 허우적대는 것을 보면서 자신의 불운을 잔인하게 패러디한다고 여겼다. 나는 고독하고 목적이 없는 상태를 자발적으로 선택했지만 리바는 그토록 노력하는데도 원하는 것을 얻지 못했다. 남편도, 아이도, 화려한 경력도. 그래서 내가 종일 잠만 자기 시작했을 때, 자기 바람대로 내가 무능한 게으름뱅이로 전락하는 모습을 보며 꽤 흡족해했던 것 같다. 나는 리바와 경쟁할 마음이 없었지만, 따지고 보면 그녀가 괘씸했고 그래서 우리는 언쟁을 했다. 자매가 있으면 이렇지 않을까 상상해본다. 내 모든 결점을 지적할 만큼 나를 사랑하는 사람. 리바는 주말에 밤늦게까지 내 집에 있어도 자고 가지는 않으려 했다. 어차피 나도 원하지 않았겠지만 할일이 워낙 많은 자신을 나 같은 사람은 절대로 이해 못한다는 듯 늘 그렇게 유난을 떨었다.

어느 밤에 나는 폴라로이드로 그녀를 찍어 거실의 거울 틀에 사진을 끼워두었다. 리바는 그것을 정겨운 행동으로 여겼지만 실은 나중에 약기운에 취해 전화하고 싶더라도 함께 있으면 별로 재미없다는 사실을 기억하기 위해 찍은 사진이었다.

"자신감 향상을 위한 CD 세트를 빌려줄게." 내가 어떤 염려나 걱정을 내비치기만 하면 그녀는 이렇게 말하곤 했다.

리바는 자기계발 책과 수련회를 굉장히 좋아했다. 젊은 여성들에게 '잠재력을 최대한 발휘하며 사는 법'을 가르친다는 명목으로 새로운 다이어트 기법에 경력 개발이나 연애 관계법을 혼합한 내용이 주종을 이루었다. 몇 주마다 한 번씩 그녀는 삶을 위한 완전히 새로운 패러다임을 도입했고 나는 그 내용을 들어야 했다. "피곤할 때 그걸 알아차릴 수 있어야 해" 하고 언젠가 내게 조언한 적도 있었다. "요즘엔 너무 많은 여자가 자기를 혹사해." 『여성들이여, 하루를 최대한 활용하라』에 나오는 생활방식 팁 중에는 평일에 입을 옷들을 일요일 저녁에 미리 준비하라는 제안도 있었다.

"그러면 아침에 우왕좌왕할 일이 없어."

나는 리바가 그렇게 말할 때마다 너무 싫었다.

"그리고 나랑 세인츠에 가자. 여성을 위한 밤이야. 여자들은 열한시까지 술이 무료지. 네 기분이 훨씬 좋아질 거야." 그녀는 진부한 조언과 정신 줄을 놓을 때까지 술 마실 핑계를 뒤섞는 데 전문가였다.

"나갈 마음이 안 나, 리바." 나는 말했다.

그녀는 자기 손을 내려다보며 반지를 만지작거리고 목을 긁적이다 바닥을 물끄러미 바라보았다.

"네가 그리워." 그렇게 말하는 그녀의 목소리가 살짝 갈라졌다. 아마 그 말이 내 마음을 뚫고 들어오리라 생각했을 것이다. 나는 온종일 넴뷰탈을 복용하고 있었다.

"우린 친구로 지내면 안 될 것 같아." 나는 소파 위에서 몸을 쭉 뻗으며 말했다. "계속 생각해봤는데, 관계를 지속할 이유를 못 찾겠어."

리바는 자리에 그대로 앉아서 손을 허벅지에 대고 문질렀다. 일이 초 정도 침묵이 흐른 뒤, 그녀가 고개를 들어 나를 보더니 손가락 하나를 코 아래에 댔다. 막 울기 시작할 때 하는 짓이었다. 아돌프 히틀러 흉내를 내는 것만 같았다. 나는 스웨터를 머리 위로 끌어올리고 이를 악물며 웃지 않으려고 애쓰는데, 그녀는 식식거리고 칭얼거리며 마음을 진정하려 애썼다.

"난 네 가장 가까운 친구야." 그녀가 애절하게 말했다. "날 밀어내면 안 돼. 굉장히 자기파괴적인 짓이라고."

나는 스웨터를 아래로 내리고 담배를 한 모금 빨았다. 리바는 손사래를 치며 얼굴 앞에서 연기를 밀어내고 헛기침을 했다. 그러고선 내게로 고개를 돌렸다. 적을 똑바로 바라보며 대담해지려 애쓰고 있었다. 그녀의 눈에 두려움이 비쳤다. 자신을 집어삼킬지도 모르는 시커먼 구멍을 들여다보는 것처럼.

"적어도 난 변하기 위해서, 원하는 것을 얻기 위해서 노력하고 있어." 그녀가 말했다. "너는 자는 것 말고 삶에서 원하는 게 대체 뭐니?"

나는 그녀의 냉소를 무시하기로 했다.

"화가가 되고 싶었지만 재능이 없었어." 내가 말했다.

"재능이 꼭 필요할까?"

지금껏 리바가 내게 한, 가장 번뜩이는 말이었을 수 있다.

"응." 나는 대답했다.

자리에서 일어난 그녀가 또각또각 하이힐 소리를 내며 걸어가 등 뒤로 부드럽게 문을 닫았다. 나는 자낙스 몇 알과 동물 크래커를 조금 먹은 다음, 빈 안락의자의 주름진 자리를 빤히 쳐다보았다. 그리고 일어서서 비디오플레이어에 〈틴 컵〉을 넣고 건성으로 보면서 소파 위에서 졸았다.

삼십 분 후, 리바가 전화를 걸어 음성메시지를 남겼다. 제 감정을 상하게 한 나를 이미 용서했으며, 내 건강이 걱정된다고, 나를 사랑하고 '어떤 일이 있어도' 나를 버리지 않겠다는 내용이었다. 그 메시지를 듣는데 며칠간 이를 악물고 있었던 것처럼 긴장한 턱이 풀어졌다. 아마 이를 악물고 있었을 테다. 리바가 훌쩍훌쩍 울면서 그리스테디스 슈퍼마켓을 훑으며 나중에 먹고 토하게 될 음식을 고르는 모습을 상상했다. 그녀의 의리는 터무니없었다. 우리의 관계는 그것 때문에 이어지고 있었다.

"넌 괜찮을 거야." 어머니가 3차 화학치료에 들어갔다고 알리는 리바에게 나는 그렇게 말했다.

"너무 흥분하지 마." 어머니의 암이 뇌로 전이됐을 때는 그렇게 말했다.

동면에 들겠다는 내 결심이 어느 한 사건의 결과라고 특정할 순 없다. 처음에는 생각과 판단을 막아줄 진정제를 원했을 뿐인데, 왜냐하면 그 끊임없는 공세가 모든 사람과 사건을 싫어하지 않을 수 없게 만들어버렸기 때문이다. 내 뇌가 주변 세상을 비난하는 짓을 조금 덜 하면 삶이 더 참을 만해질 거라고 생각했다. 닥터 터틀을 만나기 시작한 건 2000년 1월이었다. 처음에는 아무런 사심 없이 시작했다. 나는 비참함, 불안감, 내 정신과 육체의 감옥을 탈출하고픈 소망 때문에 괴로웠고, 닥터 터틀은 그게 별로 드문 일이 아니라고 말해주었다. 그녀는 좋은 의사가 아니었다. 나는 그 이름을 전화번호부에서 찾았다.

"마침 좋은 순간에 절 찾았군요." 처음 전화했을 때 그녀가 내게 말했다. "방금 막 설거지를 마쳤거든요. 제 번호는 어디서 찾았어요?"

"전화번호부에서요."

나는 닥터 터틀을 무작위로 골랐다고, 우리 관계에 운명적이고도 어떤 면에서는 신성하기까지 한 힘이 작용했다고 생각하고 싶지만, 실은 화요일 밤 열한시에 전화를 받은 유일한 정신과 의사가 그 사람이었을 뿐이다. 여러 자동응답기에 메시지를 여남은 개쯤 남기고 났을 때 닥터 터틀이 수화기를 들었다.

"오늘날 뇌에 가장 큰 위협이 되는 건 수많은 전자레인지죠." 그날 밤에 전화로 닥터 터틀이 설명했다. "전자레인지, 전파. 게다가 지금은 이동전화 기지국들이 아무도 알 수 없는 주파수로 우리를 폭격하고 있어요. 하지만 그건 제가 속한 분야가 아니고요. 저는 정신질환 치료에 종사하니까요. 혹시 경찰에서 일하나요?" 그녀가 물었다.

"아니요, 미술상 일을 합니다. 첼시에 있는 갤러리에서요."

"FBI인가요?"

"아뇨."

"CIA?"

"아뇨, 왜요?"

"어쨌든 이런 것들을 물어봐야 해서요. DEA인가요? FDA? NICB? NHCAA?* 사설 혹은 정부 기관에 고용된 사설탐정인가요? 의료보험사에서 근무하나요? 마약상인가요? 마약중독자? 임상의인가요? 의대생? 폭력적인 남자친구나 상사를 위해 약을

* 각각 마약단속국, 식품의약국, 보험범죄국, 보건의료부정청구방지협의회.

구하고 있나요? NASA?"

"불면증이 있는 것 같아요. 그게 가장 주요한 문제예요."

"아마 카페인에도 중독된 상태겠죠. 맞나요?"

"모르겠어요."

"그냥 계속 마시는 게 나아요. 지금 끊으면 미쳐버릴 거예요. 진짜 불면증 환자들은 환각을 경험하거나 어떤 시간을 통째로 기억 못하기도 하고 대개 기억력이 나빠요. 삶이 굉장히 혼란스러워질 수 있죠. 본인에게 해당하는 증상 같나요?"

"가끔 내면이 죽은 것 같은 느낌이 들어요." 나는 말했다. "그리고 모든 사람이 싫어요. 그것도 인정되나요?"

"아, 인정되죠. 확실히 인정돼요. 제가 틀림없이 도울 수 있어요. 하지만 새로운 환자분들께는 일단 여기 와서 십오 분간 상담해보고 우리가 잘 맞을지 확인하자고 말씀드려요. 무료예요. 그리고 예약 날짜를 기억할 수 있게 메모하는 습관을 기르라고 권합니다. 예약 취소는 24시간 전에만 인정되고요. 포스트잇 아시죠? 포스트잇을 마련하세요. 서명해야 할 동의서가 좀 있어요. 계약서도요. 이제 제 말을 받아 적으세요."

닥터 터틀은 다음날 오전 아홉시에 내원하라고 말했다.

그녀의 가정집 진료실은 유니언광장 근처 13번가의 아파트 건물에 있었다. 원목 패널로 벽을 장식한 어두컴컴한 응접실이 대기실 역할을 했는데, 안에는 모조 빅토리아 양식 가구와 고양이 장난감, 말린 꽃 방향제가 담긴 단지, 보라색 양초, 죽은 보라색 화환, 첩첩이 쌓인 〈내셔널 지오그래픽〉 과월호 따위의 물건이 가득했다. 욕실에는 가짜 식물과 공작 깃털이 잔뜩 놓여 있었다. 세면대 위에는 표면이 갈라진 큼지막한 연보라색 비누가 있고, 그 옆에는 땅콩이 담긴 나무그릇이 대형 전복껍데기 안에 놓여 있었다. 그게 왜 거기에 있는 건지 정말 어리둥절했다. 의사는 개인 욕실용품을 전부 커다란 고리버들 바구니에 담아 세면대 밑 수납장 안에 숨겨두었다. 그녀는 항진균제 파우더 몇 가지와 병원 처방용 스테로이드 크림, 샴푸, 비누, 그리고 라벤더와 제비꽃 향이 나는 로션 등을 사용했다. 회향 성분 치약도 있었다. 구강청결제는 병원에서 처방받은 것이었다. 그걸 한번 써봤는데 바다 맛이 났다.

닥터 터틀을 처음 만났을 때 그녀는 '택시 사고' 때문에 목에 발포고무 보조기를 착용했고, '우리 큰아이'라고 소개한 뚱뚱한 얼룩 고양이를 안고 있었다. 그녀는 대기실에 있는 조그만 노란 봉투를 가리켰다. "들어올 때 봉투에 이름을 적고 수표를 접어 안에 넣으세요. 수납은 여기에 하면 되고요." 진료실 책상 위의 나무상자를 톡톡 두드리며 그녀가 말했다. 교회에서 양촛값으로 헌금을 넣으라고 두는 상자와 비슷한 종류였다. 진료실의 긴 의자는 고양이털로 뒤덮여 있었고 한쪽 끝에는 도자기 얼굴에 금이 간 조그만 골동품 인형들이 쌓여 있었다. 책상 위에는 반쯤 먹다 만 그래놀라 바 몇 개, 포도와 자른 멜론을 담아 차곡차곡 쌓아놓은 밀폐용기들, 엄청나게 크고 오래된 컴퓨터, 그리고 〈내셔널 지오그래픽〉이 몇 권 더 있었다.

"무슨 증상 때문에 오신 거죠?" 그녀가 물었다. "우울증?" 이미 처방전 양식을 꺼낸 상태였다.

나는 거짓말을 할 계획이었다. 신중하게 생각해둔 일이었다. 그녀에게 지난 육 개월간 잘 자지 못했다고 말했고 사람들과 어울릴 때 절망과 불안을 느낀다고 호소했다. 그런데 준비한 말을 읊어대는 동안 그게 어느 정도 사실임을 깨달았다. 나는 불면증 환자는 아니었지만 기분이 비참하기는 했다. 닥터 터틀에게 내 어려움을 얘기하니 이상하게도 해방감이 들었다.

"진정제를 원해요. 제가 아는 건 그 정도예요." 나는 솔직하게 말했다. "그리고 다른 사람과 함께 있고 싶은 욕구를 막아줄 뭔가가 필요해요. 전 지금 절박해요." 계속 말했다. "그것도 모자라, 전 고아예요. 어쩌면 외상후스트레스장애도 있을지 몰라요. 어머니가 자살했거든요."

"어떻게요?" 닥터 터틀이 물었다.

"손목을 그었어요." 나는 거짓으로 말했다.

"염두에 둘 만한 얘기로군요."

그녀의 머리칼은 붉고 부스스했다. 목에 두른 발포고무 보조기 표면에는 커피와 음식 얼룩처럼 보이는 것이 묻어 있었고, 보조기에 짓눌린 목 부분의 피부가 턱 쪽으로 밀려올라갔다. 주름지고 늘어진 얼굴은 블러드하운드처럼 생겼고, 푹 꺼진 눈은 콜라병 바닥처럼 두꺼운 렌즈를 끼운 아주 조그만 금속테 안경 뒤에 감춰져 있었다. 나는 닥터 터틀의 눈을 제대로 본 적이 없다. 까마귀처럼 까맣고 빛나는 미치광이의 눈이 아니었을까. 그녀가 쓰는 기다란 보라색 펜 끝에는 보라색 깃털이 달려 있었다.

"제가 대학생일 때 부모님이 모두 돌아가셨어요." 나는 말을 이었다. "바로 몇 년 전이죠."

잠시 그녀가 무표정한 얼굴로 숨죽인 채 나를 유심히 보는 것 같았다. 그러더니 다시 조그만 처방전 양식을 내려다보았다.

"전 보험사를 아주 잘 다뤄요." 그녀가 무미건조하게 말했다. "그들이 벌이는 게임에 대처하는 법을 알죠. 잠을 전혀 못 자나요?"

"거의 그래요." 나는 대답했다.

"꿈은 꾸고요?"

"악몽만요."

"알겠어요. 잠이 열쇠죠. 사람들 대다수는 열네 시간 이상을 자야 합니다. 현대사회는 우리에게 부자연스러운 삶을 강요해왔어요. 바빠, 바빠, 바빠. 가자, 가자, 가자. 당신은 아마 일을 너무 많이 할 거예요." 그녀는 처방전 양식에 뭔가를 한참 끄적거렸다. "흥겨움." 그러고선 말했다. "난 그게 기쁨보다 더 좋아요. 여기서 행복이란 말은 쓰고 싶지 않네요. 너무 마음을 사로잡잖아요, 행복은. 제가 인간 경험의 섬세함을 인식하는 사람이라는 걸 알아주세요. 전제조건은 물론, 잘 쉬는 것이죠. 흥겨움이 무슨 뜻인지 알아요? M-I-R-T-H?"

"알아요. 소설 『흥겨운 집*The House of Mirth*』처럼요?" 나는 말했다.

"슬픈 이야기죠." 닥터 터틀이 말했다.

"그 책 안 읽었어요."

"안 읽는 게 나아요."

"『순수의 시대』는 읽었고요."

"교육을 잘 받으셨네요."

"컬럼비아대 다녔어요."

"제가 알아두면 좋은 얘기이긴 한데, 지금 당신 상태에는 좋을 게 별로 없어요. 교육 수준은 불안에 정비례하거든요. 컬럼비아대 다녔으니 아마 배웠겠죠. 음식 섭취는 어떤가요? 꾸준해요? 섭취를 제한하는 음식이 있나요? 여기로 걸어들어오는 당신을 보고 파라 포셋과 페이 더너웨이를 생각했어요. 무슨 관계라도 있나요? 지금 모습은, 보자, 이상적인 케틀레 지수보다 9킬로그램은 낮은 것 같군요."

"잘 수만 있다면 식욕도 돌아올 것 같아요." 거짓말이었다. 이미 여덟시부터 여덟시까지, 열두 시간 넘게 자고 있었다. 나는 주말을 넘기도록 내리 잘 수 있는 약을 얻고 싶었다.

"매일 명상하면 쥐의 경우에 불면증이 치유된다고 밝혀졌어요. 전 신앙이 있는 사람은 아니지만, 교회나 유대교회당 같은 곳에 가서 내적 평화를 위한 조언을 구해보는 것도 괜찮을 거예요. 퀘이커교도들도 합리적인 사람들 같더군요. 하지만 유사종교는 조심하세요. 젊은 여자를 노예로 삼는 덫인 경우가 많거든요. 성적으론 왕성한가요?"

"별로요." 나는 말했다.

"핵발전소 근처에 사나요? 고압 기기는요?"

"어퍼이스트사이드에 살아요."

"지하철 타나요?"

이즈음 나는 날마다 지하철을 타고 출근했다.

"많은 정신적 질병이 밀폐된 공공장소에서 전염됩니다. 당신의 정신은 투과성이 너무 강한 걸로 감지되는군요. 취미는 있어요?"

"영화를 봐요."

"재미있는 취미네요."

"어떻게 쥐에게 매일 명상을 하게 하나요?" 내가 물었다.

"설치류가 감금된 상태에서 번식하는 걸 본 적 있어요? 부모가 자기 새끼를 먹어요. 그런데 그것들을 악마로 볼 순 없죠. 연민 때문에 그러는 거니까요. 전체 종의 이익을 위해. 알레르기 있어요?"

"딸기요."

그 말에 닥터 터틀은 펜을 내려놓고 깊은 생각에 잠긴 듯 허공을 응시했다.

"어떤 쥐들은," 그녀가 한참 뒤에 입을 열었다. "악마로 봐도 마땅하겠죠. 일부 개별적 쥐들은요." 그러고는 보라색 깃털을 요란스레 흔들며 펜을 다시 들었다. "일반화에 빠지기 시작하는 순간 우리는 자기통치의 권한을 포기하는 겁니다. 제 말을 알아듣는다면 좋겠는데. 쥐는 이 행성에 굉장히 충성스러운 존재예요. 이걸 써봐요." 그녀가 처방전 봉투를 내밀며 말했다. "약을 한번에 전부 타 가지 마요. 적신호가 울리는 걸 방지하려면 시차를 좀 두어야 해요." 그녀는 뻣뻣하게 자리에서 일어나 샘플이 가득 든 목제 보관장을 열더니 소포장된 샘플 약 여러 개를 책상 위에 내놓았다. "조심하는 차원에서 종이봉투를 줄게요." 그녀가 말했다. "일단은 리튬과 할돌을 먼저 받아 가요. 치료를 처음부터 요란하게 시작하는 게 좋아요. 그래야 나중에 좀 별난 약을 써볼 필요가 있을 때도 보험사가 놀라지 않거든요."

그 끔찍한 조언에 대해 닥터 터틀을 탓할 순 없다. 어쨌거나 그녀의 환자가 되겠다고 나선 사람은 나였다. 그녀는 내가 요청한 것을 모두 주었고, 나는 그 점에 감사한다. 세상 어딘가엔 그런 의사들이 분명히 더 있겠지만, 그 의사를 쉽게 찾았다는 점이나 그녀가 처방해준 약으로 즉각적인 완화 효과를 얻었다는 점에서, 가히 제약계의 주술사, 점성술사, 마법사, 현인을 발견한 느낌이 들었다. 닥터 터틀이 실제 인물인지조차 의심스러울 때도 있다. 만약 내 상상이 만들어낸 허구라면, 왜 하필 그런 사람을 택했는지 의문이 들 것 같긴 하다. 내 영웅들 가운데 하나와 더 닮게 상상할 수도 있었을 텐데. 예를 들면, 우피 골드버그 같은.

"뭐든 나쁜 일이 일어나면 911에 전화해요." 닥터 터틀이 말했다. "가능하겠다 싶을 때는 이성을 활용해요. 이 약물들이 당신에게 어떤 영향을 미칠지 알 방법이 없으니까요."

처음에는 그녀가 새로운 약을 주면 전부 인터넷에 검색해서 내가 어떤 상태인 날 얼마나 오래 잘 수 있을지 알아보려 했다. 하지만 약에 관한 정보를 읽어버리면 그 마법이 약해졌다. 잠이 하찮은 것, 재채기나 똥 누기나 관절 구부리기 같은 신체의 기계적 기능에 불과한 것처럼 여겨졌다. 인터넷에서 '부작용 및 경고 사항'을 읽으면 사기가 꺾이면서 그에 대한 불안 때문에 폭증하

듯 생각이 많아져 약에서 기대하는 것과 정반대의 효과가 나타났다. 그래서 뉴로프록신, 맥시펜펜, 발디뇨레, 실렌시오르 같은 약들을 조제받아 때때로 섞어넣기도 했지만, 대개는 수면제를 다량으로 복용하고 신경이 과민하면 세코놀이나 넴뷰탈을 보충했고, 슬프다 싶으면 발륨이나 리브리엄을, 외롭다 싶으면 플라시딜이나 녹텍이나 밀타운을 보충했다.

몇 주 내에 나는 인상적인 향정신성 약품 소장고를 구축했다. 각 약품의 라벨에는 졸린 눈, 해골, 교차한 빼다귀 모양으로 이뤄진 표식이 있었다. "임신하면 복용을 중단하시오." "음식이나 우유와 함께 복용하시오." "건조한 곳에 보관하시오." "졸음을 유발할 수 있음." "어지럼증을 유발할 수 있음." "아스피린을 복용하지 마시오." "으깨지 마시오." "씹지 마시오." 정상적인 사람이라면 이런 약이 자신의 건강에 어떤 영향을 끼칠지 걱정했을 것이다. 내가 잠재적 위험에 대해 전혀 몰랐던 건 아니다. 아버지는 암에 산 채로 잡아먹혔다. 어머니가 뇌사 상태로 병원에서 온갖 관을 꽂고 있는 모습도 나는 보았다. 어린 시절 친구는 고등학생 때 데이퀼 감기약에 아세트아미노펜을 추가로 먹고 나서 간부전으로 죽었다. 삶은 연약하고 찰나이며 사람은 물론 조심하며 살아야 하지만, 나는 온종일 자는 생활을 통해 완전히 새로운 사람이 될 수 있다면 죽음을 감수할 참이었다. 그리고 나는 영리하니까, 약 때문에 죽을 수도 있는 상황이라면 미리 감지할 거라고 판단했다. 심장이 멈추거나, 혹은 뇌가 터지든 출혈을 일으키든 7층 창문 밖으로 떨어지라고 날 조종하든, 그런 일이 벌어지기 전에 예고성 악몽을 꾸기 시작할 거라고. 온종일 잘 수만 있다면 모든 것이 잘 돌아갈 거라고 믿었다.

이스트 84번가의 아파트로 이사한 때는 컬럼비아대를 졸업하고 일 년 후인 1996년이었다. 2000년 여름까지 그 어느 이웃과도 대화 한 번 나눈 적 없었다. 사 년에 달하는 기간 동안 엘리베이터 안에서 완벽한 침묵을 지켰고, 매번 탑승할 때마다 최면에 걸린 듯 멍한 연기를 했다. 이웃들은 대개 아이가 없는 사십대 기혼자들이었다. 모두가 말쑥한 전문직 종사자였다. 무수한 낙타털 코트와 검은 가죽 서류가방. 버버리 스카프와 진주 귀걸이들. 내 또래의 수다스러운 독신 여자 몇 명이 있어서 휴대전화로 잡담하거나 티컵* 푸들을 산책시키는 모습도 간혹 본 적 있었다. 리바를 떠올리게 하는 사람들이었지만 그들은 돈이 더 많고 자기혐오가 덜했을 것이다. 그곳은 어퍼이스트사이드의 요크빌이었다. 사람들은 고지식했다. 보데가에 가려고 파자마와 슬리퍼

* 찻잔에 들어갈 정도로 작게 개량한 소형견의 별칭.

차림으로 로비를 터덜터덜 걸어가면 범죄라도 저지르는 기분이 었지만 그래도 개의치 않았다. 이 건물 안에서 나 말고 너저분한 사람들은 세 들어 사는 나이든 유대인들뿐이었다. 하지만 나는 키가 크고 마르고 금발이고 예쁘고 젊었다. 최악의 상태에서도 나는 여전히 괜찮아 보인다는 걸 알았다.

내가 사는 곳은 특색 없는 외관의 전면에 암적색 차양이 달린 8층짜리 콘크리트 건물이었다. 그 건물을 제외한 주변에는 극도로 깨끗한 타운하우스가 블록 전체에 나란히 늘어서 있었고, 브라운스톤이 손상되지 않도록 반려견이 입구 계단에 오줌 누는 일이 없게 하라는 경고문이 집집마다 붙어 있었다. 그중 한 표지판에는 이렇게 쓰여 있었다. "우리 뒤에 올 이들뿐만 아니라 우리 앞에 살다 간 이들도 존중합시다." 남자들은 기사 딸린 임대 차량으로 다운타운의 직장에 출근했고, 여자들은 보톡스를 맞고 가슴 수술을 했으며 남편들과 개인 트레이너들을 위해 질 '성형'을 해서 보지를 탄탄하게 유지했다. 어쨌든 리바는 그렇게 말했다. 나는 어퍼이스트사이드에 살면 내가 '일하는' 곳인 첼시의 미술계에서 벌어지는 미인대회와 수컷들의 싸움에서 비켜날 수 있을 거라고 생각했었다. 하지만 업타운 또한 처음 이사했을 때부터 그곳 나름의 바이러스로 나를 감염시켰다. 나는 스판덱스 옷을 입고 이스트강 산책로를 속보로 오가는 금발 여자들 가운데 하나가 되려고 애썼다. 귀에는 젠체하는 멍청이처럼 블루투스 이어폰을 끼우고 대화를 하는데 그 상대는…… 리바?

초기에는 주말마다 뉴욕의 나 같은 젊은 여자들이 해야 한다는 일들을 했다. 장세척, 얼굴 마사지, 하이라이트 염색 등을 했고, 지나치게 비싼 헬스장에서 운동했으며, 그곳의 터키식 목욕탕에서 눈앞이 흐릿해질 때까지 누워 있다가, 밤에는 발에 상처를 내고 좌골신경통을 일으키는 구두를 신고 외출했다. 가끔 갤러리에서 재미있는 남자들을 만났다. 마음 내키는 대로 잠자리를 하고 다녔고 외출을 더 많이 하다가 나중에는 더 적게 했다. '사랑' 측면에서는 아무것도 진행되지 않았다. 리바는 자주 '정착'에 대해 얘기했다. 내게는 그게 죽음처럼 들렸다.

"누군가의 입주 창녀가 되느니 차라리 혼자 살겠어." 나는 리바에게 말했다.

그런데도 전 남자친구 트레버에 대한 로맨틱한 충동은 이따금 고개를 들었다. 처음이자 유일한 남자친구였던 그와는 만남과 헤어짐을 반복했다. 배터리파크 근처의 다락방에서 열린 핼러윈 파티에서 그를 처음 만났을 때 나는 겨우 열여덟 살짜리 대학 신입생이었다. 파티에는 내가 가입하려고 공들이던 여학생 클럽의 여자애들 여남은 명과 함께 갔다. 모든 핼러윈 복장이 그렇듯 내 옷 또한 창녀처럼 차려입고 시내를 돌아다닐 구실이었다. 나는 〈치명적인 아름다움〉에서 우피 골드버그가 연기한 리졸리 형사로 분장하고 갔다. 영화 첫 장면에서 창녀로 위장한 비밀요원이었던 그녀를 따라 나도 부풀려 빗은 머리에 몸에 딱 붙는 원피스, 하이힐, 금실로 짠 재킷, 눈꼬리가 치켜올라간 흰색 테 선글라스로 치장했다. 앤디 워홀로 분장한 트레버는 단발 길이의 금발 가발과 두꺼운 검정 테 안경, 꽉 끼는 줄무늬 셔츠로 차려입었다. 처음 본 그는 영혼이 자유롭고 영리하고 재미있는 사람 같았다. 나중엔 완전히 부정확한 생각으로 판명되었지만. 우리는 함께 파티에서 나와 몇 시간을 걸어다니며 서로에게 각자의 행복한 삶에 대해 거짓말했고, 자정에 피자를 먹은 뒤 스테이튼 아일랜드 페리를 타고 왔다갔다하면서 해가 뜨는 것을 보았다. 나는 그에게 기숙사 전화번호를 주었다. 이 주 후 마침내 그가 전화를 걸어왔을 무렵에 나는 그에게 푹 빠져 있었다. 그는 몇 달간 멀찍이서 고삐를 팽팽히 유지하며 나를 관리—비싼 식사를 사주고 이따금 오페라나 발레 관람을 시키며—했다. 밸런타인데이에는 버몬트에 있는 스키 별장에서 첫 경험 상대가 되었다. 유쾌한 경험은 아니었지만 그가 섹스에 대해 더 잘 안다고 믿었기 때문에 내게서 떨어져나가며 "끝내줬어" 하던 말을 믿었다. 그는 서른세 살이었고 세계무역센터에 있는 후지은행에서 일했으며 맞춤 양복을 입었다. 처음에는 기숙사로, 2학년 때는 여학생 클럽 숙소로 차를 보내 나를 데려갔고, 내게 술과 음식을 먹였으며, 회사 비용으로 타는 택시 뒷좌석에서 수치심도 없이 오럴을 요구했다. 나는 이것을 그의 남성성의 증거로 받아들였다. 클럽의 '자매들'도 모두 동의했다. 그는 '세련된' 남자였다. 그리고 나는 그가 자신의 감정에 관해 얘기하기를 즐기는 모습을 보고 깊은 인상을 받았다. 남자가 그러는 걸 본 적이 없었다. "우리 엄마는 지금 마리화나 중독자야. 내가 이렇게 깊은 슬픔을 느끼는 건 그래서야." 그는 업무차 도쿄에 가거나 쌍둥이 누이를 만나러 샌프란시스코에 자주 갔다. 그 여자가 트레버에게 날 사귀지 말라고 했을 거라는 의심이 든다.

그가 처음 헤어지자고 한 건 대학 1학년 때였고, 내가 '너무 어리고 미숙'하다는 게 그 이유였다. "나는 네가 헤어짐에 대한 두려움을 극복하고 성장하도록 돕는 사람이 될 수 없어." 그는 해명했다. "너무 무거운 책임이야. 넌 네 정서적 성장을 진정으로 지지해줄 사람을 만날 자격이 있어." 그래서 나는 그해 여름에 주 북부에 있는 본가에서 부모님과 함께 지내며 고등학교 동창 남자애와 섹스를 했다. 그애는 훨씬 관능적이었고 클리토리스가 어떻게 '작동'하는지에 더욱 관심이 많았지만 내 클리토리스와 성공적으로 상호작용할 만큼 참을성은 없었다. 어쨌든 도움은 되었다. 아무런 감정 없이 그를 이용함으로써 내 자존감을 되찾았다. 델타 감마*로 이사한 노동절 무렵에 트레버와 나는 다시 사귀고 있었다.

그뒤로 팔 년간 트레버는 나이 많은 여자들, 즉 자기 또래 여자들과의 연애에서 주기적으로 자존감을 고갈한 뒤 내게 돌아와 다시 관계를 이어갔다. 나는 항상 응했다. 가끔 남자들과 데이트를 했지만 다른 진짜 '남자친구'는 생기지 않았다. 트레버를 그렇게 부를 수 있었다면 말이다. 그는 그런 명칭을 받아들이는 데 동의하지 않았을 것이다. 대학 시절에 우리 사이가 멀어진 동안 하룻밤만 만난 남자들은 많았지만 다시 만날 가치가 있는 사람은 없었다. 졸업하고—이미 고아가 된 상태로—성인의 세계에 내던져졌을 때, 절박해진 나는 더 대담해졌고 트레버에게 나를 다시 받아달라고 자주 호소했다. 와서 안아달라고 전화로 애원할 때마다 수화기 너머로 그의 자지가 단단해지는 소리가 들리는 듯했다. "이걸 끼워넣을 수 있나 한번 보자." 그는 그렇게 말하곤 했다. 그런 다음 그가 나타나면 나는 품에 안겨 아기처럼—여전히 아기였으니까—벌벌 떨고, 날 인정해준 그에게 고마워 황홀해하고, 침대 위 내 옆에 누운 그의 무게를 음미했다. 마치 그가 신이 보낸 전령, 소울메이트, 구원자 등등인 것만 같

* 미국과 캐나다 전역의 대학생을 대상으로 한 여학생 클럽 및 그 회관.

왔다. 그는 이스트 84번가에 있는 내 아파트에서 하룻밤을 보내며 자신의 마지막 연애에서 상실한 허세를 회복하는 걸 굉장히 즐기곤 했다. 나는 그에게서 그런 기미가 나타나면 정말 싫었다. 언젠가 그는 내 마음에 상처를 주기 싫어서 나와 '너무 열정적으로' 섹스하기가 두렵다고 말했다. 그래서 효율적이고 이기적으로 섹스했고, 볼일을 마치면 옷을 입고 호출기를 확인한 뒤 머리를 빗고 내 이마에 입을 맞춘 후 집을 나갔다.

언젠가 트레버에게 물었다. "남은 평생 내내 오럴과 삽입 섹스, 둘 중 하나만 할 수 있다면 뭘 선택할 거야?"

"오럴." 그가 대답했다.

"그건 좀 게이 같지 않아?" 내가 말했다. "보지보다 입에 더 관심이 많은 건?"

그후 몇 주 내내 그는 나와 말을 하지 않았다.

하지만 트레버는 키가 190센티미터가 넘었다. 말끔하고 몸이 탄탄하고 자신만만했다. 시내나 갤러리에서 보는 힙스터 괴짜들보다는 백만 번이라도 그를 선택할 것이다. 대학 시절 미술사학과에는 그런 유형의 젊은 남자들이 수두룩했다. 주류를 이루는 남학생 클럽 회원들과 의학전문대학원을 준비하는 모범생들의 '대안'이었던 이 학구적이고 매력 없고 지적인 자식들이 좀더 창의적인 학과들을 장악했다. 미술사 전공자로서 나는 그들을 피할 수 없었다. 지하철에서 니체를 읽고, 프루스트를, 데이비드 포스터 월리스를 읽으며 그들의 탁월한 사상을 검은색 몰스킨 수첩에 끄적이는 '녀석들'. 맥주 때문에 불룩해진 배와 가느다란 다리, 후드 집업, 남색 피코트나 군복색 점퍼, 뉴발란스 운동화, 니트 모자, 캔버스 천 토트백, 조그만 손, 손가락 마디에 난 털, 그리고 사슴 머리 문신이 있을지도 모르는 축 늘어진 이두박근. 그들은 담배를 직접 말아 피웠고, 이를 충분히 닦지 않았으며, 커피에 주당 100달러를 썼다. 그리고 어쩌다 내 일터가 된 갤러리 더커트에 더 어린—대개는 아시아인—여자친구들과 오곤 했다. "여자친구가 아시아인이라는 건 고추가 작다는 뜻이야." 리바는 언젠가 말했다. 나는 그들이 미술에 대해 지껄이는 헛소리를 듣곤 했다. 그들은 다른 이들이 성공하면 한탄했다. 자신들은 사랑받고 영향력을 발휘하고 천재적이라고 칭찬받기를 원한다고, 그리고 숭배받을 자격이 있다고 생각했다. 하지만 거울에 비친 자기 모습은 거의 보지 않았다. 다들 클로노핀을 복용중일 거라는 게 내 추측이었다. 대개 브루클린에 살았는데, 내가 어퍼이스트사이드에 살아서 다행이라고 여기는 또 한 가지 이유였다. 그 윗동네 사람들은 몰디피치스*를 듣지 않았다. 그 윗동네

* 2000년대 초반에 활동한 인디밴드.

사람들은 '아이러니'나 도그마 95[*]나 클라우스 킨스키[**]에 대해 눈곱만큼도 관심이 없었다.

최악인 점은 이 남자들이 제 불안을 '감수성'으로 포장하려 들고 그게 통한다는 사실이었다. 그들은 박물관과 잡지사를 운영하게 될 사람들이고, 내가 자기랑 잘 것 같을 때만 나를 고용할 것이다. 하지만 파티에서나 술집에서 그들은 나를 무시했다. 닮은꼴 동행들과 대화하는 데 정신이 팔려 어찌나 심각한지, 엄청나게 중대한 결정을 두고 고심하는 듯해 혹시 세상이 폭발이라도 하는 건가 싶었다. 나는 그런 이들을 보면서 '보지' 따위에는 정신 팔리지 않을 사람들이라고 생각하곤 했다. 하지만 사실 그들은 그저 여자의 질을 두려워했고, 자기가 알게 된 질이 내 것처럼 예쁘고 발그레하지 않을까봐 두려워했으며, 자신의 관능적 무능에 대한 수치심, 자기 고추, 그리고 자기 자신에 대한 두려움을 느꼈을 것이다. 그래서 '추상적 관념'에 집중했고, 자신들이 '실존적 권태'라고 부르기 좋아하는 자기혐오를 감추려고 음주 문제를 일으켰다. 그 남자들이 자위하는 모습을 상상하는 것도 어렵지 않았다. 클로이 세비니, 셀마 블레어, 릴리 소비에스

---

* 덴마크 영화감독들이 상업영화에 반기를 들고 선언한 영화운동.

** 독일 배우(1926~1991).

키를 보면서. 위노나 라이더를 보면서 말이다.

트레버는 아마 브리트니 스피어스를 보며 자위했을 것이다. 혹은 재니스 조플린. 나는 그의 이중성을 이해하지 못했다. 그리고 그는 '제단 앞에 무릎 꿇기'*를 좋아한 적이 없었다. 그가 내게 오럴을 해준 횟수는 한 손으로 꼽을 수도 있다. 그나마 했을 때조차 뭘 어떻게 해야 할지도 모르면서 자신의 관대함과 열정에 감격한 듯 보였다. 마치 자기 고추를 나중에 빨라고 잠시 미루는, 터무니없고 무모한데다 아주 큰 용기가 필요한 짓을 하느라 정신이 나가버린 것처럼. 그의 키스 방식은 설명서를 보고 열심히 공부한 듯 공격적이고 규칙적이었다. 옆턱은 각지고 좁았으며 앞턱은 생기다 만 것처럼 변변찮았다. 피부는 매끈하고 촉촉했으며 심지어 내 피부보다 부드러웠다. 면도할 필요도 거의 없었다. 그에게선 항상 백화점 냄새가 났다. 우리가 지금 만났다면 나는 그를 게이라고 추측했을 것이다.

하지만 적어도 트레버에게는 허세를 뒷받침할 진정한 오만함이 있었다. 그 힙스터들처럼 자신의 야망을 직면하고 위축되지 않았다. 그리고 나를 조종하는 방법을 알았다. 적어도 그 점에서는 그를 존중할 수밖에 없었다. 바로 그 이유로 그가 아무리 미

* 서 있는 상대 앞에서 무릎을 꿇은 자세로 행하는 구강성교.

웠다 해도.

동면을 시작했을 때 트레버와 나는 서로 연락하지 않는 사이였다. 초기의 언젠가 앰비언의 검은 장막 아래서 아마도 전화를 했겠지만 그가 받았는지는 알지 못한다. 그가 내면이 복잡한 사십대 여자의 질 속으로 돌진하는 모습을 쉽사리 상상할 수 있었다. 식료품점에서 맥앤드치즈나 마시멜로 시리얼 구역을 그냥 지나치듯 내 생각일랑 다 떨쳐버리고 말이다. 나는 애들용이었다. 엉터리였다. 그만한 칼로리 섭취를 감수할 가치가 없었다. 그는 갈색 머리 여자가 더 좋다고 말했다. "그들은 내가 나다울 수 있는 공간을 줘." 그가 말했다. "금발 여자들은 정신을 어지럽혀. 네 아름다움을 아킬레스건으로 여겨. 넌 너무 피상적이야. 기분 상하라고 하는 말은 아니지만 사실인 걸 어떡하니. 네 겉모습 너머가 잘 보이지 않아."

사춘기 이후, 내 실체 그대로인 버릇없는 와스프처럼 보이고 싶은 마음과 내 실체라고 느껴지고 용기만 있었다면 그렇게 되었을 무위도식자의 본색을 드러내고 싶은 마음 사이를 계속 오갔다. 쇼핑은 버그도프스와 바니스와 이스트빌리지의 최고급 빈티지 부티크에서 했다. 그 결과로 얻은 경탄스러운 의상들은 대학을 막 졸업한 사회인인 내게 주된 직업적 자산이 되었다. 웨스트

21번가에 있는 십여 개의 '순수미술' 갤러리 중 하나인 더커트의 직원 자리도 쉽게 얻었다. 큐레이터가 되겠다는 큰 계획도 없었고 높은 직위로 올라가겠다는 대단한 포부도 없었다. 그저 시간을 보내려 했다. 정상적으로 생활한다면—예컨대 한 가지 직업을 견뎌낸다면—모든 것을 싫어하는 내 일면을 없앨 수 있을 거라고 생각했다. 내가 남자였다면 범죄의 길로 들어섰을 것이다. 하지만 내 외모는 쉬는 날의 모델 같았다. 많은 것을 쉽게 얻고 허비하기가 몹시 수월했다. 아킬레스건에 관한 트레버의 말은 맞았다. 예쁘다는 사실은 외모를 가장 중시하는 세계에 나를 가둘 뿐이었다.

더커트에서 내 상사였던 너태샤는 삼십대 초반이었다. 학교를 마친 여름에 면접을 보러 갔을 때 그 자리에서 나를 채용했다. 나는 스물두 살이었다. 우리가 나눈 대화는 거의 기억나지 않지만, 내가 크림색 실크 블라우스에 꽉 끼는 블랙진을 입고 굽 없는 단화—내가 너태샤보다 더 클지도 모를 상황에 대비한 것인데 그래도 1센티미터 넘게 컸다—를 신었다는 사실은 안다. 목에 건 커다란 녹색 유리목걸이가 가슴팍을 어찌나 쿵쿵 쳐댔는지 지하철 계단을 달려내려갔다가 실제로 가슴에 멍이 들었다. 원피스를 입거나 지나치게 새침하고 여성적으로 보여서는 안 된다는 걸 알았다. 잘난 척하며 업신여기는 반응을 유도할 뿐이니까. 너태샤는 날마다 같은 식으로 차려입었다. 입생로랑 블레이저에 꽉 끼는 가죽바지, 그리고 화장기 없는 얼굴. 어느 나라를 가더라도 잘 섞여들 수 있을, 인종을 알 수 없는 외모를 지닌 여자였다. 출신지가 이스탄불이나 파리, 모로코, 모스크바, 뉴욕, 산후안 중 어디라 해도, 그리고 머리 모양에 따라 심지어 프놈펜이라 해도 이상하지 않을 것 같았다. 네 가지 언어를 유창하게 구사했고, 남작인지 백작인지 하는 이탈리아 귀족과 결혼한 적도 있다고 들었다.

더커트는 전복적이고 불경하고 충격적인 미술을 추구했지만 실제로는 진부한 반문화적 쓰레기이자 '돈 들인 펑크'로서, 관람객에게 주는 감흥이라고는 길모퉁이에 있는 콤데가르송 매장에 가서 어울리지 않는 옷을 사게 하는 정도에 지나지 않았다. 너태샤는 내게 냉소적인 부하직원 역을 맡겼는데, 대개는 별 노력이 필요하지 않은 일이었다. 나는 패션 캔디였다. 힙한 장식물이었다. 갤러리에 사람이 들어와도 책상 앞에 앉아 무시하는 재수없는 여자, 어딘지 모르게 멋진 아방가르드 의상을 입은 뾰로통한 미녀였다. 누가 질문해도 잘 모르는 척하라는 지시를 받았다. 회피하고 또 회피하라. 가격표를 내주지 마라. 너태샤는 내게 연봉으로 2만 2천 달러를 주었다. 유산이 없었다면 돈을 더 주는 다른 직업을 찾아볼 수밖에 없었을 것이다. 그리고 아마 브루클린에서 룸메이트들과 함께 살아야 했을 것이다. 돌아가신 부모님이 남긴 돈이 있다는 건 행운이었다, 나도 알았다. 하지만 우울한 일이기도 했다.

너태샤의 스타 작가는 캘리포니아주 다이아몬드바 출신에 사춘기 아이처럼 생긴 스물세 살 남자인 핑 시였다. 너태샤는 핑 시를 좋은 투자 대상이라고 생각했는데, 그가 아시아계 미국인이고 캘리포니아 예술대학에 다닐 때 자기 스튜디오에서 총을 쏴서 퇴학당했기 때문이다. 핑 시로 인해 갤러리에 어떤 매력 요소가 부가된다는 것이었다. "난 이 갤러리가 좀더 두뇌 쪽으로 강화되기를 원해." 그녀의 설명이었다. "시장이 감성에서 멀어지고 있어. 지금은 모든 게 과정과 아이디어와 브랜드화로 가고 있지. 지금 핫한 건 남성성이야." 핑 시의 작품은 '물질의 육체'라는 단체전의 일부로 더커트에 처음 등장했다. 잭슨 폴록 풍으로 물감을 흩뿌린 그림들로 구성된 작품이었고 재료는 본인의 정액이었다. 성기 끝에 분말 색소로 된 조그만 알갱이를 꽂은 후 거대한 캔버스에 대고 자위를 했다고 주장했다. 그는 추상화 각각에 어떤 심오하고 어두운 정치적 의미가 있는 것처럼 제목을 붙였다. 〈피로 흐려진 물결〉과 〈호찌민시의 겨울〉과 〈스나이퍼 앨리*의 석양〉, 〈참수된 팔레스타인 어린이〉, 〈폭탄이 투하되었다, 나이로비〉. 전부 허튼수작이었지만 사람들은 좋아했다.

너태샤는 '물질의 육체'를 특히 자랑스럽게 생각했는데, 모두 자신이 발굴한 스물다섯 살 미만의 작가들로 이루어진 전시였기 때문이다. 이것이 천재를 알아보는 자신의 재능을 증명한다고 여겼다. 그 전시에서 내가 좋아한 유일한 작품은 프랫 미술대학에 다니는 열아홉 살 작가 애일라 마와지의 것이었다. 크레이트앤드배럴에서 산 거대한 흰색 카펫에 피 묻은 발자국을 찍고 넓고 길게 핏자국을 냈다. 피 흘리는 몸을 카펫 위로 끌고 지나간 것처럼 보이려는 의도였다. 너태샤는 내게 카펫 위의 피가 사람의 것이라고 말하더니 보도자료에는 그 내용을 넣지 않았다. "중국에서는 온라인으로 뭐든지 주문할 수 있나봐. 치아. 뼈. 신체 부위." 피로 범벅된 그 카펫의 책정 가격은 7만 5천 달러였다.

애니 핀커의 〈클링 필름〉 시리즈는 작은 물건들을 투명 랩으로 감싼 뭉치들로 이루어졌다. 마지팬**으로 빚은 작은 과일 모형과 토끼 발 열쇠고리들을 한데 감싼 것도 있고, 말린 꽃과 콘돔을 한데 감싼 것도 있었다. 사용한 끈팬티용 라이너를 돌돌 말아 고무 총알과 함께 감싼 뭉치. 빅맥 햄버거와 감자튀김과 싸구려 플라스틱 묵주를 감싼 뭉치. 작가가 자기 것이라고 주장하는 것

---

* 보스니아 내전 당시 사라예보에서 저격수들이 늘어서서 행인을 공격했던 대로에 붙은 별칭.

** 아몬드가루, 설탕, 달걀 등을 섞어 케이크를 장식하는 데 쓰는 재료.

과 크리스마스 색깔 M&M 초콜릿을 감싼 뭉치. 한 점당 2만 5천 달러에 이르는 싸구려 반항. 그 외에도 살구색 직물을 걸친 마네킹들을 찍은 맥스 웰치의 대형 사진 작품들이 있었다. 그는 완전히 머저리였다. 나는 그와 너태샤가 붙어먹고 있다고 의심했다. 전시실 한구석의 낮은 받침대에는 브람스 형제가 제작한 작은 조각상이 있었다. 사람의 음모로 만든 장난감 원숭이 한 쌍. 둘 다 발기한 조그만 성기가 털 밖으로 삐져나온 모습이었고, 흰 티타늄 성기 안에 장착된 카메라는 관람객의 사타구니를 향하고 있었다. 사진들은 웹사이트에 올렸다. 로그인해서 사타구니 사진들을 보는 데 필요한 특정 비밀번호의 가격은 100달러. 원숭이들 자체의 가격은 한 쌍에 25만 달러였다.

출근해서 점심시간이 되면 계단 아래에 있는 비품창고에서 한 시간 동안 낮잠을 잤다. '낮잠'이라는 말은 유치하지만 그게 바로 내가 한 일이었다. 밤잠의 질은 훨씬 가변적이고 대체로 종잡을 수 없었지만 그 비품창고에 누우면 매번 까만 허공, 끝없는 무無의 공간으로 직행했다. 그 공간에서 나는 두려워하지도 우쭐하지도 않았다. 시각적 환상도 없었다. 그 어떤 개념도 없었다. 또렷한 생각이 떠오르면 그것을 귀로 들었고, 그 생각의 소리는 메아리로 퍼져나가 어둠에 흡수되어 사라졌다. 반응할 필요도 없었다. 나 자신과의 무의미한 대화도 없었다. 평온했다. 창고의 환기구에서는 옆 건물 호텔의 세탁물 냄새를 머금은 신선한 공기가 계속 들어왔다. 해야 할 일도 없었고 대응하거나 보상할 일도 없었다. 존재하는 것이 아무것도 없었으므로. 그 무엇도. 그런데 나는 그 무를 인식했다. 잠 속에서도 어떤 식으로든 깨어 있었다. 기분이 좋았다. 행복하다고까지 할 수 있었다.

하지만 그 잠에서 빠져나오는 일은 고통스러웠다. 내 인생 전부가 가능한 최악의 방식으로 눈앞에서 번쩍거렸고, 보잘것없는 모든 기억, 그때 그곳에 나를 있게 한 모든 사소한 일들이 내 정신을 가득 채웠다. 나는 다른 것—더 나은 버전의 삶, 어쩌면 행복한 이야기, 혹은 똑같이 보잘것없더라도 어긋남의 방식이 적어도 신선한 다른 삶—을 기억하려 했지만 뜻대로 된 적은 없었다. 나는 언제나 여전히 나였다. 눈물에 젖은 얼굴로 깨어날 때도 있었다. 사실 내가 유일하게 우는 시간은 휴대전화 알람이 켜지면서 무의 상태로부터 끌려나올 때뿐이었다. 그러면 계단을 터덜터덜 올라간 후 조그만 주방에서 커피를 따르고 눈에서 눈곱을 떼어내야 했다. 거센 형광등 불빛에 다시 적응하기까지 언제나 시간이 한참 걸렸다.

대략 일 년간, 너태샤와는 모든 것이 순조로운 듯했다. 그녀가 하는 잔소리는 대부분 내가 펜을 잘못 주문한다는 정도였다.

"우린 왜 이런 싸구려 똑딱이 펜을 쓰는 거야? 꾹지 누르는 소리가 너무 요란하잖아. 이 소리 안 들려?" 그녀는 선 자리에서 나를 향해 볼펜을 똑딱이며 말했다.

"미안해요, 너태샤." 나는 말했다. "더 조용한 펜을 주문할게요."

"페덱스 아직 안 왔어?"

그 말에는 답할 수 있는 때가 드물었다.

닥터 터틀을 만나기 시작하고는 평일 밤에 열네다섯 시간씩 자고 점심시간에 추가로 더 잤다. 주말에는 하루에 겨우 몇 시간만 깨어 있었다. 깨어 있을 때도 완전히 정신을 차린 게 아니라 일종의 어둠 속, 현실과 꿈 사이의 흐릿한 상태에 있었다. 출근해서도 허술하고 게을렀으며 전보다 음울하고 텅 비고 멍했다. 나는 그런 상태가 좋았지만 일을 해야 한다는 사실이 골칫거리였다. 사람들이 말하면 머릿속에서 그 말을 되풀이해야만 이해할 수 있었다. 집중하는 데 어려움을 겪는다고 닥터 터틀에게 말했다. 그녀는 아마 '뇌 안개' 때문일 거라고 대꾸했다.

"잠은 충분히 자나요?" 닥터 터틀은 매주 내가 갈 때마다 물었다.

"겨우 자요." 나는 항상 대답했다. "그 약들을 먹어도 불안이 전혀 줄지 않아요."

"병아리콩 통조림을 하나 먹어요." 그녀가 말했다. "가르반조 콩이라고도 알려져 있죠. 그리고 이것들을 써봐요." 그녀는 처방전 양식에 글씨를 갈겨썼다. 내가 축적해나가는 약의 다양성은 무시무시할 정도였다. 보험 혜택 범위를 극대화하려면 기존 약의 부작용에 대응하는 약을 처방하는 게, 증상 완화가 주목적인 약을 직접 처방하는 것보다 좋은 방법이라고 닥터 터틀은 설명했다. 그리고 내 경우에 해당하는 증상은 '허약한 감정 상태와 불면증으로 인해 경미한 정신병과 공격성을 일으키는 심각한 피로감'이라면서 처방전 양식에 그렇게 쓸 거라고 말했다. 그 처방법을 '에코스크립팅'이라고 이름 지었으며 관련 논문을 써서 곧 발표할 거라고도 했다. "함부르크의 저널에요." 그래서 그녀는 편두통 치료를 목표로 하거나 간질을 방지하거나 하지불안증후군을 치료하고 청력 손실을 예방하는 약들을 처방했다. 나를 이완시켜 '대단히 필요한 휴식'을 취할 수 있게 해준다는 약물들이었다.

2000년 3월의 어느 날, 비품창고에서 무한한 심연에 다녀온 후 더커트의 내 자리로 돌아갔다가 최종적 해고로 가는 길을 밝혀줄 무언가를 발견했다. "잠은 밤에 자"라고 쓰인 그 쪽지는 너태샤가 쓴 것이었다. "이곳은 업무 공간이야." 날 해고하고 싶어한 너태샤를 비난할 순 없다. 그즈음 나는 거의 일 년간 직장에서 낮잠을 잤다. 마지막 몇 달은 출근용 옷도 갖춰 입지 않았다. 후드 달린 운동복 차림에 바른 지 사흘 된 마스카라가 눈 주위에 뭉치고 번진 모습으로 그저 책상 앞에 앉아 있었다. 물건들을 잃어버렸다. 사물이나 상황을 혼동했다. 업무를 잘 처리하지 못했다. 어떤 일을 계획했다가 잠시 뒤에 보면 정반대의 일을 하고 있기도 했다. 일을 엉망으로 망쳐놓았다. 인턴들은 내가 어떤 일들을 시켰다고 일깨우며 날 다시 일로 끌어들이려 애썼다. "다음엔 뭘 할까요?"

다음엔 뭘 할까요? 난 아무 생각도 나지 않았다.

너태샤가 눈치채기 시작했다. 늘 졸린 상태로 있다보니 갤러리 손님들을 예전처럼 무례하게 대하지는 않았지만, 물품을 인수하며 서명할 때 실수하거나, 몇 번인가 그랬던 것처럼 손님이 개를 데리고 들어와 바닥 여기저기에 개 발자국을 찍어도 알아차리지 못했다. 카페라테가 엎질러진 경우도 몇 번 있었다. 미대 학생들이 그림을 만지기도 했고, 한번은 재러드 하비의 설치작품 속 투명한 CD 케이스의 파쇄 조각들을 재배열해 'HACK'*이라는 글자를 만들어놓고 간 적도 있었다. 그걸 발견했을 때 나는

* '낡아빠진' '진부한' 등을 뜻하는 단어.

그냥 아무도 모르게 플라스틱 조각들을 헝클어놓았다. 하지만 어느 오후, 노숙인 여자가 갤러리 뒤쪽 방에 둥지를 틀었을 때는 너태샤가 알아버렸다. 나는 그 여자가 거기에 얼마나 오래 있었는지 몰랐다. 어쩌면 사람들은 그 여자도 예술작품의 일부라고 생각했는지 모르겠다. 결국 사무실에 비치된 소액 현금에서 50달러를 꺼내 그 여자에게 주고 밖으로 나가게 했다. 너태샤는 짜증을 감추지 못했다.

"넌 여기 들어오는 사람들에게 나를 대신해 이곳의 인상을 심어주는 거야. 지난주에 아서 실링이 여기 온 거 알지? 방금 전화를 받았어." 그녀는 내가 약에 취해 있다고 생각했다. 확실하다.

"누구요?"

"젠장. 작가 명단을 잘 봐. 사람들 사진을 눈여겨보란 말이야." 그녀가 말했다. "얼의 작품 포장 명세서는 어디 있니?" 기타 등등……

그 봄에 갤러리에서는 핑 시의 첫 개인전 '멍, 멍, 머엉'을 준비하고 있어서 너태샤는 온갖 세세한 부분까지 따지고 들며 화를 냈다. 그렇게 바쁘지 않았다면 나를 더 일찍 해고했을 것이다.

너태샤가 핑 시의 '개 작품들'에 대해 얘기할 때마다 나는 흥미로운 척하며 공포감을 감추려 애썼다. 핑 시는 푸들, 포메라니안, 스코티시테리어 등 다양한 순종견들을 박제했다. 검은 래브라도레트리버와 닥스훈트. 심지어 조그만 시베리안허스키 강아지까지. 그는 오랫동안 이 작품을 만들었다. 정액 그림이 아주 잘 팔린 뒤로 그와 너태샤는 친해졌다.

작품을 설치하는 동안 인턴 한 명이 전기 기술자에게 속삭이는 말을 엿들었다.

"작가가 개들을 강아지일 때 사서 기르다가 원하는 크기가 되면 죽인다는 소문이 있어요. 개를 산업용 냉동고에 가두는데, 모양을 훼손하지 않고 안락사시키는 가장 인도적인 방법이래요. 해동되면 자세를 원하는 대로 바꿀 수 있대요."

"왜 그냥 독을 먹이거나 목을 부러뜨리지 않는대요?"

소문이 사실이라는 느낌이 들었다.

개들을 전시장에 설치하고 전선을 이어 모두 전원에 연결했을 때, 너태샤가 조명을 끄고 개들에 연결된 불을 하나하나 켰다. 눈에서 빨간 레이저 불빛이 나왔다. 작업자들이 떨어진 개털을 쓸어담는 동안 나는 검은 래브라도를 쓰다듬었다. 얼굴이 매끄럽고 차가웠다.

"쓰다듬지 말아주세요." 갑자기 어둠 속에서 핑 시가 말했다.

너태샤가 그의 팔을 붙잡더니 PETA*에서 난리 부릴 때를 대비

---

* 세계적으로 활동하는 동물보호단체.

하고 있다고, 항의 집회가 한두 번 열릴 수도 있고 〈뉴욕 타임스〉에 칼럼 기사라도 실리면 엄청난 홍보가 될 거라고 호들갑을 떨었다. 핑 시는 멍하니 고개를 끄덕였다.

나는 전시회 첫날 병가를 냈다. 너태샤는 개의치 않는 듯했다. 프런트데스크에는 앙겔리카를 대신 세워놓았다. 고스룩 차림의 거식증 환자 앙겔리카는 뉴욕대학교 졸업반이었다. 전시는 어느 평론가의 말을 빌리자면 '무시무시한 성공'을 거두었다. '잔혹하게 재미있는' 작품이었다. 다른 평론가는 핑 시에 대해 "예술의 신성함에 종말을 고했다. 이 고삐 풀린 애송이가 기성 예술계를 조롱하고 있다. 그를 차세대 마르셀 뒤샹이라고 치켜세우는 사람들도 있다. 하지만 그가 그런 소동에 값하는 작가인가?"라고 말했다.

내가 왜 그냥 그만둬버리지 않았는지 모르겠다. 그 돈이 필요하지도 않았다. 마침내 6월에 너태샤가 스위스에서 전화로 나를 해고했을 때는 안도감이 들었다. 내가 아트 바젤*에서 쓰일 언론 공개용 작품 자료들을 잘못 발송한 모양이었다.

"궁금해서 묻는데, 너 무슨 약이라도 하는 거니?" 그녀가 알고 싶어했다.

* 매년 6월 스위스 바젤에서 열리는 세계 예술 전시회.

"그냥 정말로 피곤한 거예요."

"의학적인 문제니?"

"아뇨." 나는 말했다. 거짓말을 할 수도 있었다. 단핵구증에 걸렸다거나 수면장애가 있다고 말할 수 있었다. 암이라고도 할 수 있었겠고. 요즘엔 누구나 암에 걸리니까. 하지만 나 자신을 변호하는 건 무의미했다. 일자리를 지키겠다고 싸울 만한 이유가 없었다. "나가라는 거예요?"

"내가 돌아갈 때까지는 계속 출근해서 앙겔리카에게 일을 좀 가르쳐준다면 정말 좋겠다. 문서 정리든 뭐든 네가 컴퓨터로 하던 일, 그런 게 있기나 했다면 말이지만." 나는 전화를 끊은 후 베나드릴을 한 줌 챙겨 비품창고로 내려가 잠에 빠졌다.

아, 잠이여. 잠 말고는 그 무엇도 내게 그런 쾌락을, 그런 자유를, 의식이 깨어 있는 고통에서 해방되어 느끼고 움직이고 생각하고 상상할 능력을 주지 못할 것이다. 나는 기면증 환자는 아니었다. 그러니까 원하지 않을 때 잠에 빠지지는 않았다는 것이다. 나는 수면증에 가까웠다. 수면 애호가. 나는 언제나 잠을 사랑했다. 잠은 어렸을 때 어머니와 함께 즐기던 일 가운데 하나였다. 어머니는 앉아서 내가 그림 그리는 것을 보거나 내게 책을 읽어주거나 함께 게임을 하고 공원을 산책하고 브라우니를 굽는 사람이 아니었다. 우리는 잠을 잘 때 서로 가장 잘 어울렸다.

내가 초등학교 3학년 때 어머니는 아버지와의 알 수 없는 갈등으로 혼자 쓰게 된 침대에서 나를 함께 잘 수 있게 해주었다. 그러면 아침마다 일어나서 복도를 건너가지 않아도 되니 나를 깨우기가 더 쉽다고 했다. 그해에 나는 통틀어 서른일곱 번 지각했고 스물네 번 결석했다. 서른일곱 번, 어머니와 나는 눈이 가물거리고 피곤한 채로 일곱시에 깨서 일어나려다 도로 누웠고, 어머니 쪽 협탁 위 작은 TV에서 만화영화가 번쩍이는 와중에 계속 잠을 잤다. 우리는 몇 시간 후에—커튼은 내려져 있고 난파된 여분의 베개가 거칠거칠한 베이지색 러그 위에 널린 와중에—일어나 얼떨떨한 정신으로 옷을 입고 휘청휘청 차 안으로 들어갔다. 어머니가 한 손으로 눈꺼풀을 벌린 채 다른 손으로 운전대를 돌리던 모습이 기억난다. 그해에 어머니야말로 무슨 약을 했는지, 그중 무언가를 내게 살짝 준 건 아닌지 궁금할 때가 있다. 스물네 번, 우리는 알람소리를 못 듣고 계속 자다가 정오가 지나 일어났고 학교에 갈 생각은 아예 관두었다. 나는 시리얼을 먹고 온종일 책을 읽거나 TV를 보았다. 어머니는 담배를 피우고 전화통화를 하고 가정부를 피해 다녔으며, 와인 한 병을 들고 부부침실에 딸린 욕실에 들어가 거품 목욕을 하며 대니엘 스틸의 소설이나 잡지 〈가정과 정원 가꾸기〉를 읽곤 했다.

그해에 아버지는 서재에 있는 소파에서 잤다. 소파 끄트머리 참나무 탁자에 놓인 두꺼운 안경과 기름기 낀 렌즈에 확대된 짙은 색 나뭇결도 기억난다. 나는 안경을 끼지 않은 아버지 얼굴을 잘 알아보지 못했다. 별 특징이 없었다. 숱이 줄어드는 갈색 머리, 턱 아래로 늘어진 살, 이마에 깊이 파인 걱정 주름 딱 한 줄. 그 주름 때문에 아버지는 끊임없이 혼란스러워하면서도 수동적인 사람, 마치 자기 눈 뒤에 갇힌 남자 같았다. 나는 그를 존재가 희미한 사람이라고 생각했다. 이해할 수 있다는 기대조차 품을 수 없게 하는 낯선 여자 둘과 함께하는 가정의 삶을 조심스레 조절해나가는 낯선 사람. 매일 밤, 아버지는 물 한 잔에 알카셀처 소화제를 톡 떨어뜨렸다. 나는 옆에 서서 알약이 물에 녹는 모습을 지켜보았다. 치지직 하는 거품 소리를 듣고 있으면 아버지가 처량한 무채색 파자마 자락을 바닥에 끌며 말없이 소파에서 쿠션을 내려 구석에 쌓던 기억이 난다. 아버지의 암은 바로 그때, 거실에서 밤잠을 설치는 동안 생긴 몇 개의 이상 세포에서 시작되었는지도 모른다.

아버지는 내게 동지도 비밀을 털어놓는 친구도 아니었지만, 이 근면한 남자가 소파로 밀려나고 게으른 어머니가 킹사이즈 침대를 차지한다는 사실이 내 눈에는 거꾸로 된 일 같았다. 그 때문에 어머니에게 분개했지만 정작 본인은 죄책감도 수치심도 느끼지 않는 듯했다. 나는 어머니가 아름다운 외모 때문에 너무 많은 것을 면제받았다고 생각한다. 리 밀러와 닮은 외모였다. 리 밀러가 침실의 주정뱅이였다면 말이지만. 추측하건대 어머니는 아버지가 자기 인생을 망쳤다며 비난했을 것이다. 덜컥 임신하고 아버지와 결혼하느라 대학을 중퇴했으니까. 물론 그럴 필요는 없었다. 나는 1973년 8월에 태어났는데, 로 대 웨이드 재판*으로부터 일곱 달 뒤였다. 어머니의 가족은 컨트리클럽에서 흔히 볼 수 있는 유형의 남부 출신 알코올중독 침례교도들—한쪽은 미시시피의 벌채 업자이고 다른 한쪽은 루이지애나의 석유 업자—이었는데 그렇지 않았다면 나를 유산시켰을 것이다. 아버지는 어머니보다 열두 살 많았다. 두 사람이 결혼했을 때 어머니는 겨우 열아홉 살에 이미 임신 사 개월이었다. 나는 셈을 할 수 있게 되자마자 그 사실을 파악했다. 어머니는 배 위의 임신선, 늘어진 피부, 상처들 때문에 "라쿤이 배를 가르고 내장을 꺼낸" 것처럼 보인다며, 마치 내가 고의로 탯줄을 목에 감기라도 한 양 나를 쏘아보았다. 어쩌면 정말 그랬는지도 모른다. "의사가 내 배를 가르고 널 꺼냈을 때 넌 시퍼랬어. 실수의 결과를, 네 아버지를, 그 난리를 다 감당했는데 아기가 죽어버린다? 파이를 오븐

* 미국 대법원이 임신 중절 권리를 인정한 재판.

에서 꺼내자마자 바닥에 떨어뜨리는 것처럼?"

어머니가 했던 유일한 지적 활동은 십자말풀이였다. 이따금 밤에 침실 밖으로 나가 아버지에게 힌트를 요구했다. "답은 말하지 마. 그냥 그 말이 어떤 소리가 나는지 말해줘." 대학교수인 아버지는 사람들에게 자신만의 결론에 도달하도록 안내하는 일에 능숙했다. 냉정하고 시무룩했으며 은근히 경멸을 드러내기도 했다. 나는 아버지를 닮았다. 어머니도 언젠가 우리 부녀를 두고 '돌덩이 늑대들'이라고 말한 적이 있다. 하지만 차가운 분위기는 어머니에게도 있었다. 본인은 깨닫지 못했다고 생각한다. 우리는 모두 마음이 그다지 따뜻하지 않은 사람들이었다. 나는 반려동물을 금지당했다. 때로는 강아지 한 마리만 있었어도 모든 게 달라졌을지 모른다는 생각이 든다. 부모님은 내가 대학 3학년일 때 차례로—먼저 아빠가 암으로, 육 주 후에 어머니가 약물과 술 때문에—세상을 떠났다.

이 모든 기억, 내 과거의 비극이 다시 엄청난 위력으로 떠오른 건 더커트의 비품창고에서 깨어난 마지막날 밤이었다.

밤 열시였고 모두 퇴근한 후였다. 어두운 계단을 터덜터덜 올라가 내 책상 위를 치웠다. 슬픔도 그리움도 없었고, 잠에 빠져 아무것도 느끼지 않을 수 있었는데 괜히 불필요한 노동에 너무 많은 시간을 허비했다고 생각하니 넌더리만 났다. 직업을 가지면 삶에 가치가 더해질 거라고 믿은 내가 바보였다. 휴게실에서 쇼핑백을 하나 찾아내 커피잔을 넣고 서랍에 보관하던 여벌 옷, 하이힐 몇 켤레, 팬티스타킹, 볼륨 업 브래지어, 화장품, 일 년간 손댄 적 없는 숨겨둔 코카인 등을 챙겼다. 갤러리에서 뭔가를 훔쳐야겠다고 생각했다. 너태샤의 사무실에 걸린 래리 클라크 사진이나 종이 재단기 같은 것. 결국 샴페인 한 병으로 정했다. 미적지근하고, 그래서 적절한 위안이 되는.

모든 불을 끄고 경보장치를 작동시킨 후 걸어나갔다. 선선한 초여름밤이었다. 담배에 불을 붙이고 갤러리를 향해 섰다. 레이저 불빛은 꺼졌지만 유리 너머로 바깥 보도를 바라보는 키 큰 흰 푸들이 보였다. 드러낸 이빨 가운데 금 송곳니 하나가 가로등 불빛에 번뜩였다. 둥글게 부풀린 조그만 머리 둘레로는 빨간 벨벳 리본이 매여 있었다. 갑자기 감정이 북받쳤다. 짓누르려 했지만 그 감정은 내장 속에 쏙 들어앉았다. "동물이 있으면 집안이 엉망이 돼. 난 잇새에서 개털을 뽑아내며 살아야 하는 건 싫다." 어머니가 한 말이 떠올랐다.

"금붕어도 안 돼요?"

"왜? 헤엄쳐 다니다가 죽는 꼴이나 보려고?"

아마 이 기억이 아드레날린 대방출을 유발해 나를 갤러리 안으로 다시 떠밀었을 것이다. 내가 쓰던 책상 위 상자에서 클리넥스를 몇 장 뽑고, 전원 스위치를 눌러 레이저 불빛을 켠 다음 박제된 검은 래브라도와 잠든 닥스훈트 사이에 섰다. 그런 다음 바지를 내리고 쪼그려앉아 바닥에 똥을 누었다. 엉덩이를 닦은 후 바지를 발목에 걸친 채 질질 끌고 갤러리 저편으로 걸어가 똥 묻은 클리넥스를 건방진 푸들의 입에 쑤셔넣었다. 그 행동은 나를 위한 변호처럼 느껴졌다. 내가 남기는 적절한 작별인사였다. 그곳을 나와 택시를 타고 집에 와서 샴페인 한 병을 밤새 다 마시고 〈위기일발 밤도둑〉을 보며 소파에서 잠들었다. 우피 골드버그는 최소한 계속 살아갈 이유가 되어주었다.

다음날, 실업수당을 신청했다. 너태샤는 분명 분개했겠지만 내게 전화하진 않았다. 매주 세탁물을 수거해 가도록 세탁소에 조치했고 모든 공과금을 자동이체로 돌렸으며, 세컨드 애비뉴에 있는 유대인여성위원회 중고품 판매장에서 비디오테이프들을 다양하게 사 모았다. 머지않아 약을 세게 쓰면서 낮이나 밤이나 내내 잤고 중간에 두세 시간 정도만 깨어 있었다. 참 좋구나, 나는 생각했다. 마침내 정말로 중요한 일을 하고 있었다. 잠이 생산적인 일이라고 느껴졌고, 무언가 정리되고 있었다. 나는 마음속으로 알았다. 당시에 내 마음이 아는 건 그것뿐이었다, 아마도. 충분히 잠을 자고 나면 난 괜찮아질 것이다. 다시 새로워지고 다시 태어날 것이다. 완전히 새로운 사람이 될 것이고, 모든 세포가 거듭 재생되어 옛날의 세포들은 전부 머나먼 흐릿한 기억이 될 것이다. 과거의 삶은 꿈에 불과할 것이고, 나는 내 휴식과 이완의 해에 축적될 희열과 평정의 힘을 받아 후회 없이 다시 시작할 수 있을 것이다.

둘

그때까지는 닥터 터틀을 일주일에 한 번씩 만났으나 더커트를 떠나고서는 유니언광장까지 그렇게 자주 가야 하는 게 싫어졌다. 그래서 그녀에게는 내가 '시카고에서 프리랜서로 일하고' 있어서 대면 상담은 한 달에 한 번만 할 수 있다고 말했다. 그녀는 의료보험의 본인 부담금을 내가 미리 수표로 지불해주면 매주 전화 상담으로 대체하거나 상담을 아예 안 하고도 약을 탈 수 있게 해주겠다고 했다. "보험사에서 물으면 매주 여기에 직접 온다고 하세요. 혹시 몰라서요." 그녀는 처방약 충전을 지시할 약국으로 맨해튼의 내 집 주변에 있는 라이트에이드가 설정되어 있었는데도 이상하게 여기지 않았다. 시카고에서 업무가 잘되어가는지, 거기서 내가 뭘 하는지도 묻지 않았다. 닥터 터틀은 동면

프로젝트에 대해 아무것도 알지 못했다. 그녀가 나를 신경과민에 시달리면서도 정상적 생활을 해나가는 사람으로 여겨서 잠에 곯아떨어지게 할 약을 처방해주기를 나는 바랐다.

준비를 마치자 본격적으로 잠에 빠져들었다. 내 인생의 흥미진진한 시간이었다. 희망에 들떴다. 위대한 변신을 향한 여정에 접어들었다고 느꼈다.

첫 주는 부드러운 중간지대에 머물렀다. 아파트 밖으로 한 발짝도 나가지 않았고, 커피를 사러 가지도 않았다. 침대 옆에 마카다미아 병을 두어 의식의 수면으로 올라올 때마다 몇 개씩 먹고 폴란드스프링 생수 한 병을 들이켰으며, 아마 하루에 한 번쯤 이끌리듯 화장실로 갔을 것이다. 전화도 받지 않았다. 어차피 리바 말고는 전화하는 사람도 없었다. 그녀는 숨넘어가는 목소리로 음성메시지를 남겼는데 어찌나 길게 말하는지 중간에 끊기곤 했다. 대개 헬스장의 스테어마스터* 위에서 거는 전화였다.

어느 날 밤, 리바가 미리 알리지도 않고 찾아왔다. 수위는 그녀에게 내가 지방에 간 것 같다고 말했다.

"걱정했잖아." 스파클링 로제 와인 한 병을 들고 쳐들어온 리

* 계단형 운동기구.

바가 말했다. "어디 아프니? 밥은 먹고 있어? 회사는 휴가를 낸 거야?"

"그만뒀어." 나는 거짓말했다. "내 관심사에 시간을 더 할애하고 싶어."

"무슨 관심사? 네게 관심사라는 게 있는 줄 몰랐다." 그녀는 완전히 배신당했다는 목소리였다. 하이힐을 신은 채 약간 비틀거리기도 했다.

"너 취했니?"

"정말로 일 그만둔 거야?" 그녀가 물으며 신발을 벗어던지고 안락의자에 털썩 주저앉았다.

"그년 밑에서 하루 더 일하느니 차라리 똥을 먹겠어." 내가 말했다.

"그 여자, 왕자인지 뭔지랑 결혼했다고 네가 그러지 않았어?"

"맞아." 나는 대답했다. "근데 어차피 그냥 소문이었어."

"그래서 너 아픈 거 아니라고?"

"난 쉬고 있어." 나는 소파에 드러누워 몸소 보여주었다.

"말 되네." 리바는 순순히 고개를 끄덕이며 말했지만 의심스러워한다는 걸 나는 알 수 있었다. "쉬는 시간을 갖고 다음에 무슨 일을 할지 생각해봐. 오프라가 말하기를, 우리 여자들은 앞으로 더 좋은 일이 생길 거라는 믿음이 없어서 결정을 너무 서두른

대. 바로 그래서 불만족스러운 직장이나 결혼생활에 얽매이는 거래. 옳은 말씀!"

"직장을 옮기려는 게 아니야." 나는 설명을 시작했다가 그만두었다. "한동안 좀 쉬려는 거지. 일 년간 잠을 잘 생각이야."

"그걸 어떻게 할 생각인데?"

나는 소파 쿠션 사이에서 아티반 약병을 꺼내 뚜껑을 돌려 열고 알약 두 개를 꺼냈다. 리바가 움츠러드는 모습이 곁눈으로 얼핏 보였다. 단지 그녀를 경악하게 하려고 알약을 씹어 삼키고 헛구역질을 좀 하다가 약병을 다시 쿠션 사이에 찔러넣은 뒤 누워서 눈을 감았다.

"아, 네게 인생 계획이 있다니 반갑다. 하지만 솔직히 말해서," 리바가 말하기 시작했다. "네 건강이 걱정돼. 너 그런 약 먹기 시작하고 적어도 1.5킬로그램은 빠졌어." 그녀는 사물이나 사람의 무게를 짐작하는 데 선수였다. "장기적으로는 어떡할 건데? 남은 평생 약을 먹을 생각이니?"

"그렇게 먼 미래는 생각 안 해. 그리 오래 살지 못할 수도 있고." 나는 하품했다.

"그런 말 하지 마." 리바가 말했다. "날 봐. 제발."

나는 끔뻑끔뻑 눈을 뜨고 안락의자 위에서 향수 냄새를 풍기는 안개를 쳐다보았다. 눈을 가늘게 뜨고 초점을 맞췄다. 그녀는 내가 일 년 전에 제이크루 카탈로그에서 본 적 있는 원피스를 입고 있었다. 나로선 '태피'* 색깔이라고밖에 묘사할 수 없는 분홍색조에 생견 소재로 된 원피스였다. 립스틱은 주황색 계열.

"너무 방어적으로 나오지 마. 근데 너 요즘 좀 이상했어." 그녀가 말했다. "어쩐지 멀게 느껴지고. 게다가 계속 살이 빠지잖아." 나는 그녀가 무엇보다 그 점에 신경썼다고 생각한다. 자신이 늘 열심히 임하고 있는 살 빼기 게임에서 내가 꼼수를 쓰고 있다고 생각한 게 분명하다. 우리는 키가 비슷하지만 나는 사이즈 2를 입고 리바는 4를 입었다. "게다가 생리전증후군일 때는 6으로 늘어나." 우리 몸의 그 차이가 리바의 세상에서는 엄청난 것이었다.

"종일 자는 건 건강에 좋지 않다고 생각해." 그녀가 기다란 껌 몇 개를 한번에 입에 넣으며 말했다. "네게 필요한 건 기대어 울 수 있는 어깨인 것 같다. 펑펑 울고 나면 얼마나 기분이 좋아지는지, 알면 너도 놀랄 거야. 그 어떤 약을 먹는 것보다 나은 기분이지." 그녀가 조언할 때는 조악한 TV 영화 대본을 읽는 것처럼 들렸다. "동네 근처 산책도 기분 개선에 놀라운 영향을 끼쳐." 그녀가 말했다. "배고프지 않니?"

"먹을 기분이 아니야." 나는 말했다. "그리고 어디에도 가고

---

* 설탕을 녹여 만든 무른 사탕.

싶지 않아."

"때로는 그렇지 않은 척하는 것도 필요해."

"닥터 터틀이 네 껌 중독을 멈춰줄 뭔가를 줄 수도 있을 거야." 나는 심드렁하게 말했다. "요즘엔 온갖 종류의 약이 다 나와."

"난 이걸 멈추고 싶지 않아." 그녀가 대답했다. "그리고 중독도 아니야. 습관이지. 난 껌 씹는 걸 즐긴다고. 인생에서 나 자신에 대해 좋은 기분을 느끼게 해주는 몇 안 되는 일 중에 하나야. 나만의 즐거움을 위해 하는 거니까. 껌, 그리고 헬스장. 그게 내 심리치료야."

"하지만 껌 대신 약을 먹어도 되잖아." 나는 따지고 들었다. "그럼 네 턱이 그런 씹는 노동을 안 해도 되잖아." 사실 리바의 턱을 걱정하는 마음은 없었다.

"으흠." 그녀가 반응했다. 나를 똑바로 보고 있었지만 껌 씹기에 완전히 도취되어 정신은 딴 데로 흘러가는 듯했다. 정신이 돌아오자 의자에서 일어나 부엌 쓰레기통에 껌을 뱉고 와서는 바닥에 누워 리듬감 있게 윗몸 일으키기를 시작했고, 그러자 원피스 배 부분에 주름이 잡혔다. "누구에게나 자기만의 스트레스 해소법이 있어." 그녀는 그렇게 말하며 습관적 행동의 이점에 대해 횡설수설 지껄였다. 그것을 '자기위안'이라고 묘사했다. "명상처럼 말이야." 나는 그녀를 혐오하며 하품했다. "맨날 잠만 잔다고 기분이 정말로 나아지진 않을 거야.” 그녀가 말했다. “자는 동안에 뭔가를 바꾸는 게 아니니까. 그냥 문제를 회피할 뿐이지.”

“무슨 문제?”

“난 모르지. 넌 스스로 문제가 아주 많다고 생각하는 것 같아. 정말 이해가 안 돼. 넌 똑똑한 여자잖아.” 그녀가 말했다. “넌 맘만 먹으면 뭐든 할 수 있어.” 그러고는 일어나서 자기 가방을 뒤져 립글로스를 찾았다. 나는 그녀가 물방울 맺힌 로제 와인 병에 눈길을 보내는 걸 보았다. “오늘밤에 나랑 나가자, 에이 그러자, 응? 필라테스 같이 하는 친구 재키가 그리니치빌리지의 게이바에서 생일파티를 한대. 안 가려고 했는데 네가 같이 가면 재미있겠어. 지금 겨우 일곱시 반이야. 게다가 금요일 밤이고. 이거 마시고 나가자. 아직 초저녁이야!”

“난 피곤해, 리바.” 나는 대답하며 나이퀼 감기약 뚜껑의 밀폐 포장을 벗겼다.

“아, 가자.”

“그냥 혼자 가.”

“계속 여기 틀어박혀 자면서 인생을 다 보내고 싶은 거야? 그래?”

“넌 행복해지는 방법을 안다면 그걸 안 할 것 같니?” 내가 물었다.

"봐, 너도 사실 행복해지고 싶잖아. 그런데 왜 나한테 행복은 멍청한 거라고 한 거야?" 그녀가 물었다. "나한테 여러 번 그랬잖아."

"나 좀 멍청해지게 놔둬." 나는 나이퀼을 꿀떡꿀떡 마시며 말했다. "넌 가서 똑똑해져서 그게 얼마나 대단한지 나한테 말해줘. 난 여기 있을 거야. 동면하면서."

그녀가 눈을 흘겼다.

"이건 자연스러운 거야." 나는 말했다. "예전에 사람들은 항상 동면을 했어."

"사람들은 동면한 적 없어. 그런 얘긴 어디서 듣는 거니?"

리바는 격분하면 아주 처량해 보일 때가 있었다. 그녀가 일어나 케이트스페이드인지 뭔지 싶은 바보 같은 짝퉁 가방을 들고 섰다. 머리는 뒤로 모아서 묶고, 하나 마나 한 귀갑무늬 플라스틱 머리띠를 둘렀다. 그녀는 늘 머리를 드라이어로 손질했고, 눈썹은 괄호처럼 가는 아치 모양으로 제모했으며, 손톱에는 분홍과 보라 계열의 다양한 색조로 매니큐어를 발랐다. 그 모든 것이 자신을 멋진 사람으로 만들어주기라도 한다는 듯이.

"이건 의논할 문제가 아니야, 리바. 내가 하고 있는 일이라고. 받아들일 수 없다면 굳이 안 그래도 돼."

"난 받아들여." 그녀가 목소리를 낮추고 말했다. "그저 재미있는 저녁 시간을 놓쳐서 안타깝다고 생각할 뿐이야.” 그녀가 하얀 발을 가짜 루부탱 스틸레토힐에 끼워넣었다. “있잖아, 일본 회사에선 직원들이 낮잠을 잘 수 있도록 특별한 방을 마련해놓는대. 〈지큐〉에서 읽었어. 내일 연락할게. 사랑해.” 그녀는 그렇게 말한 뒤 로제 와인 병을 집어들고 밖으로 나갔다.

처음에는 꿈을 많이 꾸었다. 여름이 본격적으로 시작되고 에어컨의 역겨운 냉기로 실내 공기가 답답해졌을 때 특히 그랬다. 닥터 터틀은 내 꿈이 특정 약물들의 효과를 나타내는 지표일지도 모른다고 말했다. 그러면서 꿈을 기록해 '고통의 강도가 줄어드는' 과정을 추적하라고 권했다.

“난 '꿈 일기'라는 말을 좋아하지 않아요.” 그녀가 6월에 있었던 대면 상담에서 말했다. “그보단 '야간 환각 기록지'라는 말을 선호하죠.”

그래서 나는 포스트잇에 메모를 했다. 매번 잠에서 깰 때마다 기억할 수 있는 건 모두 끄적여놓았다. 나중에 그 꿈들에 무서운 세부를 덧붙여 더 산만해 보이는 필체로 노란 메모장에 옮겨 적은 후 7월에 닥터 터틀에게 제출했다. 내게 안정제가 더 필요하다고 그녀가 생각해주기를 바랐다. 한번은 꿈에서 유람선 파티에 갔다가 멀리서 빙글빙글 돌며 헤엄치는 돌고래 한 마리를 지켜보았다. 하지만 꿈 일기에서는 타이태닉호에 탔다고, 돌고래는 사실 상어였으며 모비 딕이자 딕 트레이시, 그리고 불타오르는 단단한 남근이기도 해서, 그 남근이 여자와 아이로 이루어진 군중에 연설하며 총을 흔들어대고 있었다고 보고했다. "그때 나는 모두에게 나치 경례를 한 뒤 배 밖으로 뛰어내렸고, 남은 사람은 처형되었다."

다른 꿈에서는 빠른 속도로 달리는 지하철 안에 서 있다가 중심을 잃고 "실수로 나이든 여자의 머리칼을 붙잡아 뽑아버렸다. 그 여자의 두피에 애벌레가 들끓었고 그것들이 죄다 나를 죽일 듯 위협했다."

꿈에서 녹슨 메르세데스를 몰고 이스트강 산책로를 달렸는데 "조깅하는 깡마른 사람들, 라틴계 가정부들, 토이푸들들이 타이어 밑에 쿵쿵 깔렸고, 나는 사방에 튀는 피를 보고 행복해서 가슴이 터질 것만 같았다."

꿈에서 브루클린다리에서 뛰어내렸다가 물속 마을을 발견했다. 다른 곳의 삶이 더 낫다는 얘기를 들은 마을 사람들이 버리고 떠난 곳이었다. "불을 뿜는 뱀이 내 배를 가르고 내장을 모두 후루룩 먹어치웠다." 꿈에서 다른 사람의 다이어프램 피임기구를 훔쳐 입에 넣고 "우리집 수위에게 오럴섹스를 해주었다." 한쪽 귀를 잘라서 너태샤에게 100만 달러 청구서와 함께 이메일로 보냈다. 살아 있는 벌을 삼켰다. "수류탄을 먹었다." 빨간 스웨이드 앵클부츠를 사서 신고 파크 애비뉴를 걸어갔다. "배수로에 낙태시킨 태아들이 넘쳐났다."

"쯧쯧." 내가 '기록지'를 보여주자 닥터 터틀이 말했다. "아직도 절망에 깊이 빠져 있나봐요. 솔포톤 용량을 늘려봅시다. 하지만 무생물이 살아 움직이는 악몽을 꾸거나 깨어 있을 때 그런 경험을 하면 복용을 중단하세요."

그러다 부모님 꿈을 여러 번 꾸었는데 닥터 터틀에게는 말하지 않았다. 어느 꿈에서는 아빠에게 서재 벽장에 숨겨둔 사생아 아들이 있었다. 영양실조에 걸린 창백한 그 소년을 내가 찾아냈고 우리 둘이서 집을 태워버리자고 모의했다. 샤워실에서 아이보리 비누로 어머니의 음모에 거품을 내다가 질에서 엉킨 털 뭉치를 빼내는 꿈도 꾸었다. 고양이가 토해내는 헤어볼 같기도 하고 욕조 배수구를 막는 오물 뭉치 같기도 했다. 꿈에서 나는 그 털 뭉치를 아버지의 암 덩어리로 이해했다.

부모님의 시체를 끌고 산골짜기를 내려가 달빛 아래서 독수리를 바라보며 고요히 기다리는 꿈도 꾸었다. 전화를 받았는데 긴 침묵이 흘렀고 내가 그것을 어머니의 무언의 경멸로 해석한 꿈도 몇 번인가 꾸었다. 혹은 지지직거리는 잡음만 들리자 부모님이 하는 말을 들을 수 없다는 절망감에 절박해져 수화기에 대고

"엄마? 아빠?" 하고 외치기도 했다. 다른 때는 두 사람의 대화를 얇은 반투명 용지에 타이핑한 걸 읽고 있는데 종이가 손에서 부스러져 흩어지기도 했다. 가끔 아파트 로비나 뉴욕공립도서관 계단 위에서 부모님을 발견하기도 했다. 어머니는 마치 중요한 일을 하다가 꿈에 불려나온 양 실망하고 조급한 기색이었다. "네 머리는 어쩌다 그렇게 된 거니?" 그녀는 렉싱턴 애비뉴의 스타벅스에서 그렇게 묻더니 급히 매장을 가로질러 화장실로 갔다.

꿈속의 아버지는 언제나 눈이 푹 꺼진 채 병든 모습이었고 두꺼운 안경 렌즈는 기름기로 얼룩져 있었다. 한번은 아버지가 마취과 의사로 나왔다. 나는 가슴확대 수술을 받을 참이었다. 아버지가 약간 머뭇거리며 악수하자고 손을 내미는데 내가 누군지, 우리가 전에 만난 적이 있는지 모르는 것 같았다. 나는 철제 들것 위에 누웠다. 아버지가 나오는 그런 꿈들이 가장 심란했다. 나는 공황에 빠져 잠에서 깼다가 로제렘이나 다른 약을 몇 알 먹고 다시 잠들었다.

깨어 있는 시간에는 자주 부모님 집을 생각했다. 그곳을 구석구석 떠올리면서 어떤 방이 아침이나 오후에 어떻게 보이는지, 여름밤의 정적 속에서 집 앞 가로등의 부드러운 노란 불빛이 서재의 반들거리는 목제 가구에 반사되면 어떤 모습이 되는지 생각했다. 자산 관리 변호사는 내게 그 집을 팔라고 권했다. 마지막으로 그곳에 가본 때는 부모님이 돌아가시고 난 여름이었다. 트레버와 나는 여러 번 반복하고 실패한 낭만적 재회의 한순간을 보내고 있었기 때문에 애디론댁산맥에서 주말을 지내고 뉴욕으로 돌아가는 길에 우회해 내 고향에 들렀다. 집 주변을 돌아다니며 먼지 낀 창문 너머로 텅 빈 실내를 들여다보는 동안 그는 렌트한 컨버터블 차 안에 남아 있었다. 집은 내가 살던 때와 별로 달라 보이지 않았다. "시장 상황이 좋아질 때까지 팔지 마." 그가 외쳤다. 문득 감정이 격해져 난처해진 나는 재빨리 자리를 피해 차고 뒤편의 탁한 연못에 뛰어들었다가 썩어가는 이끼에 뒤덮인 채 나왔다. 차에서 나온 트레버가 정원 호스로 물을 뿌려 나를 씻겨주었고, 내 옷을 벗은 후 자기 재킷을 걸치고 차에 타라고 했다. 그러고선 포킵시 갤러리아에 도착해 새 옷을 사다주겠다더니 안으로 들어가기 전에 주차장에서 오럴을 해달라고 요구했다. 나는 순순히 응했다. 그에게 그 행위는 성애의 최고봉이었다.

트레버가 나를 학교에 내려주고 간 뒤 변호사에게 전화해 집을 포기할 수 없다고 말했다. "결혼해서 아이 낳고 사는 일이 없을 거란 확신이 들기 전엔 안 팔래요." 나는 말했다. 사실이 아니었다. 주택 시장이나 집값에는 관심이 없었다. 연애편지를 간직하듯 그 집을 붙잡고 싶었다. 이 세상에서 내가 처음부터 완전히 혼자는 아니었다는 증거였으니까. 하지만 실은 내가 겪은 상실을, 그 집 자체의 텅 빈 상태를 붙잡고 있었던 것 같다. 서로 사랑해야 하는데 그럴 수 없는 이들과 얽혀 있느니 혼자가 낫다는 사실을 확인하려는 것처럼.

어렸을 때 이따금 어머니가 나를 아주 특별한 사람처럼 느끼게 해주는 순간들도 있었다. 그녀가 내 머리칼을 쓰다듬으면 달콤하고 산뜻한 향수 냄새가 풍겼고 창백하고 앙상한 손은 차가웠으며 금팔찌가 손목에서 짤랑거렸다. 머리는 밝은색으로 가닥가닥 염색했고 입술에는 립스틱을 발랐으며, 숨결에서는 담배 연기의 나무 냄새와 술의 알싸한 냄새가 났다. 하지만 그러다가도 이내 멍하고 산만해지면서 어떤 심각한 두려움이나 걱정에 사로잡힌 듯했고 나를 생각하는 일조차 간신히 견디는 것 같았다. "지금은 네 얘기를 못 듣겠다." 그런 순간이면 이렇게 말하고 나가서 이 방 저 방 돌아다니며 종이쪽지를 찾아 전화번호를 적었다. "이걸 버리기만 했단 봐라." 어머니는 경고했다. 그리고 늘 누군가—새로운 친구일 거라고 나는 추측했다—와 통화중이었다. 이 여자들을, 이 새로운 친구들을 어디서 만나는지 나는 알지 못했다. 미용실에서? 주류판매점에서?

원했다면 반항적으로 행동할 수도 있었다. 머리를 보라색으로 염색하고 고등학교에서 퇴학당하고 끼니를 거르고 코에 피어싱을 하고 난잡하게 노는 등 뭐든 다. 다른 십대들이 그러는 걸 보았지만 사실 그렇게까지 애쓸 기력이 없었다. 주목받기를 갈망했지만 주목해달라고 요구하는 굴욕은 거부했다. 괴로워하는 기색을 보이면 벌 받게 될 것을 알았다. 그래서 착하게 굴었다. 매사에 바르게 행동했다. 조용하게 생각으로만 반항했다. 부모님은 내가 존재한다는 사실도 겨우 인지하는 것 같았다. 한번은 화장실에 있다가 복도에서 두 사람이 속삭이는 소리를 들었다.

"쟤 턱에 여드름 두 개 난 거 봤어?" 어머니가 아버지에게 물었다. "그게 자꾸 눈에 거슬려서 참을 수가 없어. 너무 분홍색이잖아."

"그렇게 걱정되면 피부과에 데려가." 아버지가 말했다.

며칠 후 가정부가 클리어라실 연고 하나를 가져다주었다. 색이 들어간 종류였다.

내가 다니던 사립 여고에서는 리바 같은 숭배자들이 떼 지어 나를 따라다녔다. 그애들은 나를 따라 했고 뒤에서는 나를 씹었다. 나는 금발에 날씬하고 예뻤고 사람들은 그 점에 주목했다. 그 여자애들도 그 점에 관심을 가졌다. 그리고 나는 타인의 자기불안에서 비롯된 값싼 애정으로 기분을 띄우는 법을 배웠다. 늦게까지 밖에 나다니지 않았다. 숙제나 하고 방을 깨끗이 정돈했으며, 언젠가 집을 나가 성장하고 정상적인 사람처럼 느낄 수 있기를 바라며 때를 기다렸다. 대학에 들어갈 때까지, 트레버를 만날 때까지 남자애들과 어울리지도 않았다.

대학 입학지원서를 준비하는 동안, 어머니가 나에 대해 아버지에게 하는 말을 다시 한번 엿들었다.

"쟤 자기소개서 좀 당신이 읽어봐." 어머니가 말했다. "내겐 절대로 안 보여줄 거야. 뭔가 창조적인 걸 쓰려고 할까봐 걱정이야. 그럼 끔찍한 주립대학에나 가게 될 거라고."

"내가 가르치는 대학원생 중에는 주립대학을 나왔는데 굉장히 똑똑한 애들도 있어." 아버지가 차분히 대답했다. "그리고 저애가 영문학 같은 거나 전공하겠다고 하면 어느 대학을 가든 별 차이 없어."

결국 어머니에게 자기소개서를 보여주게 되었다. 주제로 다룬 화가 안톤 커슐러가 내가 지어낸 인물이라는 사실은 말하지 않았다. 나는 그의 작품이 "과학기술의 부상에 직면한 미술에 대한 인본주의적 접근법"을 유지하는 방법을 탐색하는 데 유익하다고 썼다. 그리고 내가 지어낸 다양한 작품들을 묘사했다. 〈컴퓨터에 소변을 보는 개〉와 〈증권 시장의 햄버거 점심〉 등. 그의 작품이 "미술이 미래를 창조하는" 방식에 관심이 있는 내게 개인적으로 말을 걸어온다고도 썼다. 평범한 자기소개서였다. 그것을 읽고 전혀 동요를 느끼지 않는 어머니를 보고 나는 충격을 받았다. 그녀는 내게 글을 돌려주며 자주 반복되는 단어가 몇 개 있으니 유의어 사전을 참고하라고 권했다. 나는 그 충고를 받아들이지 않았고, 컬럼비아대학교 조기 전형에 지원해 합격했다.

뉴욕으로 떠나기 전날 밤에 부모님이 나를 앉혀놓고 말을 꺼냈다.

"네 어머니와 나는 네가 남녀공학에서 생활할 수 있도록 대비시켜줄 책임이 있다는 걸 안다." 아버지가 말했다. "옥시토신이라고 들어봤니?"

나는 고개를 저었다.

"널 미치게 만들 물질이야." 어머니가 유리잔 속 얼음을 빙빙 돌리며 말했다. "네가 태어난 그날부터 내가 무진 애를 써가며 네게 갖춰주려 했던 좋은 판단력을 모두 잃게 되지." 말도 안 되는 소리였다.

"옥시토신은 성교중에 분비되는 호르몬의 일종이야." 아버지가 내 뒤의 빈 벽을 응시하며 말을 이었다.

"오르가슴 말이야." 어머니가 속삭였다.

"생물학적으로 옥시토신에는 어떤 목적이 있어." 아버지가 말했다.

"그 뜨뜻하고 알쏭달쏭한 느낌."

"연인에게 서로 유대감을 느끼게 하지. 그게 없었다면 인류라는 종은 오래전에 멸종되고 말았을 거다. 여자는 그 효과를 남자보다 더 강렬하게 경험해. 그걸 알아두는 게 좋을 거야."

"왜냐하면, 네가 어제 나온 쓰레기와 함께 내팽개쳐질 때," 어머니가 말했다. "남자들은 개새끼처럼 굴 테니까. 교수도 마찬가지야. 그러니 속지 마."

"남자는 여자만큼 쉽게 애착을 느끼지 않아. 좀더 이성적이지." 아버지가 어머니의 말을 수정했다. 그러다 한참 말을 멈춘 후 입을 열었다. "우린 그저 네가 조심했으면 하는 거야."

"고무를 사용하라는 얘기야."

"그리고 이걸 받아라."

아버지가 건넨 조개껍데기 모양의 조그만 분홍색 콤팩트 안에는 피임약이 들어 있었다.

"징그러워." 내가 할 수 있는 유일한 말이었다.

"그리고 네 아버지는 암이야." 어머니가 말했다.

나는 아무 말도 하지 않았다.

"전립선은 유방과 달라." 아버지가 고개를 돌리며 말했다. "수술을 받으면 그럭저럭 살 수 있어."

"언제나 남자가 먼저 죽지." 어머니가 속삭였다.

아빠가 의자 끌리는 소리와 함께 탁자에서 뒤로 물러났다.

"그냥 장난이야." 어머니는 그렇게 말하며 손을 흔들어 자기 담배 연기를 얼굴 앞에서 멀리 밀어냈다.

"암에 대해?"

"아니."

그것이 대화의 끝이었다.

나중에 기숙사로 이사할 짐을 싸고 있을 때 어머니가 내 방에 와서 문가에 섰다. 그러면 뭐가 달라지기라도 할 것처럼 담배 든 손을 등 뒤의 복도 쪽으로 뻗었다. 온 집안에서 늘 퀴퀴한 담배 냄새가 났다. "내가 너 울면 싫어하는 거 알지?" 어머니가 말했다.

"울지 않았어요." 나는 말했다.

"그리고 반바지는 챙기지 않았으면 좋겠다. 맨해튼에서는 아무도 반바지 안 입어. 그리고 그 흉한 테니스화를 신고 돌아다니다간 길거리에서 총 맞는다. 우스꽝스러워 보일 거라고. 뉴욕에 가서 우스꽝스럽게 돌아다니라고 네 아버지가 이런 큰돈을 쓰는 게 아니야."

내가 아버지의 암 때문에 운다고 어머니가 생각하기를 바랐지만 그건 사실이 아니었다. "아, 젠장, 계속 그렇게 질질 짤 거면," 하고 말하며 어머니가 가려고 돌아섰다. "네가 아기였을 때 말이야, 내가 젖병에다 발륨을 갈아 넣은 거 아니? 원래 배앓이를 하긴 했지만 네가 몇 시간이고 계속 울어대는데 달래지지도 않고 달리 이렇다 할 이유도 없고 해서. 그리고 셔츠 갈아입어라. 겨드랑이에 땀 찬 게 다 보여. 난 자러 간다."

부모님이 돌아가신 후 부동산 업체가 그들의 재산을 관리했다. 집은 어느 역사학 교수와 그 가족에게 임대되었다. 내가 그들을 만날 필요는 없었다. 업체에서 유지 관리와 정원 가꾸기를 비롯해 필요한 모든 수리 업무를 처리했다. 뭔가 고장나거나 못 쓰게 되면 그들이 사진과 견적을 포함한 서류를 보냈다. 외롭거나 지루하거나 그리움을 느낄 때면 그 사진들을 훑어보며 그곳이 얼마나 시시한 곳인지—갈라진 계단, 물이 새는 지하실, 페인트가 벗어진 천장, 부서진 찬장—확인하며 역겨움을 느끼려 했다. 그러면 나 자신이 불쌍하다는 생각이 들었는데, 부모님이 그리워서가 아니라 그들이 살아 있더라도 내게 줄 수 있는 게 아무것도 없어서였다. 그들은 친구 같은 존재가 아니었다. 내게 위안이나 좋은 충고를 해주지 않았다. 이야기를 나누고 싶은 상대가 아니었다. 나를 거의 알지도 못했다. 너무 바빠서 내 맨해튼 생활을 머릿속에 그려보려고 하지도 않았다. 아버지는 죽느라 바빴고—처음 진단을 받고 일 년 안에 암은 췌장으로, 그다음에는 위로 전이되었다—어머니는 자기답게 사느라 바빴는데, 마지막에 가서는 그게 암에 걸리는 것보다 더 나빠 보였다.

어머니는 딱 한 번, 내가 2학년일 때 뉴욕에 찾아왔다. 기차를 타고 와서는 약속 장소인 구겐하임 미술관에 한 시간 늦게 도착했다. 둘이서 여기저기 걸어다니는 동안 그녀의 숨결에서 술냄새가 났다. 어수선하고 말이 없었다. 칸딘스키와 샤갈의 그림을 보고는 "오, 이거 예쁘지 않니?" 하고 말했다. 경사로 꼭대기에 다다랐을 때는 시간이 그렇게 많이 흘렀는지 몰랐다며 갑자기 나를 두고 가버렸다. 뒤따라 아래로 내려가 미술관 밖으로 나간 나는 택시를 부르려는 어머니가 오는 차마다 사람이 탄 것을 보고 놀라며 안달하는 모습을 지켜보았다. 뭐가 문제였는지 모르겠다. 마음을 불안하게 하는 미술 작품을 보았는지도 모른다. 어머니는 해명하지 않았다. 하지만 얼마 있다가 호텔에서 내게 전화를 걸었고 우리는 그날 저녁에 만나서 식사했다. 미술관에서 이상한 일 같은 건 전혀 없었던 것처럼 행동했다. 취한 어머니에게는 그 어떤 책임도 물을 수 없었다. 나는 그런 일에 익숙했다.

이스트 84번가의 아파트는 유산으로 받은 현금을 주고 샀다. 거실 창문에서 카를슈르츠 공원 한쪽과 이스트강 옆구리가 길게 보였다. 유아차를 끌고 나온 보모들이 보였다. 부유한 주부들이 챙 모자와 선글라스 차림으로 산책로를 따라 정신없이 걸어다녔다. 그들을 보면—의미 없고 자기집착적이라는 면에서—어머니가 생각났는데 그들만큼 신체적으로 활동적이지 않았다는 차이는 있었다. 침실 창문에서 상체를 내밀면 루스벨트섬 북쪽 끝과 그곳에서 기묘한 기하학적 모양을 이루는 낮은 벽돌 건물들을 볼 수 있었다. 그 건물들 안에 미친 죄수들이 갇혀 있다고 생각하기를 즐겼다. 예전이라면 몰라도 지금은 사실이 아님을 알면서도 그랬다. 온종일 자는 생활을 시작하고는 창밖을 자주 내다보지 않았다. 슬쩍 내다보는 걸로 충분했다. 해는 동쪽에서 뜨고 서쪽으로 졌다. 그 사실은 바뀌지 않았고 앞으로도 그럴 것이었다.

시간이 흐르는 속도는 다양해서 잠의 깊이에 따라 빠르기도 느리기도 했다. 나는 수도꼭지에서 받아 먹는 물맛에 아주 예민해졌다. 물이 때로는 뿌옜고 부드러운 광물질의 맛이 났다. 거품이 많고 역한 입냄새 같은 맛이 날 때도 있었다. 거의 의식되지 않고 흘러가는 날들이 가장 좋았다. 소파에 푹 쓰러진 채 나무바닥 위의 먼지가 외풍에 회오리처럼 밀려가는 모습을 숨죽이고 빤히 바라보는 나 자신을 문득 의식하고 살아 있음을 잠시 기억한 뒤 바로 잠에 빠져들었다. 그런 상태를 이루려면 자낙스와 섞은 세로켈이나 리튬, 이에 더해 앰비언이나 트라조돈 고용량이 필요했는데, 나는 그 처방약들을 남용하고 싶지 않았다. 진정 상태를 분배하는 섬세한 셈법을 썼다. 대개 매일의 목표는 쉽게 잠들었다가 놀라지 않고 깨어나는 지점에 도달하는 것이었다. 내 생각들은 시시했다. 맥박은 건성으로 뛰었다. 오로지 커피만이 심장을 조금이나마 더 열심히 뛰게 했다. 내게는 카페인이 운동이었다. 커피의 촉매작용으로 불안감이 커지면 다시 쓰러져 잠들 수 있었다.

가장 많이 돌려 본 영화는 〈도망자〉 〈실종자〉 〈위기의 암호명〉 〈위기일발 밤도둑〉이었다. 나는 해리슨 포드와 우피 골드버그를 아주 좋아했다. 우피 골드버그는 내 주인공이었다. 화면에 나타난 그녀를 응시하며 그녀의 질을 상상할 때가 많았다. 탄탄하고 정직한 자홍색의 질. 우피 골드버그가 나오는 영화는 전부 비디오테이프로 소장했지만 자주 보기에는 과도하게 강렬한 것들이 많았다. 〈컬러 퍼플〉은 너무 슬펐다. 〈사랑과 영혼〉을 보면 지나치게 큰 갈망을 느꼈고 게다가 우피의 역할은 작았다. 〈시스터 액트〉는 좀 까다로운데, 노래들이 뇌리에 박히면서 웃거나 날뛰거나 춤을 추거나 열에 들뜨는 따위의 격렬한 반응을 보이고 싶어졌다. 그건 숙면에 좋지 않았고, 일주일에 한 번 정도만 감당할 수 있었다. 보통은 〈스포트라이트〉와 〈플레이어〉를 한 영화의 전편과 후편처럼 연이어 보곤 했다.

약을 받으러 라이트에이드에 가면 중고 비디오테이프 하나와 가끔 전자레인지용 팝콘 한 상자, 집으로 들고 갈 기력이 있다고 여겨질 때는 2리터짜리 다이어트 스프라이트 한 병을 샀다. 그런 싸구려 영화들—〈쇼 걸〉과 〈에너미 오브 스테이트〉, 그리고 얼굴을 보면 불안해지는 조너선 테일러 토머스가 나오는 〈크리스마스 선물〉—은 대개 끔찍했지만 한두 번쯤은 봐도 괜찮았다. 영화가 멍청할수록 내 정신이 할 일은 줄어들었다. 하지만 익숙한 것들이 더 좋았다. 해리슨 포드와 우피 골드버그가 늘 하던 걸 하는 영화.

8월 초, 매월 한 번 하는 대면 상담을 위해 닥터 터틀을 찾아갔을 때 그녀는 가슴팍에 낡아빠진 레이스가 달린 흰색 민소매 나이트가운을 입고 측면 가리개가 달린 커다란 벌꿀색 선글라스를 쓰고 있었다. 목 보조기도 여전히 착용한 상태였다. "눈에 시술을 받았어요." 그녀가 설명했다. "그리고 중앙 에어컨에서 물이 새요. 눅눅해서 미안해요." 그녀의 가슴팍과 팔에 땀방울이 물집처럼 맺혔고, 머리는 사방으로 부스스하게 뻗쳤다. 긴 의자 위에는 뚱뚱한 고양이들이 누워 있었다. "재들이 너무 열을 받았어요." 그녀가 말했다. "건드리지 않는 게 좋아요." 그 밖에 앉을 곳이 없어서 나는 책장에 기대선 채 마음을 단단히 먹고 얕은 숨을 쉬었다. 방안에 암모니아 냄새가 진동했다. 고양이들에게서 나는 것 같았다.

"악몽 적은 노트 가져왔어요?" 닥터 터틀이 책상 너머에 앉으며 물었다.

"오늘은 일기를 잊고 왔네요." 나는 말했다. "그런데 악몽이 갈수록 심해져요." 거짓말이었다. 사실 꿈은 부드러워졌다.

"하나만 말해봐요. 진료 기록에 새로운 내용을 넣어야 해서요." 그녀가 서류철을 꺼내며 말했다. 그녀는 지치고 더워 보였지만 무질서하지는 않았다.

"음……" 꺼림칙한 얘깃거리를 찾아 머릿속을 헤집었다. 생각해낼 수 있는 거라곤 최근에 본 끔찍한 영화들의 줄거리뿐이었다. "어떤 악몽에서는, 라스베이거스로 이사해 한 재봉사를 만나서 랩댄스*를 췄어요. 그러고서 옛 친구와 마주쳤는데 제게 정부 비밀이 가득 든 플로피디스크를 주었고, 전 살인 용의자가 되어 국가안보국에 쫓겼어요. 그리고 크리스마스 선물로 포르셰를 받기는커녕 미식축구팀이 저를 사막에 두고 가버렸어요."

닥터 터틀은 성실히 받아 적더니 고개를 들고 얘기가 더 나오기를 기다렸다.

"그래서 탈수로 죽느니 차라리 자살하려고 모래를 먹기 시작했죠. 끔찍했어요."

"굉장히 우려스럽네요." 그녀가 중얼거렸다.

* 댄서가 관객의 무릎에 앉아 추는 선정적인 춤.

나는 책장에 기대어 휘청거렸다. 똑바로 서 있기가 힘들었다. 두 달을 잠으로 보내니 근육이 위축된 것이다. 그리고 아침에 먹은 트라조돈의 영향이 아직도 느껴졌다.

"가능하면 모로 누워 주무세요. 최근 오스트레일리아에서 진행된 연구에서는 똑바로 누워 자면 익사하는 악몽을 꿀 가능성이 커진다고 했어요. 물론 확정적인 결론은 아니죠. 오스트레일리아는 지구 반대편에 있으니까요. 그러니까 실제론 엎드려 자는 걸 시도해보고 어떤 결과가 나타나는지 보는 게 맞을 수도 있겠네요."

"닥터 터틀," 내가 입을 열었다. "밤에 잘 때를 위해서 좀더 강한 걸 처방해줄 수 있을까요? 밤에 이리저리 뒤척이고 있으면 정말이지 괴로워요. 지옥에 떨어진 것 같아요."

"지옥이라고요? 그런 데 쓰는 약을 드릴 수 있어요." 그녀가 처방전 양식에 손을 뻗으며 말했다. "정신력으로 육체를 이겨라, 사람들이 그러죠. 하지만 대체 육체가 뭐죠? 현미경 아래에 놓고 보면 그저 조그만 물질 조각이에요. 원자 입자죠. 아원자 입자예요. 그렇게 점점 깊이 들여다보면 결국에는 아무것도 없어요. 트랄랄라. 그러니까 우리는 모두 똑같이 무無예요. 당신이나 저나 무로서 공간을 채우고 있는 겁니다. 마음만 먹으면 벽을 뚫고 지나갈 수도 있다, 사람들이 그러잖아요. 그들이 말하지 않는 건 벽을 뚫고 지나가면 아마 죽을 거라는 사실이죠. 잊지 말아요."

"명심할게요."

닥터 터틀은 내게 처방전을 건넸다.

"자, 샘플을 좀 드릴게요." 그녀가 프로맥서틴이 든 바구니를 내 쪽으로 밀었다. "오, 아니다, 기다려요. 그건 발기불능을 겪는 강박신경증 환자용이에요. 그걸 먹으면 밤에 잠을 못 자요." 그러면서 바구니를 도로 끌어당겼다. "한 달 후에 봐요."

택시를 타고 동네로 돌아와 라이트에이드에서 이번 처방전으로 새 약을 받고 예전 처방전으로 기존 약을 충전하며 스키틀스 초콜릿 한 봉지를 샀다. 집으로 돌아가서는 스키틀스와 남은 프리미돈 몇 알을 먹은 뒤 다시 잠들었다.

다음날, 리바가 와서 죽어가는 어머니 얘기로 징징거리고 켄에 대해 계속 지껄였다. 그 여름에 그녀의 음주 습관은 더욱 나빠지는 듯했다. 그녀는 연두색 악어가죽 소재의 처음 보는 커다란 짝퉁 구찌 토트백에서 호세쿠엘보 한 병과 다이어트 마운틴듀 한 캔을 꺼냈다.

"테킬라 좀 마실래?"

나는 아니라고 고개를 저었다.

리바는 흥미로운 방법으로 술을 탔다. 다이어트 마운틴듀를 한 모금 마실 때마다 캔 안의 줄어든 공간을 호세쿠엘보로 채웠는데, 그래서 음료를 다 비웠을 무렵에는 테킬라만을 마시고 있었다. 참 신기해 보였다. 캔 안에서 다이어트 마운틴듀와 호세쿠엘보의 비율이 어떻게 되는지, 한 모금씩 마실 때마다 바뀌는 그 비율을 측정하는 공식은 무엇일지, 나는 문득 그런 상상을 했다. 고등학교 대수학 시간에 제논의 역설을 공부한 적 있지만 완전히 이해하진 못했다. 무한분할가능성이나 반감이론 등등 뭔지도 모를 것들. 그 철학적 난제는 트레버가 내게 설명하기를 즐길 법한 딱 그런 종류였다. 그는 저녁식사 자리에서 내 맞은편에 앉아 얼음물을 홀짝이며 센트 끝수 처리*나 유가 등락 같은 얘기를 막 힘없이 주절거렸고, 그러는 내내 나는 멍청한 사람, 지루한 사람이라고 장담하듯 눈으로는 내 뒤를 훑어보았다. 나보다 훨씬 나은 사람이 어느 테이블에서 일어나 콧등에 파우더를 바르러 가고 있을지도 모르니까. 그런 생각을 하면 쓰라렸다. 트레버가 실패자이고 머저리라는 사실을 아직 받아들일 수 없었다. 가치도 없는 사람을 위해 나 자신을 그렇게 깎아내릴 수 있었다는 사실을 믿고 싶지 않았다. 아직은 그런 허영의 한 조각을 붙잡고 있

* 소득세를 일정 비율로 원천징수할 때 끝수가 센트 단위로 남는 경우 세금액 차이를 조정하는 방법.

었다. 하지만 잠으로 날려버릴 작정이었다.

"아직도 트레버에게 집착하는구나, 안 그래?" 리바가 캔 속의 술을 홀짝이며 말했다.

"나 종양이 있는 것 같아." 내가 대꾸했다. "뇌에."

"트레버는 잊어버려." 그녀는 말했다. "더 나은 사람을 만날 거야. 이 아파트 밖으로 나가기만 한다면." 그러면서 술을 마시고 또 부으며 "모든 게 태도의 문제"라거나 "양이 같더라도 긍정적 사고는 부정적 사고보다 더 강력하다"고 지껄여댔다. 최근에는 『자기최면을 통해 꿈의 남자를 매혹하는 법』이라는 책을 읽었다면서 '소망 충족'과 '자기 현실의 구현'의 차이를 설명한답시고 계속 떠들었다. 나는 듣지 않으려 했다. "네 문제는 수동적이라는 거야. 넌 상황이 바뀌기만 기다리는데 상황은 절대로 바뀌지 않아. 틀림없이 고통스러운 삶의 방식이야. 굉장히 무력한 방식이지." 그녀는 그렇게 말하고 꺼억 트림을 했다.

나는 리스페리돈을 몇 알 먹은 상태였다. 머리가 멍한 느낌이 들었다.

"'똥을 처먹든가 죽어라!'라는 표현 들어본 적 있어?" 내가 물었다.

그녀는 테킬라 병의 뚜껑을 돌리고 캔 속에 술을 좀더 부은 뒤 말했다. "'똥을 처먹고 죽어라'가 맞는 표현이야."

우리는 한동안 말이 없었다. 내 정신은 다시 트레버에게로 흘러갔다. 그가 셔츠 단추를 풀고 넥타이를 잡아당기는 모습, 그의 침실에 드리운 회색 커튼, 코털을 자를 때 벌름거리던 콧구멍, 애프터셰이브의 향. 리바가 침묵을 깼을 때는 고마운 마음마저 들었다.

"토요일에라도 술 마시러 나갈래? 내 생일이야."

"못 하겠어, 리바." 나는 말했다. "미안해."

"아홉시쯤 스키니키티에서 만나자고 사람들에게 말하고 있어."

"내가 거기 가서 널 곤란하게 하지 않으면 틀림없이 더 재미있게 놀 수 있을 거야."

"그러지 좀 마세요." 리바가 취한 말투로 노래하듯 말했다. "우린 곧 늙고 추해질 거야. 인생은 짧아, 그치? 일찍 죽어 아름다운 시체를 남겨라. 누가 그렇게 말했지?"

"시체랑 씹하기를 좋아하는 사람."

리바는 나보다 겨우 일주일 먼저 태어났다. 2000년 8월 20일, 나는 아파트 안에서 약에 취해 몽롱한 상태로 변기에 앉아 오래된 멘톨 담배를 피우고 〈건축학 다이제스트〉 과월호를 읽으며 스물일곱 살이 되었다. 그러다 화장대 서랍을 뒤져 아이라이너를 찾은 뒤 잡지에서 맘에 드는 것들—아무 장식 없이 비워둔 방

귀퉁이, 샹들리에에 매달린 뾰족한 유리 크리스털 조각들—에 동그라미를 했다. 휴대전화 울리는 소리가 들렸지만 받지 않았다. "생일 축하해." 리바가 음성메시지로 말했다. "사랑해."

여름이 지나가면서는 에어컨을 미지근하게 틀어놓은 하얀 방처럼 옅고 텅 빈 잠을 잤다. 꿈이라는 걸 꾸었다면 내가 침대에 누워 있는 꿈이었다. 피상적인 느낌, 때로는 지루한 느낌도 들었다. 과거가 떠오르며 안달이 날 때는 리스페리돈과 앰비언을 몇 알 더 먹었다. 트레버는 생각하지 않으려 했다. 리바의 메시지는 듣지도 않고 지웠다. 〈에어포스 원〉을 음소거한 채 열두 번 보았다. 모든 것을 머릿속에서 몰아내려 했다. 발륨이 유용했다. 아티반도 유용했다. 씹어먹는 멜라토닌과 베나드릴과 나이퀼과 루네스타와 테마제팜도 유용했다.

9월에 닥터 터틀과 한 상담도 지극히 평범했다. 아파트 건물에서 택시로, 택시에서 닥터 터틀의 진료실로 걸어가며 견뎌야 했던 찌는 듯한 더위 외에는 거의 아무것도 느끼지 않았다. 불안하거나 의기소침하거나 원망스럽거나 두려운 감정은 없었다.

"기분이 어때요?"

나는 선 채로 오 분간 그 질문에 대해 생각했고, 그동안 닥터 터틀은 진료실 안을 돌아다니며 선풍기 군단의 스위치를 켰다.

전부 한 업체의 동일한 모델이었고, 두 대는 창문 아래의 라디에이터 위에, 한 대는 그녀의 책상 위에, 두 대는 진료실 두 귀퉁이 바닥에 놓여 있었다. 그녀는 인상적일 정도로 날렵했다. 목 보조기는 이제 착용하지 않았다.

"좋아요. 그런 것 같아요." 나는 윙윙거리는 소리 너머로 무미건조하게 외쳤다.

"얼굴이 창백하네요." 닥터 터틀이 말했다.

"햇빛을 피해 다니고 있어요." 내가 말했다.

"잘하는 거예요. 햇빛을 쬐면 세포 붕괴가 촉진되는데, 그런 얘기는 다들 안 하고 싶어하죠."

그녀 자신의 피부도 새끼돼지 같은 분홍색이었다. 거친 마처럼 보이는 재질에 헐렁한 밀짚 색깔 원피스 차림이었다. 머리는 심하게 부스스했다. 그녀가 말하는 동안 목을 꽉 조이는 굵직한 진주목걸이가 목 위를 구르며 오르락내리락했다. 선풍기가 거센 바람을 일으켜 머리가 어질어질했고, 나는 책장을 붙잡다가 습기에 부푼 『가사 상태』라는 책을 바닥에 떨어뜨렸다.

"죄송해요." 소음을 뚫고 소리친 후 책을 집어들었다.

"주머니쥐에 관한 흥미로운 책이죠. 동물에겐 굉장한 지혜가 있어요." 그녀가 말을 멈췄다. "당신이 채식주의자가 아니라면 좋겠네요." 그러고선 안경을 아래로 내리며 말했다.

"아니에요."

"다행이네요. 이제 기분이 어떤지 말해보세요. 오늘은 맥빠진 감정 상태로군요." 그녀가 말했다. 그 말이 맞았다. 나는 똑바로 서 있을 의욕조차 끌어내기 힘들었다. "리스페리돈을 복용하고 있나요?"

"어제는 안 먹었어요. 직장에서 너무 바빠서 잊어버렸거든요. 요즘 불면증이 정말 심해요." 나는 거짓말을 했다.

"녹초가 되었군요. 틀림없어요." 그녀는 처방전 양식에 글을 끄적거렸다. "들고 있는 그 책에 따르면, 사망 유전자는 모체에서 산도를 통해 아기에게 전달돼요. 미세 피부 찰과상, 질내 감염증과 관계가 있죠. 어머니가 호르몬 이상 징후를 보인 적 있나요?"

"아닌 것 같은데요."

"어머니에게 물어보는 게 좋아요. 당신이 정말 보균자라면 제안할 방법이 있어요. 허브 로션이죠. 꼭 원한다면 드릴게요. 페루에 특별 주문을 해야 하거든요."

"전 제왕절개로 태어났어요. 그게 요인이 될지 모르겠지만."

"귀족적인 방식이죠." 그녀가 말했다. "어쨌든 어머니한테 물어보세요. 어머니의 답을 들으면 당신의 정신적, 생체주기적 불능 상태에 대한 실마리를 찾을 수 있을지도 모르니까요."

"음, 어머니는 돌아가셨거든요." 나는 다시 한번 알려주었다.

닥터 터틀이 펜을 내려놓고 양손을 기도하듯 맞잡았다. 노래를 부르거나 주문 같은 걸 외울 거라는 생각이 들었다. 연민이나 동정을 표하리라고는 기대하지 않았다. 그러는 대신 그녀는 얼굴을 찌푸리고 거세게 재채기를 하더니, 몸을 돌려 의자 옆 바닥에 놓여 있는 커다란 목욕수건으로 얼굴을 닦고서 처방전에 뭔가를 더 적었다.

"그런데 어떻게 돌아가셨죠?" 그녀가 물었다. "송과체 이상은 아니겠죠?"

"술에 안정제를 섞어 마셨어요." 나는 말했다. 거짓말을 지어낼 기운도 없었다. 어머니가 손목을 그었다고 말했던 걸 그녀가 잊었다면 진실을 말한들 궁극적으로 문제될 건 없었다.

"당신의 어머니 같은 이들이," 그녀가 고개를 저으며 말했다. "향정신성 약물에 오명을 씌우는 거예요."

9월이 왔다가 갔다. 간혹 블라인드 틈으로 햇빛이 비스듬히 들어왔고, 나는 나뭇잎들이 죽어가는지 보려고 밖을 내다보곤 했다. 생명은 반복적이었고 저음으로 진동하며 울려퍼졌다. 나는 이집트인들에게 터덜터덜 걸어갔다. 처방전으로 약을 받아 왔다. 리바는 계속해서 이따금 나타났는데, 대개는 취해 있었고 매번 어떤 식으로든 히스테리나 분노나 완전한 분열 직전의 상태였다.

10월에 〈워킹 걸〉을 보고 있을 때 리바가 들이닥쳤다.

"또 이거야?" 그녀는 씩씩거리며 안락의자에 몸을 던졌다. "욤 키푸르* 때문에 단식중이야." 그러고선 자랑스러운 듯 한숨을 내쉬었다. 드문 일은 아니었다. 과거에도 그녀는 아주 정신 나간 다이어트를 하곤 했다. 날마다 소금물 4리터. 자두주스와 베이킹소다만 먹기. "오전 열한시 전에는 무가당 젤로를 원하는 만큼 먹을 수 있어." 그러지 않으면 아예 "단식중"이라고 말할 때도 많았다. "주말마다 단식중이야." "평일에 하루 걸러 한 번씩 단식중이야."

"이 영화에서 멜러니 그리피스는 폭식증 환자 같아 보여." 리바가 나른한 동작으로 화면을 가리키며 말했다. "턱살 늘어진 거 보이니? 얼굴은 뚱뚱해 보이는데 다리는 엄청 가늘어. 아니면 그저 다리만 가느다란 뚱뚱한 여자겠지. 팔은 물렁해 보이지 않니? 내가 틀렸을 수도 있어. 모르겠다. 좀 정신이 없어. 단식중이라서." 그녀가 또 말했다.

"저건 토하는 게 아니라 과음을 하는 거야, 리바." 나는 입가의 침을 빨아들이며 말했다. "마른 사람이라고 모두 섭식장애가 있는 게 아니고." 지난 몇 주간 누구에게든 가장 길게 한 말이었다.

* 유대교의 속죄일.

"미안." 리바가 말했다. "네 말이 맞아. 그냥 기분이 안 좋아서 그래. 단식중이잖니, 응?" 그녀는 핸드백을 뒤져서 오분의 일 정도로 술이 줄어든 테킬라 병을 꺼냈다. "좀 마실래?" 그녀가 물었다.

"아니."

그녀는 다이어트 마운틴듀의 뚜껑을 땄다. 우리는 말없이 영화를 보았다. 중간에 나는 다시 잠에 빠졌다.

10월은 잔잔했다. 라디에이터가 쉭쉭, 픽픽 하는 소리를 내고 톡 쏘는 식초 같은 냄새를 풍기며 돌아가신 부모님의 지하실을 떠올리게 했으므로 난방을 거의 켜지 않았다. 추위는 개의치 않았다. 그 달에 닥터 터틀과의 상담은 상대적으로 평이했다.

"집에서는 사정이 어떤가요?" 그녀가 물었다. "좋다? 나쁘다? 기타?"

"기타." 나는 대답했다.

"가족 중에 젠더 이분법에서 벗어난 사람이 있나요?"

양친이 모두 돌아가셨으며 어머니는 자살했다고 세번째로 설명할 때, 닥터 터틀이 대용량 아프린 병의 뚜껑을 돌리고 의자 위에서 빙글 돌더니 내가 거꾸로 보이도록 머리를 뒤로 젖히고 코를 훌쩍이기 시작했다. "듣고 있어요." 그녀가 말했다. "알레르기 때문이에요. 그리고 지금 이 코 스프레이에 중독되었어요. 계속 얘기하세요. 양친이 돌아가셨다, 그리고……?"

"그리고 더 없어요. 다 괜찮고요. 하지만 잠을 잘 못 자요."

"정말 어려운 문제네요." 그녀가 의자를 앞으로 되돌리고 아프린 병을 책상 서랍에 넣었다. "여기, 최신 샘플을 드릴게요." 그러고는 일어서서 조그만 보관장을 열고 도시락용 갈색 종이봉투에 소포장 알약을 가득 담았다. "사탕 안 주면 장난칠 거야."* 그녀가 책상 위 그릇에 있던 박하사탕을 하나 봉지에 넣으며 말했다. "핼러윈에 변장하나요?"

"유령이 될까 싶어요."

"돈이 덜 들죠." 그녀가 평했다.

집에 돌아와 잠을 잤다. 가끔 짜증이 날 때를 빼고는 악몽도 열의도 욕구도 대단한 고통도 없었다.

잠의 드라마가 잠잠해진 이 시기에 나는 이상하고 덜 명확한 현실로 들어섰다. 하루하루가 모호하게 흘러갔고, 기억나는 거라곤 친숙한 모양으로 푹 꺼진 소파 쿠션, 세수나 양치질을 할 때 나온 더러운 거품이 마치 달 표면처럼 보이면서 도기 위에 분화구가 끓어오르는 것 같던 욕실 세면대 정도였다. 하지만 계속

* 핼러윈에 아이들이 사탕을 받으러 집집을 돌아다니며 하는 말.

된 것은 그게 다였다. 그리고 더러운 거품은 그저 꿈속에서 보았을지도 모른다. 그 무엇도 진짜 현실처럼 느껴지지 않았다. 잠들고 깨어나는 일이 한데 합쳐져, 구름 속을 지나는 잿빛의 단조로운 비행기 여행 같았다. 머릿속으로 혼잣말을 하지도 않았다. 말할 게 별로 없었다. 그렇게 해서 잠이 효과를 내고 있음을 알게 되었다. 삶에 대한 애착이 점점 사라졌다. 계속 이대로 가면 나는 완전히 사라졌다가 새로운 형태로 다시 나타나겠구나, 생각했다. 그것이 내 소망이었다. 내 꿈이었다.

셋

그러나 11월이 되자 불행한 변화가 일어났다.

근심 없는 잠의 평온이 사라지고 몹시 놀랄 만한 무의식적 저항이 나타났다. 의식이 없는 상태에서 어떤 일들을 하기 시작한 것이다. 소파에서 잠들었는데 욕실 바닥에서 깨곤 했다. 가구가 재배치되어 있었다. 물건을 놔둔 곳을 찾지 못하기 시작했다. 의식상실 상태로 보데가에 갔고, 깨어난 후에는 베개 위에 널린 아이스바 막대들과 시트에 묻은 주황색이나 연녹색 얼룩을 발견했다. 소파 테이블에는 커다란 오이 피클 반쪽, 바비큐맛 감자칩 빈 봉지들, 조그만 초코우유 팩 여러 개가 있었는데, 우유팩은 위쪽이 접히고 찢긴 채 이빨 자국으로 끈끈했다. 그런 의식상실에서 깨어나면 평소대로 커피를 사러 내려갔고, 이집트인들에게 잡담을 걸며 그곳에 마지막으로 갔을 때 내가 얼마나 이상하게 굴었는지 짐작해보려 했다. 내가 몽유병 때문에 그랬다는 걸 그들은 알까? 뭔가를 드러내는 말을 했을까? 내가 치근거렸을까? 이집트인들은 대개 무관심했고 평범한 잡담으로 대꾸하거나 나를 완전히 무시했기 때문에 알아내기는 어려웠다. 내가 의식이 없는 상태로 아파트 밖을 돌아다니고 있을까봐 걱정되었다. 동면 프로젝트에 상반되는 행동 같았다. 범죄를 저지르거나 버스에 치인다면 새롭고 더 나은 삶의 기회는 사라지는 것이다. 의식 없이 돌아다니는 범위가 길모퉁이 보데가 정도라면 괜찮다, 나는 생각했다. 살 수는 있다. 발생할 수 있는 최악의 사태는 이집트인들 앞에서 바보짓을 해서 퍼스트 애비뉴 몇 블록 아래의 식료품점까지 가야 하는 정도다. 나는 내 잠재의식이 편리함의 가치를 이해하기를 기도했다. 아멘.

인터넷에서 속옷과 명품 청바지를 본격적으로 구매하기 시작한 게 이 무렵이었다. 자는 동안 나의 어떤 피상적인 면이 아름다움과 성적 매력의 삶을 추구하는 듯했다. 제모 일정을 잡았고, 적외선 치료와 장세척과 얼굴 마사지를 제공하는 스파에 예약했다. 과거 내가 되고자 했던 사람에게 어울리는 사치스러운 일들로 가상의 일정 수첩을 가득 채우는 일을 막기 위해 어느 날엔가는 신용카드를 취소했다. 일주일 후 새로운 신용카드가 우편으로 도착했다. 그것을 반으로 잘라버렸다.

스트레스 수치가 올라갔다. 나 자신을 신뢰할 수 없었다. 한쪽 눈을 뜨고 자야 할 것만 같았다. 의식이 없는 내 모습을 기록하기 위해 비디오카메라를 설치할 생각도 해봤지만, 결국 이 프로젝트에 대한 내 저항의 기록이 되리라는 걸 잘 알았다. 진짜로 깨어나기 전에는 비디오를 볼 수 없으니 내 행동을 막을 수도 없을 터였다. 그래서 나는 공황 상태에 빠졌다. 불안에 대응하기 위해 자낙스의 용량을 두 배로 올렸다. 하루하루가 어떻게 흘러가는지 몰랐고, 그래서 11월에 예약된 상담도 놓쳤다. 닥터 터틀이 전화를 걸어 메시지를 남겼다.

"놓친 상담에 대해서도 저는 비용을 청구해야 해요. 제 진료실 정책에 동의하는 서명을 했다는 점을 다시 말씀드립니다. 취소는 24시간 전까지 가능합니다. 이 근처 의사들 대부분이 36시간이나 48시간 전까지만 예약을 취소할 수 있게 하고 있으니 저는 상당히 관대한 편이라고 생각해요. 그리고 본인의 정신건강을 이렇게 경솔히 여기다니, 정말 우려스럽습니다. 전화해서 다시 예약하세요. 이제 결정은 당신에게 달렸어요." 엄한 말투였다. 기분이 끔찍했다. 하지만 사과하고 다시 예약하려고 전화했을 때 그녀는 보통 상태로 돌아와 있었다.

"목요일에 봐요." 그녀가 말했다. "안녕히."

그달 중순쯤에 인터넷 사용량이 더욱 많아졌다. 정신을 차려 보면 무릎에 노트북 컴퓨터가 놓여 있고, 화면에는 탬파와 스포캔과 유타주 파크시티 같은 곳의 모르는 사람들과 대화중인 AOL* 채팅창이 잔뜩 열려 있었다. 깨어 있는 시간에는 섹스 생각을 거의 하지 않았지만 약을 먹고 정신을 잃은 동안에는 정욕이 일었던 것 같다. 화면을 내려가며 대화 내용을 훑어보는데 놀라울 만큼 정중했다. "안녕하세요?" "좋아요, 감사해요, 안녕하세요? 얼마나 흥분돼요?" 대화는 그런 식으로 계속되었다. 누구에게도 내 본명을 알리지 않았다는 사실에 안도했다. 내 대화명은 '우피걸버그2000'이었다. "우피라고 부르세요." "리바라고 부르세요"라고 쓴 날도 있었다. 남자들이 보내준 성기 사진은 모두 시시했고 반쯤 발기되었으며 위협적이지 않았다. "그쪽 차례예요." 그들이 썼다. 대개 나는 화제를 바꿨다.

"가장 좋아하는 영화가 뭐예요?"

그러다 어느 날, 내가 디지털카메라를 찾아내 모르는 사람 여럿에게 내 똥구멍과 젖꼭지와 입속을 찍어 보냈다는 사실을 깨어난 후에 알게 되었다. 그들에게 여기 와서 "나를 묶으면," "나를 인질로 잡으면," "내 보지를 스파게티 접시처럼 후루룩 핥으

* 미국의 온라인 서비스 기업.

면" 좋겠다는 쪽지도 보냈다. 그리고 휴대전화 통화 기록에 모르는 번호가 찍혀 있었다. 그래서 내가 세운 규칙은 약을 먹을 때마다, 대략 여덟 시간에 한 번 정도였는데, 매번 컴퓨터를 벽장에 넣고 휴대전화를 끈 다음 밀폐용기에 담아 테이프로 밀봉하여 부엌의 높은 찬장 뒤쪽에 밀어둔다는 것이었다.

하지만 일어나보니 뚜껑을 열지 않은 밀폐용기가 내 옆 베개 위에 놓여 있었다.

다음날 밤에는 전화기가 창틀에 놓여 있었고, 그 옆에는 반쯤 피우고서 앨러니스 모리셋 CD 케이스 위에 비벼 끈 담배꽁초 대여섯 개비가 있었다.

"넌 왜 자신을 죽이려 하니?" 며칠 후 맘대로 찾아온 리바가 쓰레기통에 있는 꽁초를 보고 물었다. 리바 어머니의 암이 폐에서도 자라기 시작한 참이었다.

"내가 담배를 피우는 건 너나 네 어머니와 아무 상관 없어. 우리 어머니도 돌아가셨어, 너도 알다시피." 내가 덧붙여 말했다.

그즈음 리바의 어머니는 호스피스 간병을 받았고 의식이 오락가락했다. 그 얘기를 듣자니 지겨웠다. 너무 많은 기억이 떠올랐다. 게다가 그녀는 자기 어머니 장례식에 내가 가주기를 바랄 게 뻔했다. 그건 정말로 하기 싫었다.

"우리 엄마는 아직 안 돌아가셨어." 리바가 말했다.

내 인터넷 악습에 대해서는 그녀에게 말하지 않았다. 그래도 AOL 계정 비밀번호를 내가 짐작할 수 없는 것으로 바꿔달라는 부탁은 했다. "그냥 무작위적인 글자와 숫자로 해. 온라인에서 너무 시간 낭비를 해서 그래." 나는 말했다.

"뭘 하는데?"

"늦은 밤중에 이메일을 보내고서 후회해." 내가 알기로 그녀가 믿을 만한 거짓말이었다.

"트레버에게, 맞지?" 그녀가 알겠다는 듯 고개를 끄덕이며 물었다.

리바가 비밀번호를 바꿔주어 AOL 계정에 들어갈 수 없게 되자 잠의 위험성은 한동안 낮아졌다. 의식 없는 상태에서 한 최악의 행동은 노란 메모장에 트레버에게 보내는 편지들을 쓴 일이었다. 우리의 연애 이력을 늘어놓으며 상황이 바뀌어 다시 함께 할 수 있기를 내가 얼마나 바라는지 호소하는 긴 탄원서였다. 그 편지들이 너무 터무니없어서 깨어 있는 동안 즐거우라고 잠결에 써놓았나 싶을 정도였다. 그달 말에는 의식상실 상태로 보데가에 가는 일이 점점 줄었는데, 아마도 겨울이 시작되어 그랬을 것이다.

리바의 방문도 점점 줄었다. 그리고 그녀의 태도 역시 멜로드라마에서 정중한 가식으로 바뀌었다. 분통을 터뜨리는 대신 최근의 시사 현안을 포함해 자신이 한 주간 겪은 일을 잘 다듬어 요약했다. 그렇게 자기통제를 해주니 고맙다, 나는 그녀에게 말했다. 리바는 내 요구에 더 민감하게 반응하려 노력한다고 대답했다. 예전 같았으면 충고를 하거나 아파트의 상태에 대해 한마디 했을 상황에도 이제는 입을 다물었다. 불평도 줄었다. 헤어질 때마다 나를 껴안고 소리만 내는 뽀뽀를 하기 시작했다. 소파 위에 누워 있는 내게 허리를 굽히고서 그렇게 한 것이다. 몸져누운 자기 어머니 때문에 그런 습관이 들었을 거라고 생각한다. 그런 인사를 받으니 나도 임종에 가까운 사람이 된 느낌이 들었다. 사실 그 애정에 감사했다. 추수감사절이 되자 동면한 기간이 거의 육 개월이 되어갔다. 리바 말고 나를 만진 사람은 아무도 없었다.

닥터 터틀에게는 의식상실에 대해 말하지 않았다. 고소를 당할까 두려워 나를 떼어내려 들면 어쩌나 걱정이 되었다. 그래서 12월에 그녀를 만나러 갔을 때는 불면증이 맹렬한 기세로 심해졌다고만 하소연했다. 잠들지 못하고 누워 있는 시간이 몇 시간씩 이어질 때도 있다고 거짓말했다. 진땀이 솟고 구역질이 일어 어질어질하고 초조하다고도 말했다. 상상의 소음을 듣고 화들짝 깨어나 "우리 건물이 폭탄 공격을 받았거나 벼락을 맞았다고 생각했다니까요."

"피질에 굳은살이 생겼나보군요." 닥터 터틀이 혀를 차며 말했다. "비유적으로 하는 말이 아니에요. 아니다, 문자 그대로가 아니라는 거죠. 내 말은 괄호 안에 넣을 만한 표현이라는 거예요." 그녀는 양손을 둥글게 휘어 나란히 들어올리고 괄호 모양을 만들었다. "내성이 생긴 건데, 그렇다고 약물이 효과가 없다는 말은 아니에요."

"선생님 말씀이 아마도 맞을 거예요." 내가 대답했다.

"'아마도'가 아니죠."

"괄호 안에 넣을 만한 표현으로 말씀드리자면, 아마도 좀더 센 게 필요한 것 같아요."

"아하."

"약물 측면에서 말이죠."

"비꼬는 말이 아니기를 바랄게요." 닥터 터틀이 말했다.

"물론 아니죠. 제 건강을 아주 진지하게 여기거든요."

"음, 그렇다면."

"내시경 시술할 때 쓰는 마취제가 있다고 들었어요. 그걸 먹으면 시술하는 동안에는 깨어 있지만 나중에 아무것도 기억하지 못한다던데. 그런 게 있으면 좋을 것 같아요. 불안이 굉장히 심해요. 그리고 이달 후반에 중요한 업무 회의가 있거든요." 진심으로 연말연시 내내 나의 눈을 뜨지 않게 해줄 특별히 강력한 약을 원했다.

"이걸 한번 써보세요." 닥터 터틀이 책상 맞은편으로 샘플 약병을 밀면서 말했다. "인페르미테롤. 이걸 먹고도 기절하지 않으면 제가 독일의 제조사에 직접 항의하겠어요. 한 알 복용해보고 어떻게 되는지 알려줘요."

"감사합니다, 선생님."

"크리스마스 계획 있어요?" 그녀가 처방전을 적으며 물었다. "가족을 만나나요? 어디 출신이라고 했죠? 앨버커키?"

"부모님은 돌아가셨어요."

"그런 말을 들으니 마음이 안 좋군요. 하지만 놀랍지는 않아요." 그녀가 진료 기록을 작성하며 말했다. "정신의학적 측면에서, 고아들은 보통 면역력이 낮거든요. 관계 맺는 능력을 키우려면 반려동물 입양을 고려해봐요. 듣기로 앵무새는 남을 판단하는 말을 안 한다던데."

"생각해볼게요." 나는 그녀가 써준 처방전 묶음과 인페르미테롤 샘플을 집어들며 말했다.

그날 오후, 바깥은 얼어붙을 듯 추웠다. 브로드웨이 거리를 건너는 와중에 흐릿한 하늘에 조각달이 나타났다가 건물들 뒤로 사라졌다. 공기 중에 금속성 기운이 감돌았다. 세상이 적막하고 으스스하게 진동하는 것처럼 느껴졌다. 거리에 사람이 많이 보이지 않아 다행이었다. 보이는 사람들은 느릿느릿 걷는 괴물 같았다. 펑퍼짐한 외투와 후드, 장갑과 모자, 스노부츠 등으로 변형된 인간의 형태. 나는 웨스트 15번가를 따라 걸으며 어둑해진 상점 진열창에 비친 내 모습을 평가했다. 아직 예쁘고 금발이며 키가 크고 날씬하다는 사실에 안심했다. 자세도 여전히 좋았다. 누군가는 나를 허술한 차림새로 신분을 숨기려는 연예인이라고 착각할 수도 있었을 것이다. 그렇다고 사람들이 나를 신경썼다는 건 아니지만. 유니언광장에서 택시를 잡아 업타운의 라이트 에이드가 있는 교차로로 가자고 말했다. 밖은 벌써 어두워지고 있었지만 나는 계속 선글라스를 쓰고 있었다. 다른 사람의 눈을 똑바로 봐야 하는 일을 피하고 싶었다. 누구와도 너무 예민하게 교류하고 싶지 않았다. 게다가 약국의 형광등에 눈이 부셨다. 자판기에서 약을 살 수 있었다면 두 배 되는 값을 주고라도 그렇게 했을 것이다.

그날 저녁에 근무중인 약사는 젊은 라틴계 여자였다. 완벽한 눈썹과 가짜 손톱. 그녀는 나를 바로 알아보고는 말했다. "십 분만 기다리세요."

비타민제 옆에 혈압과 맥박을 재는 장치가 있었다. 기구 앞 의자에 앉아 외투 소매에서 팔을 뺀 다음 측정을 하기 위해 안으로 넣었다. 인조가죽 쿠션이 팔뚝 주위로 부풀었다. 디지털 화면의 숫자가 올라갔다 내려가는 모습을 지켜보았다. 맥박 48. 혈압 80/50. 적절한 것 같았다.

영화 DVD 진열대로 가서 최근에 들어온 중고 상품들을 훑어보았다. 〈너티 프로페서〉 〈쥬만지〉 〈꼬마 유령 캐스퍼〉 〈스페이스 잼〉 〈케이블 가이〉. 모두 애들 영화뿐이었다. 그때 맨 아랫단에서 주황색 할인 스티커가 눈에 들어왔다. 〈나인 하프 위크〉. 나는 그것을 집어들었다. 예전에 트레버가 가장 좋아하는 영화 가운데 하나로 꼽았었다. 나는 아직 보지 않은 영화였다.

"여기서 미키 루크가 하는 연기는 아무도 따라올 수 없어. 혹시 모르지. 너도 이 얘기에 공감할 수 있을지." 그는 내가 킴 베이신저를 닮았고, 영화 속 인물도 나처럼 아트 갤러리에서 일한다고 설명했다. "이 영화가 내게 새로운 것들을 시도하라는 영감을 주었어." 그가 말했다.

"예를 들면 어떤 것?" 내가 물었다. 그가 침대에서 '힘 조절에 유리하도록' 자세를 바꾸는 것 이상을 해볼 용기를 낼지도 모른다는 생각에 나는 즐거워졌다.

그는 나를 부엌으로 데려가 돌아서서 말했다. "무릎을 꿇어." 나는 그가 하라는 대로 차가운 대리석 타일 위에 무릎을 꿇었다. "눈을 감아." 그가 말했다. "그리고 입을 벌려." 나는 웃음이 터지려 했지만 그에게 맞춰주었다. 트레버는 오럴을 아주 진지하게 생각했다.

"〈섹스 거짓말 그리고 비디오테이프〉 봤어?" 내가 물었다. "거기서 제임스 스페이더가……"

"조용히 해." 그가 말했다. "입 벌려."

그는 껍질을 벗기지 않은 바나나를 내 입에 넣으며 그걸 입에서 빼내면 자기가 알 테고, 그러면 정서적 처벌을 내릴 거라고 경고했다.

"좋아요, 주인님." 나는 비꼬는 투로 우물우물 대답했다.

"안에 넣은 채 그대로 있어." 그는 내게 말하고 부엌 밖으로 걸어나갔다. 그리 재미있다는 생각은 안 들었지만 그에게 맞춰주었다. 당시 나는 트레버의 가학성을 진짜 가학성에 대한 풍자로 해석했다. 그가 벌이는 소소한 게임들은 너무 바보 같았다. 그래서 순순히 바나나를 물고 무릎을 꿇은 채 코로만 숨을 쉬었다. 그가 전화로 쿠루마즈시에 저녁식사 두 자리를 예약하는 소리가 들렸다. 이십 분 후에 돌아와서는 내 입에서 바나나를 꺼냈다. "누이가 뉴욕에 와 있어서 너는 가야겠다." 그렇게 말하며 축 늘어진 제 성기를 내 입에 넣었다. 몇 분이 지나도 단단해지지 않자 화를 냈다. "너 대체 여기서 뭘 하는 거니? 나 이럴 시간 없어." 그가 나를 밖으로 내보내고 말했다. "수위가 택시를 불러줄 거야." 마치 내가 하룻밤 상대나 싸구려 창녀, 자기가 전혀 모르는 사람인 것처럼.

트레버와 사귀는 동안 에이널 섹스는 딱 한 번 등장했다. 내 아이디어였다. 내가 고지식하지 않다는 사실을 증명하고 싶다고 그에게 말했다. 고지식하다는 불평은 언젠가 내가 변기에 앉은 그에게 오럴을 해주는 걸 꺼렸을 때 나왔다. 둘 다 술을 많이 마신 밤에 한 번 에이널을 시도했지만 그가 안으로 넣으려 할 때 발기가 풀려버렸다. 그러자 그는 갑자기 일어나 아무 말 없이 샤워실로 가버렸다. 그가 실패함으로써 나는 오명을 벗었다고 느껴야 했지만 그저 거부당했다는 기분만 들었다. 그의 뒤를 따라 욕실로 갔다.

"나한테 냄새나서 그래?" 샤워커튼 틈으로 내가 물었다. "뭐가 문제야? 내가 뭘 어쨌는데?"

"난 네가 무슨 소리 하는지 모르겠다."

"방금 아무 말 없이 가버렸잖아."

"내 자지에 온통 똥이 묻었어, 알겠니?" 그가 화를 내며 말했다. 하지만 그건 불가능했다. 그는 뚫고 들어오지도 못했으니까. 그가 거짓말하고 있다는 걸 알았다. 하지만 그런데도 나는 사과했다.

"미안해." 내가 말했다. "화났어?"

"지금은 너랑 이런 대화는 못 하겠어. 난 피곤하고, 네 드라마를 감당할 기분도 아니야." 그는 고함을 지르다시피 했다. "그냥 잠 좀 자고 싶다고. 제기랄!"

다음날 그에게 전화를 걸어 주말에 시간이 있는지 물었지만 그는 '관심을 끌려고 장난질'하지 않을 여자를 이미 찾았다고 말했다. 며칠 밤이 지난 뒤, 나는 술을 마시고 라이트에이드에 전화해 다음날 아침에 그의 사무실로 배달될 성교용 윤활제 한 상자를 주문했다. 이에 대한 응답으로 그는 갤러리에 있는 내게 메신저로 쪽지를 보냈다. "다음엔 절대로 그러지 마."

몇 주 후 우리는 다시 만났다.

"손님?" 약사가 부르는 소리에 몽상에서 깨어났다. DVD를 진열대에 돌려놓고 약국 계산대로 약을 받으러 갔다.

약사가 컴퓨터 화면을 누를 때 손톱이 닿아 신경을 거스르는 끽끽 소리가 났다. 그녀가 으스대는 것 같다는 생각이 들었다. 스테이플러로 봉한 종이봉투들을 하나씩 스캐너 아래에 대면서 한숨을 내쉬는데, 나와 내 정신건강 문제를 다루느라 진이 빠진다는 듯한 태도였다. "투약 상담을 포기한다는 뜻으로 그 네모칸에 표시하세요."

"그런데 난 포기하지 않았는데요. 지금 상담하고 있잖아요, 안 그래요?"

"약에 관해 질문 있나요, 손님?"

약사는 나를 판단하고 있었다. 느낄 수 있었다. 그녀는 나를 깔보는 티를 내지 않으려고 목소리를 어떤 식으론가 조절하고 있었다.

"당연히 난 상담을 원해요." 내가 말했다. "나는 아픈 사람이고 이건 내 약이니까, 약사님이 일을 정확히 처리했는지 알고 싶어요. 이 모든 약을 보세요. 위험할 수도 있잖아요. 약사님이라면 나처럼 아플 때 상담하고 싶지 않겠어요?" 나는 선글라스를 머리에서 내려 다시 썼다. 약사는 봉투에 붙여둔 종이를 펼치고 각 약물이 일으킬 수 있는 부작용과 복용중인 다른 약과 섞일 때 생길 수 있는 상호작용에 관해 설명했다.

"이 약은 술과 함께 먹으면 안 돼요." 그녀가 말했다. "이 약을 먹고 잠들지 못하면 구토를 할 수도 있어요. 편두통이 생길 수도 있고요. 열이 난다 싶으면 앰뷸런스를 부르세요. 발작이나 뇌졸중을 일으킬 수도 있습니다. 손 곳곳에 물집이 잡히면 복용을 중단하고 응급실로 가세요." 약사가 하는 말 중에 내가 처음 듣는 말은 없었다. 그녀는 기다란 손톱으로 종이 포장을 톡톡 두드렸다. "충고를 하자면, 잠자리에 들기 전에 물을 많이 마시지 마세요. 한밤중에 화장실에 가려고 일어났다가 다칠 수도 있거든요."

"다칠 만한 짓은 하지 않을 거예요." 내가 말했다.

"그냥 조심하라는 얘기예요."

나는 고맙다고 인사하고 금색 매니큐어가 예쁘다고 칭찬한 뒤 결제용 단말기의 버튼을 몇 개 누르고 그곳을 나왔다. CVS나 듀에인리드 같은 약국보다 라이트에이드를 선호하는 이유가 있었다. 라이트에이드에서 일하는 사람들은 내가 성깔을 부려도 마음에 두지 않았다. 나는 이따금 그들이 높다란 약품 진열대 뒤에서 깔깔 웃으며 주말을 어떻게 보냈는지 얘기하거나, 친구나 동료에 대해, 누군가의 입냄새, 누군가의 바보 같은 전화 목소리 등에 대해 뒷얘기 하는 소리를 들었다. 나는 정기적으로 그곳에 가서 진상을 부렸다. 처방받은 약의 재고가 없으면 그들을 탓했고, 약품 수령 창구 앞에 사람이 두 줄 이상 늘어서 있으면 욕을 했으며, 그들이 내 보험사에 빨리 전화하지 않았다고, 다들 멍청이에 배운 것 없고 잔인하고 무정한 불량배들이라고 불평했다. 그 어떤 짓도 그들에게서 씩 웃거나 눈을 흡뜨는 정도 이상의 반향을 촉발하지 못하는 것 같았다. 그들은 한 번도 내 태도를 문제삼으며 맞서지 않았다. "손님, 손님, 하지 마요. 날 깔보는 거잖아요." 내가 그렇게 말한 적도 있다. 금색 손톱을 한 그 여자는 그 일에 관한 메모를 전달받지 못한 게 분명했다. 그들 모두는 서로를 쾌활하고 느긋하게 대했으며 심지어 형제간처럼 느껴질 정도였다. 아마 난 그게 부러웠을 것이다. 그들에겐 삶이 있다는 것, 그것만은 분명했다.

걸어서 집에 가는 길에 종이봉투를 뜯고 인쇄된 자료를 모두 버린 다음 약병을 외투 주머니에 넣었다. 눈길을 뚫고 힘겹게 걸어가는 동안 알약들이 마라카스*처럼 달그락거렸다. 나는 스키 재킷을 입고 몸을 극심하게 떨었다. 얼굴을 때리는 바람 때문에 뺨을 맞는 느낌이 들었다. 눈에 눈물이 고였다. 추위 때문에 손이 화끈거렸다. 보데가 밖에서 이집트인들이 창문에 크리스마스 장식을 매다는 모습을 보았다. 나는 안으로 들어가 허리를 숙이고 파닥거리는 빨간 반짝이줄 아래를 지나 커피 두 잔을 산 다음, 집으로 가서 앰비언 몇 알을 삼키고 소파에 누워 〈프라이멀 피어〉를 보며 잠들었다.

다음 며칠 동안, 트레버 생각이 벽 안을 긁어대는 쥐처럼 나를 잠 밖으로 불러냈다. 그에게 전화하지 않기 위해 내 모든 자제력을 끌어모아야 했다. 어느 날은 솔포톤과 로비투신 한 병이 필요했고, 다음날에는 넴뷰탈과 자이프렉사가 필요했다. 리바가 와서는 최근의 데이트 상대들에 대해, 그리고 어머니로 인한 마음의 고통에 대해 계속 지껄이다 갔다. 나는 〈인디애나 존스〉를 아주 여러 번 보았다. 하지만 여전히 불안감은 가시지 않았다. 트

* 손에 들고 흔들어 소리를 내는 악기.

레버 트레버 트레버. 그가 죽었다면 기분이 더 나을 것 같다고 생각했다. 그에 대한 모든 기억 뒤에는 화해의 가능성이 있었고, 그리하여 가슴앓이와 치욕이 더욱 커질 뿐이었으므로. 힘이 빠졌다. 신경이 낡아빠진 비단실처럼 금방이라도 끊어질 듯 나달나달해졌다. 잠은 아직 내 까탈스러움과 조급증과 기억을 해결하지 못했다. 이제 모든 것이 내가 잃은 것을 되찾는 일과 어떤 식으로든 연결된 듯했다. 내 자아와 과거와 정신이 쓰레기로 가득찬 덤프트럭의 모습으로 머릿속에 그려졌다. 잠은 트럭의 짐칸을 밀어올리는 유압식 피스톤으로서 모든 것을 어딘가에 쏟아버릴 준비를 마쳤지만, 트레버가 짐칸 뒷문에 들러붙어 쓰레기의 흐름을 막고 있었다. 나는 그런 일이 영원히 지속될까봐 두려웠다.

트레버와 마지막으로 만난 때는 2000년 새해 전날이었다. 덤보에서 열리는 파티에 같이 가자고 내가 초대했다. 그가 애인과 헤어지고 다른 애인은 아직 없는 상태라는 느낌이 들었었다.

"잠깐 들를게." 그가 응했다. "하지만 벌써 가기로 한 파티들이 있어. 거기선 한 시간쯤 있다가 나와야 하니까 그걸로 예민하게 굴지 마."

"괜찮아." 이미 감정은 상했지만 나는 그렇게 대답했다.

그가 트라이베카에 있는 자기 아파트 로비로 오라고 했다. 내게 아파트로 올라가자고 하는 일은 드물었다. 그는 내가 그 집을 보면 자기랑 결혼하고 싶어할 거라고 생각한 것 같다. 사실 나는 그 아파트가 그를 한심하게—출세 지향적이고 체제 순응적이고 얄팍하게—보이게 한다고 생각했다. 세 벽면에 거대한 창문이 있고 천장이 높은 그의 아파트를 보면 〈빅〉에서 톰 행크스가 빌린 로프트*가 생각났는데, 다른 점이라면 트레버는 아파트 안을 핀볼 기계와 트램펄린과 장난감 대신에 값비싼 가구—스웨덴에서 수입한 좁다란 회색 벨벳 소파, 책장이 딸린 거대한 마호가니 책상, 크리스털 샹들리에—로 채워놨다는 사실이었다. 어떤 전 애인 하나가, 혹은 전 애인들 여럿이 그 모든 가구를 대신 골라주었을 거라고 나는 추측했다. 그래야만 그 물건들의 심미적인 부조화가 설명될 수 있었다. 트레버는 쌍둥이 빌딩에서 포트폴리오 매니저로 일했고 주근깨가 있었으며, 브루스 스프링스틴을 사랑했지만 침대 위쪽 벽은 무시무시한 아프리카 가면들로 장식해놓았다. 그는 골동품 칼을 수집했다. 코카인과 싸구려 맥주와 최고급 위스키를 좋아했고 항상 최신형 비디오게임 시스템을 갖췄다. 물침대를 가졌다. 어쿠스틱기타를 연주했다, 형편없이. 총

* 창고나 공장 등을 개조한 아파트.

을 소유해 침실 벽장에 있는 금고에 보관했다.

아파트 건물에 가서 전화했더니, 그는 턱시도 위에 고상한 남색 새틴 장식이 가미된 검은 롱코트를 입고 내려왔다. 그때 그를 파티에 초대한 게 실수였음을 알았다. 그는 어딘가 더 중요한 곳에 갈 약속이 있으며, 나와 보낼 시간이 끝나면 나보다 더 중요한 누군가와 함께 있기 위해 그곳에 가리라는 사실이 명백했다.

그가 장갑을 끼고 택시를 불렀다. "이게 누구의 파티라고 했지?"

더커트 소속 비디오예술가가 초대한 파티였다. 너태샤가 해외에 있는 동안 내가 중요한 인권 관련 문제를 처리해주었기 때문인데, 사실 한 일이라고는 팩스 한 장을 보낸 것뿐이었다.

"그 작가는 볼리비아의 마을 병원에 어떤 남자가 설치한 영상 송출장치로 출산 장면들을 생중계할 거래." 택시 안에서 트레버에게 말했다. 그가 경악할 것을 나는 알고 있었다.

"볼리비아는 뉴욕보다 한 시간 빨라." 그가 말했다. "그들이 정말로 출산 시간을 조정할 수 있다고 생각한다면 그 아기들은 열한시까진 태어나지 않을 거고 난 열시 반 이전에 거기서 나올 거야. 어쨌거나 역겹군."

"착취 행위라고 생각해?"

"아니, 볼리비아 여자들이 떼로 모여 몇 시간 동안 피 흘리고 신음하는 걸 보고 싶지 않을 뿐이야."

내가 갤러리에서 작성한 그 비디오예술가의 작품 설명을 읊고 있을 때 그는 자기 휴대전화를 만지작거렸다. 트레버는 비꼬는 말투로 그 말들을 되풀이했다.

"'지각을 뒤흔드는,'" 그가 말했다. "'유사.' 세상에!"

그때 그가 누군가에게 전화를 걸어 '그래'와 '아니'로 이루어진 아주 짧은 대화를 나눈 뒤 "곧 봐" 하고 끊었다.

"당신은 날 좋아하긴 해?" 그가 전화를 끊자 내가 물었다.

"무슨 질문이 그래?"

"당신을 사랑해." 나는 너무 화가 나서 그렇게 말했다.

"그게 지금 무슨 상관이야?"

"농담해?"

트레버는 기사에게 나를 가장 가까운 지하철역에 내려주라고 말했다. 그때 그를 마지막으로 보았다. 나는 파티에 가지 않았다. 그냥 지하철을 타고 집으로 돌아갔다.

창밖으로 어두워가는 하늘을 바라보았다. 유리에 낀 먼지를 문질러 닦아내려 했지만 되지 않았다. 먼지가 창 반대쪽에 들러붙어 있었다. 완전히 헐벗은 나무들이 흐릿한 눈송이들을 배경으로 까맣게 보였다. 이스트강은 잠잠하고 컴컴했다. 퀸스 지역 위로 하늘이 컴컴하고 무거워 보였고, 깜빡이는 노란 불빛의 장막이 끝없이 펼쳐졌다. 하늘에 별이 있다는 건 알았지만 볼 수는 없었다. 이제 더 또렷해진 달은 높이 떠서 빛나는 하얀 불꽃이 되었고, 라과디아공항으로 내려가는 비행기의 붉은 불빛들이 그 옆을 깜빡이며 지나갔다. 저멀리서 사람들은 삶을 살고 즐기고 배우고 돈을 벌고 싸우고 걸어다니고 사랑에 빠졌다가 이별하기도 했다. 사람들이 태어나고 자라고 쓰러져 죽고 있었다. 트레버는 아마도 어떤 여자와 함께 하와이나 발리나 툴룸에서 크리스마스 휴가를 보내고 있겠지. 아마 바로 그 순간 그 여자를 손가락으로 애무하며 사랑한다고 말하고 있을 것이다. 그는 정말로 행복할지도 모른다. 나는 창문을 닫고 블라인드를 모두 내렸다.

"메리 크리스마스." 리바가 음성메시지를 남겼다. "나 지금 병원에 있는데 내일은 뉴욕으로 돌아가서 사무실 파티에 갈 거야. 켄도 물론 거기 있을 거고……"

나는 메시지를 삭제하고 다시 자러 갔다.

크리스마스 날 해가 질 무렵에 불안어린 혼미함을 느끼며 소파 위에서 깨어났다. 잠을 잘 수도 없고 손을 써서 리모컨을 조작하거나 테마제팜 병을 열 수도 없어서 커피를 사려고 밖으로 나갔다. 아래층에서 수위가 등받이 없는 조그만 의자에 앉아 신문을 읽고 있었다.

"메리 크리스마스." 그는 하품하며 신문을 넘기는데 내 쪽으로 고개도 제대로 들지 않았다.

보도에는 눈이 높이 쌓여 있었다. 우리 건물 입구에서 보데가까지 이어진 30여 센티미터 너비의 좁은 길은 눈이 치워져 있었다. 내 슬리퍼는 안에 양털이 있는 갈색 스웨이드 소재였는데, 땅에 뿌린 소금 때문에 흰 더께로 얼룩졌다. 나는 얼얼한 한기와 휴일의 흥겨움을 피하고자 고개를 푹 수그렸다. 과거의 크리스마스들을 떠올리기 싫었다. 어떤 연상도, 창가에 보이는 트리로 인해 당겨지는 깊은 감정의 끈도, 그 어떤 추억도. 날씨가 추워진 이래로 플란넬 파자마와 커다란 오리털 스키 재킷 차림으로 살았다. 아파트의 실내 온도를 아주 낮게 유지했기 때문에 때로는 그 재킷을 입은 채 자기도 했다.

그날 저녁은 보데가의 현금지급기에 돈이 바닥나서 근무중인 이집트인이 내게 커피를 공짜로 주었다. 안 팔리고 날짜가 지난 신문들이 우유와 탄산음료 냉장고 옆 부서진 창문에 기대어 쌓여 있었다. 천천히 헤드라인들을 읽자니 그것을 응시하는 시선이 흐릿해지고 엇갈렸다. 새 대통령은 테러리스트에게 단호히 대처할 계획이었다. 할렘 지역에 사는 십대가 자신이 낳은 신생아를 하수도 배수로에 버렸다. 남미 어딘가에서 광산이 무너졌다. 지역의회 의원이 불법 이민자와 동성 섹스를 하다 들켰다.

원래 뚱뚱했던 누군가가 이제는 극도로 날씬해졌다. 머라이어 캐리가 도미니카공화국의 고아들에게 크리스마스 선물을 주었다. 타이태닉호 생존자가 자동차 충돌사고로 죽었다. 리바가 그날 밤에 올 거라는 생각이 어렴풋이 들었다. 아마 내 기분을 띄워주고 싶은 척하고 싶을 것이다.

"팔러먼트 담배 한 갑은 나중에 돈을 낼게요." 나는 이집트인에게 말했다. "그리고 클론다이크 아이스크림 하나도. 그리고 이 M&M 초콜릿도요." 내가 땅콩이 든 종류를 가리켰다. 그는 알았다는 뜻으로 고개를 끄덕였다. 나는 아이스크림들이 죄다 담긴 냉동고의 미닫이 유리덮개 아래를 보았다. 몇 년간 바닥에 계속 남아 단단히 얼어붙은 무언가가 흰 솜털얼음 사이에 박혀 있었다. 빙하기 세계. 그 얼음 결정의 산들을 빤히 바라보다 잠시 멍해져서 내가 그 아래에 있다고, 하얀 연기가 자욱한 북극 풍경에 둘러싸여 얼음을 타고 오르는 중이라고 상상했다. 그 아래에 포장지가 바뀌기 전의 오래된 하겐다즈 아이스크림이 한 줄 놓여 있었다. 클론다이크 상자들도 거기 있었다. 어쩌면 내가 가야 할 곳은 그곳인지도 모르겠다, 나는 생각했다. 클론다이크.* 유콘. 캐나다로 이주할 수도 있을 거다. 냉동고 위로 몸을 숙이고 성에

* 지명일 때는 캐나다의 클론다이크강을 일컫는다.

를 긁어가며 리바에게 줄 클론다이크 하나를 겨우 꺼냈다. 리바가 크리스마스 선물을 가져왔는데 나는 줄 게 하나도 없으면 그녀에게는 몇 주간 나를 판단하고 '우려'할 빌미가 될 테다. 리바에게 한 번도 입지 않은 빅토리아스시크릿의 자홍색 속옷 몇 개를 줘야겠다고도 생각했다. 그리고 청바지도 한 벌. 좀 헐렁한 스타일은 그애에게 맞겠지, 나는 생각했다. 마음이 후해지는 기분이 들었다. 이집트인이 계산대 위로 담배와 M&M 초콜릿, 그리고 갈색 종이봉투에서 찢어낸 쪽지를 밀었다.

"지난주 외상값 6달러 50센트도 아직 안 줬어요." 그가 말하고 그 위에 그날 분까지 더한 총액과 내 이름을 적는데, 나는 그가 내 이름을 안다는 사실에 충격을 받았다. 의식상실 상태에서 간식을 구하러 왔었다고 짐작할 수밖에 없었다. 이집트인은 그 쪽지를 벽에 말아둔 스크래치 복권 옆에 테이프로 붙였다. 나는 담배와 클론다이크 아이스크림과 M&M 초콜릿을 외투 주머니에 넣고 커피를 챙겨 다시 아파트로 올라갔다.

마음 한편에서는 문에 열쇠를 꽂으면 마법처럼 다른 아파트로, 다른 인생으로, 즐거움과 흥분으로 너무 밝게 빛나는 나머지 처음 보면 일시적으로 눈이 멀어버리는 그런 곳으로 문이 열리기를 소망했던 것 같다. 눈앞에 펼쳐진 이 완전히 새로운 세상을 언뜻 본 순간의 내 얼굴을 다큐멘터리 제작진이라면 어떻게 포착할까도 상상해봤다. 리바가 우리집에 오면 즐겨 보던 집 꾸미기 쇼에서처럼 말이다. 우선, 나는 놀라서 움츠러들 것이다. 그러다 눈이 밝은 빛에 적응하면 휘둥그레 커지면서 경외감으로 빛날 것이다. 열쇠와 커피를 바닥에 떨어뜨린 채 안으로 들어가 입을 헤벌리고 빙글빙글 돌며, 내 침침하고 우중충한 아파트가 꿈이 실현된 낙원으로 바뀌었다는 사실에 충격받을 것이다. 하지만 그건 정확히 어떻게 생겼을까? 난 알 수 없었다. 이 새로운 공간을 상상하려 해도 기껏 떠올릴 수 있는 건 벽에 그린 싸구려 무지개 그림과 흰 토끼 의상을 입은 남자, 유리잔에 든 틀니, 노란 접시에 담긴 커다란 수박 조각뿐이었다. 아마 그건 내가 아흔다섯 살이 되어 정신이 오락가락할 때 노인을 발달지체아처럼 대하는 요양시설에 사는 모습을 그린 이상한 예측이었을 것이다. 내 행운이 그만큼이겠지, 나는 생각했다. 아파트 문을 열었을 때, 당연히 바뀐 건 아무것도 없었다.

나는 첫번째로 다 마신 커피컵을 부엌 쓰레기통 주변에서 무너져내리는 쓰레깃더미 위에 던진 다음, 두번째 컵의 뚜껑 구멍을 열어젖히고 트라조돈 몇 알과 함께 삼켰으며, 창가에서 담배를 피운 후 소파에 털썩 누웠다. M&M 봉지를 뜯어 자이프렉사 두어 알과 함께 먹은 다음에는 〈헨리의 이야기〉를 보며 졸았고, 깜빡 잊은 클론다이크는 주머니 안에서 녹고 있었다.

영화를 반쯤 보았을 때 리바가 커다란 깡통에 든 캐러멜 팝콘을 들고 나타났다. 나는 무릎으로 기어가 문을 열었다.

“이거 여기 놔둬도 되니?” 그녀가 물었다. “우리집에 놔두면 다 먹어치울까봐 무서워.”

“어어.” 나는 웅얼거렸다. 리바가 나를 바닥에서 일으켜주었다. 공들여 포장한 선물을 가져오지 않은 걸 보니 마음이 놓였다. 리바는 유대인인데도 기독교의 크리스마스를 매년 기념했다. 나는 욕실로 가서 외투를 벗고 주머니를 까뒤집어 욕조에 내던졌다. 물을 틀어 녹아내린 클론다이크를 흘려보냈다. 배수구 쪽으로 흘러가는 초콜릿이 피처럼 보였다.

“여기서 뭐하고 있어?” 거실로 돌아갔을 때 리바에게 물었다.

그녀는 내 질문을 무시했다. “눈이 또 와.” 그녀가 말했다. “택시 타고 왔어.” 그녀가 소파에 앉았다. 나는 반쯤 마신 두번째 커피를 전자레인지에 넣고 데웠다. 비디오플레이어 쪽으로 가서 디지털 시계의 거센 불빛을 가리려고 놔둔 조그만 코끼리상을 옆으로 치웠다. 눈을 비볐다. 열시 반이었다. 고맙게도 크리스마스가 거의 끝나가고 있었다. 리바를 보니 검은 모직 롱케이프 아래로 반짝이는 빨간 원피스에 호랑가시나무 가지가 수놓인 검은 스타킹을 신은 차림이었다. 마스카라는 번진데다 처지고 부은 얼굴에 파운데이션과 블러셔가 두껍게 말라붙어 있었다. 머리칼은 매끈하게 뒤로 묶어 둥글게 말았고 그 위에 덧바른 젤이 반짝거렸다. 리바는 하이힐을 벗어던지고 발가락 관절을 바닥에 대고 뚝뚝 꺾었다. 소파 테이블 아래서 구두가 죽은 소 두 마리처럼 옆으로 쓰러져 있었다. 그녀는 질투나 경멸의 눈빛으로 날 보지 않았고, 그날 뭘 먹긴 했는지 묻지도 않았으며, 주변을 정돈하거나 테이블 위의 비디오테이프를 케이스에 넣지도 않았다. 조용했다. 나는 벽에 기댄 채 그녀가 핸드백에서 휴대전화를 꺼내 전원을 끄고 팝콘 깡통을 열어 조금 먹은 다음 다시 뚜껑을 닫는 모습을 지켜보았다. 무슨 일이 일어났다, 그것만은 확실했다. 어쩌면 켄의 크리스마스 파티에 가서, 리바의 말로는 체구가 자그맣고 일본인이고 잔인하다는 그 아내와 함께 술 마시고 즐기는 그의 모습을 봤는지도 모른다. 어쩌면 켄이 마침내 관계를 끝냈는지도 모른다. 나는 묻지 않았다. 커피를 다 마시고 팝콘 깡통을 부엌으로 가져갔고, 내가 외투를 빼는 동안 리바가 비워놓은 듯한 쓰레기통에 팝콘을 모두 쏟아버렸다.

"고마워." 내가 소파로 돌아가 옆에 앉자 그녀가 말했다. 나는 끙 소리를 내며 TV를 켰다. 우리는 남은 M&M을 반으로 나눠 먹고 버뮤다 삼각지대에 관한 방송을 시청했으며, 나는 멜라토닌과 베나드릴을 먹고 침을 조금 흘렸다. 어느 순간, 내가 마지막으로 숨겨둔 어딘가에서 휴대전화 울리는 소리가 났다.

“그것은 새로운 차원으로 가는 소용돌이일까요? 아니면 신화일까요? 그도 아니면 진실을 감추려는 음모일까요? 사람들은 사라지면 어디로 갈까요? 아마 우리는 절대로 알지 못할 겁니다.”

리바가 실내온도조절기로 다가가 온도를 올린 다음 소파로 돌아왔다. 버뮤다 삼각지대에 관한 프로그램은 끝나고 네스호 괴물에 관한 프로그램이 시작되었다. 나는 눈을 감았다.

“엄마가 돌아가셨어.” 광고가 나오는 동안 리바가 말했다.

“젠장.” 내가 말했다.

달리 무슨 말을 할 수 있었을까?

담요를 당겨 그녀와 함께 무릎을 덮었다.

“고마워.” 리바가 이번에는 조용히 울면서 말했다.

프로그램 남자 해설자의 유령 같은 목소리, 리바가 코를 훌쩍이고 한숨을 쉬는 소리가 나를 아늑한 잠으로 이끌 법도 했다. 하지만 잘 수 없었다. 나는 눈을 감았다. 미스터리서클에 관한 다음 방송이 시작되었을 때 리바가 나를 쿡쿡 찔렀다. “깨어 있니?” 나는 그렇지 않은 척했다. 그녀가 일어나 신발을 신고 또각또각 욕실로 걸어가 코를 푸는 소리가 들렸다. 그녀는 인사 없이 나갔다. 다시 혼자가 되니 마음이 놓였다.

일어나 욕실로 가서 약장을 열었다. 닥터 터틀이 준 인페르미테롤은 조그맣고 둥그스름한 알약으로 표면에 I자가 새겨져 있으며 매우 하얗고 단단하고 이상하게도 묵직했다. 돌을 깎아 만들었나 싶을 정도였다. 나는 잠으로 돌진해야 할 때가 있다면 바로 지금이라고 판단했다. 리바의 슬픔이 악취처럼 어른거리는 크리스마스를 견뎌내고 싶지 않았다. 지시대로 인페르미테롤을 딱 한 알만 먹었다. 날카롭게 깎여나간 알약 모서리가 목구멍을 긁고 내려갔다.

땀에 흠뻑 젖어 잠에서 깨어보니 소파 테이블에 뚜껑을 열지 않은 중국 음식 상자가 여남은 개나 놓여 있었다. 돼지고기와 마늘과 오래된 식물성 기름 냄새가 공기 중에 진동했다. 포장지를 벗긴 젓가락들이 옆자리 소파 위에 쌓여 있었다. TV에서는 식품 건조기에 대한 설명식 광고가 음소거 상태에서 나오고 있었다.

리모컨이 어디 있나 둘러봐도 찾을 수 없었다. 실내온도는 30도 대에 맞춰져 있었다. 자리에서 일어나 온도를 다시 내리고서 보니, 커다란 동양풍 러그—부모님 집에서 가져온 얼마 안 되는 물건 중 하나—가 둘둘 말린 채 거실 창문 아래의 벽을 따라 놓여 있었다. 블라인드도 걷혀 올라가 있었다. 그걸 보고 나는 경악했다. 그때 전화가 울리는 바람에 그 소리를 따라 침실로 들어갔다. 전화기를 안에 넣고 랩으로 밀봉한 유리대접이 시트를 걷어낸 매트리스 한가운데에 놓여 있었다.

"네?" 나는 전화를 받았다. 입에서 끔찍한 맛이 났다.

닥터 터틀이었다. 나는 목청을 가다듬고 정상적인 사람처럼 목소리를 내려고 애썼다.

"굿모닝, 닥터 터틀." 내가 말했다.

"지금 오후 네시예요." 그녀가 말했다. "응답전화가 너무 늦어서 미안해요. 고양이들이 응급사고를 당했거든요. 지금은 좀 괜찮아요? 음성메시지에서 설명한 증상이 나로선 솔직히 의아하네요."

내가 핫핑크색 주시쿠튀르 운동복을 입고 있다는 사실을 깨달았다. 유대인여성위원회 중고품 판매장의 상표가 소맷부리에 달려 있었다. 새로 사 온 중고 비디오테이프가 복도 맨바닥에 쌓여 있는데 전부 시드니 폴락의 영화였다. 〈콘돌〉 〈폴 뉴먼의 선택〉 〈추억〉 〈투씨〉 〈아웃 오브 아프리카〉. 중국 음식을 주문하거나 중고품 판매장에 간 기억은 없었다. 그리고 어떤 메시지에 무슨 말을 했는지도 기억나지 않았다. 닥터 터틀은 내 목소리에 어린 "감정적 격렬함 때문에 당혹스러웠다"고 말했다.

"당신이 걱정스러워요. 아주, 아주, 아주 걱정스럽습니다." 그녀는 보통 때와 똑같이 숨소리가 많이 섞인 높고 날카로운 목소리로 말했다. "자신의 존재에 의문이 든다고 했는데," 그녀가 물었다. "철학책을 읽고 있다는 뜻인가요? 아니면 혼자서 한 생각인가요? 그게 자살 얘기라면 그에 맞는 약을 줄 수 있어서요."

"아니, 아니, 자살 같은 거 아니에요. 그냥 철학적 사색에 잠겼던 거예요, 맞아요." 나는 말했다. "그냥 생각을 너무 많이 해서 그럴 거예요."

"그건 좋은 신호가 아니죠. 정신병으로 이어질 수 있거든요. 잠은 잘 자나요?"

"충분하진 않아요." 나는 말했다.

"그럴 것 같았어요. 따뜻한 물로 샤워하고 캐모마일 차를 좀 마셔요. 마음이 안정될 거예요. 그리고 인페르미테롤도 복용해 보세요. 존재 불안을 없애는 데 프로작보다 더 효과가 좋다고 여러 연구에서 증명되었어요."

나는 벌써 그것을 먹었다는 사실, 그 결과 잡다한 음식과 중고상점 물건들로 이루어진 이 이상한 난장판이 벌어졌고 그 밖에도 무슨 일이 있었는지 모른다는 사실을 시인하고 싶지 않았다.

"감사합니다, 선생님." 나는 말했다.

전화를 끊고 음성메시지를 확인했더니 리바가 그 주 후반에 롱아일랜드에서 치러질 어머니의 장례식과 손님 대접에 관해 자세한 설명을 남겨놓았다. 리바의 목소리는 부드럽고 슬프고 어쩐지 대본을 읽는 듯했다.

"일들이 차근차근 진행되고 있어. 시간도 그런 식인 것 같아.

그저 계속 나아가는 거지. 네가 장례식에 올 수 있으면 좋겠다. 엄마가 널 정말 좋아하셨어." 리바의 어머니가 3학년 때 학교로 딸을 보러 왔을 때 한 번 만난 적이 있는데도 나는 그 사실을 까맣게 잊고 있었다. "새해 전날로 날짜를 정했어. 네가 좀더 일찍 도착해서 먼저 집으로 올 수 있다면 참 좋겠다." 그녀가 말했다. "기차가 펜역에서 한 시간에 한 번씩 출발해." 리바는 기차표를 어떻게 사고 플랫폼 어디에서 서 있다가 어느 차량에 앉고 어디서 내릴지 자세히 설명했다. "마침내 네가 우리 아빠를 만나게 되겠네."

나는 그걸 거의 지울 뻔했으나 그냥 남겨두고 메시지함이 꽉 차게 해 아무도 더는 음성메시지를 남기지 못하게 하는 편이 낫겠다고 생각했다.

내 외투는 아직 욕조 안에서 흠뻑 젖어 있었으므로 청재킷에 보풀이 인 털모자를 쓰고 슬리퍼를 꿰어 신은 후 현금카드를 주머니에 넣고 아래층으로 내려갔다. 더러운 눈 위로 소금을 뿌린 길을 따라 몸을 격렬히 떨면서 이집트인들의 가게로 커피를 사러 갔다. 보데가의 크리스마스 장식은 이미 치워지고 없었다. 신문에 인쇄된 날짜를 보니 2000년 12월 28일이었다.

"이제 외상값이 이만큼이에요." 몸집이 작은 축에 속하는 이집트인이 계산대에 테이프로 붙여둔 쪽지를 가리키며 말했다.

귀엽고 조그맣고 오두방정을 떠는 모습이 조그만 강아지 같았다. "46달러 50센트. 간밤에 아이스크림을 일곱 개 샀잖아요."

"내가 그랬어요?" 그가 날 속였을 수도 있다. 그랬더라도 나는 차이를 몰랐겠지만.

"아이스크림 일곱 개." 그가 고개를 설레설레 저으며 다시 말하고는 내 뒤에 있는 손님에게 줄 멘톨 담배 한 갑을 꺼내려고 뒤쪽 벽으로 팔을 뻗었다. 나는 따지지 않을 생각이었다. 이 이집트인들은 라이트에이드 직원들과 달랐다. 그래서 현금지급기에서 돈을 찾아 외상값을 갚았다.

집에 오니 부엌 싱크대 위에 포장 디자인이 바뀌기 전의 파인트 사이즈 하겐다즈 아이스크림 통 일곱 개가 있었다. 보데가의 냉동고 깊은 곳에서 그것들을 꺼내느라 굉장한 노력을 기울였을 게 분명했다. 커피토피크런치, 바닐라퍼지, 라즈베리퍼지, 럼레이즌, 딸기, 버번피칸프랄린, 워터멜론젤라토. 전부 녹아 있었다. 내가 손님을 기다리고 있었던 건지 궁금했다. 소파 테이블 위에 늘어놓은 중국 음식은 아마 뭔가 축하할 일이 있었다는 뜻일 텐데, 내가 그만 잠들어버렸거나 젓가락을 쓰다가 답답해서 다 팽개친 듯도 했고, 그렇게 꿈길을 헤매는 동안 집안에 온통 음식 냄새가 밴 모양이었다. 아파트 안에서는 아직도 튀김냄새가 강하게 풍겼다. 나는 거실 창문을 몇 센티미터만 열고 소파에 앉아 두번째 커피를 마시기 시작했다. 기름기 번들거리는 음식 용기를 하나씩 들어올려 내용물을 추측해본 뒤 접힌 윗부분을 펼쳐 추측이 맞았는지 확인했다. 내가 돼지고기 볶음밥이라고 추측한 건 사실 당근과 양파 조각들이 출렁거리는 미끄덩한 볶음면이었는데, 조그만 새우가 점점이 박혀 있는 모습을 보니 음모에서 자라는 이가 생각났다. 마늘소스를 곁들인 브로콜리라고 생각한 음식도 추측과 달랐다. 그 용기 안에는 노란 커리소스를 입힌 번들거리는 닭고기가 가득 담겨 있었다. 흰쌀밥이라고 생각한 건 방귀 냄새를 풍기는 양배추 춘권이었다. 흰쌀밥이 아니라 혼합채소였다. 흰쌀밥이 아니라 돼지갈비였다. 드디어 쌀밥을 찾았을 때는 흰쌀이 아니라 현미였다. 손가락으로 그 맛을 보았다. 고소하고 물컹거리고 차가웠다. 그걸 씹고 있는데 휴대전화 울리는 소리가 들렸다. 리바에게서 온 전화임을 알았다. 내가 장례식 설명을 잘 이해했는지 확인하고 싶어서, 내가 자기를 위해 거기 갈 것이며 늦지 않게 나타나겠다고 약속하기를 원해서, 어머니가 돌아가셔서 나도 엄청나게 안타까워한다는 것을, 나도 마음을 쓰고 있고 그 고통을 느끼며 친구의 괴로움을 덜어주기 위해 무슨 일이든 하겠다는 것을, 맹세코 틀림없다는 것을 확인받고 싶어서 거는 전화.

전화는 받지 않았다. 쌀밥을 뱉어내고 중국 음식이 담긴 용기들을 모두 쓰레기통으로 가져갔다. 그리고 녹은 아이스크림통을 죄다 열어 내용물을 배수구에 쏟았다. 내가 버리고 있는 이 모든 음식을 리바가 본다면 헉 소리를 내며 놀랄 거라고 생각했다. 안 먹고 버리든 다 먹고 토해내든 다를 바 없는 낭비임을 모른다는 듯이.

쓰레기를 복도로 가지고 나가 낙하장치에 던져넣었다. 그 건물에서 내가 가장 좋아하는 것 중 하나가 쓰레기 낙하장치였다. 중요한 사람이 된 듯한 기분, 내가 세상에 참여하는 듯한 기분이 들었다. 내 쓰레기가 다른 사람들의 쓰레기와 섞였다. 나와 닿았던 물건이 다른 사람과 닿았던 물건과 닿았다. 나는 기여하고 있었다. 연결되어 있었다.

자낙스와 인페르미테롤을 한 알씩 먹고 젖은 외투를 욕조에서 꺼낸 뒤 뜨거운 목욕물을 받았다. 그러고서 목욕을 마치면 곧바로 입고 〈위기의 암호명〉을 보며 잠들 수 있도록 깨끗한 파자마를 찾으러 침실로 갔다. 침실의 가구 배치가 달라져 있었다. 침대머리가 벽을 향하도록 돌려져 있었다. 약에 취해 의식상실 상태로 집의 환경을 평가하고 정신을 활용해—정신의 어느 부분인지는 나도 모르겠다—공간의 분위기를 전략적으로 개선할 판단을 내리는 나 자신을 그려보았다. 닥터 터틀은 이런 종류의 행동을 예측했었다. "잠결에 이루어지는 활동들은 중장비를 작동시키는 일만 아니면 괜찮아요. 자녀는 없죠, 그렇죠? 멍청한 질문을 했군요." 잠결에 걷고 잠결에 말하고 잠결에 온라인 채팅을 하고 잠결에 먹고, 이런 행동들은 특히 앰비언을 복용할 때는 예상할 수 있었다. 잠결의 쇼핑은 컴퓨터로도, 보데가에 가서도 이미 여러 번 했다. 잠결에 중국 음식을 배달시켰다. 잠결에 담배를 피웠다. 잠결에 문자를 보내고 전화를 했다. 그건 새로운 일이 아니었다.

하지만 인페르미테롤을 복용한 경험은 달랐다. 벽장 서랍에서 레깅스와 보온용 상의를 꺼낸 기억이 난다. 양치질을 하는 동안 물이 욕조를 채우며 콸콸 쏟아지는 소리를 들은 기억이 난다. 굳은 때가 들러붙은 개수대에 피가 섞인 치약 거품을 뱉은 기억이 난다. 발가락으로 욕조의 물 온도를 시험한 기억도 난다. 하지만 물에 들어가고 목욕을 하고 머리를 감은 기억은 없다. 집을 나가서 걸어다니고 택시에 타고 이곳저곳을 다니는 일을 비롯해, 그날 밤 혹은 다음날 낮, 혹은 그 다음날에 내가 했을 다른 모든 일들은 기억나지 않는다.

그저 눈을 한 번 감았다 뜬 것 같은데 나는 롱아일랜드 철도의 열차에서 청바지와 오래된 운동화와 흰색 모피 롱코트 차림으로 잠에서 깼고 머릿속에는 〈투씨〉의 주제가가 흐르고 있었다.

넷

닥터 터틀은 '지속적인 악몽'과 '시간 감각이 살아 있는 환각 체험' '상상 마비' '변칙적 시공간 감각' '다중우주로 진입하는 느낌이 드는 꿈' 그리고 '숨겨진 차원으로 들어가는 여행' 등등에 대해 내게 경고했었다.

그리고 내게 처방해준 것과 같은 약물을 복용하는 이들 가운데 소수가 깨어 있는 시간에 환각을 경험했음을 그녀에게 알렸다는 말도 했다. "대개는 기분좋은 환영이에요. 천상의 영혼, 천체의 광선 무늬, 천사, 상냥한 유령. 요정. 정령. 광휘. 전혀 해롭지 않은 환각이죠. 그리고 대부분 아시아인들에게 일어나요. 인종 배경이 어떻게 되는지 물어도 되나요?"

"영국, 프랑스, 스웨덴, 독일."

"당신은 괜찮을 거예요."

롱아일랜드 철도는 천상적이라고 할 수 없었지만 나는 혹시 자각몽을 꾸고 있는 건가 자문해봤다. 손을 내려다보았다. 움직이기가 힘들었다. 손에서 담배와 향수 냄새가 났다. 손에 입김을 불고, 코트의 차갑고 흰 모피를 톡톡 두드리고, 주먹을 쥐었다 폈다 하며 허벅지를 내려쳤다. 콧노래를 불렀다. 모든 게 충분히 진짜처럼 느껴졌다.

나 자신을 꼼꼼히 살폈다. 피가 나는 곳은 없었다. 오줌을 지리지도 않았다. 양말을 안 신었다. 치아가 끈적끈적한 느낌이 들고 입에서 땅콩과 담배 맛이 났지만 코트 주머니에는 담배가 없었다. 현금카드와 열쇠는 청바지 뒷주머니에 있었다. 발치에는 블루밍데일 백화점의 빅브라운백*이 놓여 있었다. 그 안에는 띠어리의 사이즈 2짜리 검정색 치마 정장 한 벌, 캘빈클라인의 누드 브라와 팬티 세트가 있었다. 조그만 면벨벳 보석 상자 안에는 가짜 금으로 세팅된 못생긴 토파즈 펜던트 목걸이가 들어 있었다. 옆자리에는 거대한 흰 장미 꽃다발이 있었다. 꽃다발 아래에는 네모난 봉투가 끼워져 있고 앞면에 내 필체로 "리바에게"라고 쓰여 있었다. 꽃다발 옆에는 잡지 〈피플〉과 반쯤 빈 물병, 스

* 블루밍데일 백화점에서 제공하는 쇼핑백 이름.

니커즈 초콜릿바 포장지 두 개가 있었다. 물병에서 한 모금을 마셔보고 안에 든 게 진이라는 걸 알았다.

창밖을 보니 해가 지평선 위에서 희미한 노란색으로 고동치고 있었다. 해가 뜨는 건가, 아니면 지는 건가? 기차는 어느 방향으로 달리고 있나? 다시 손으로 시선을 돌려서 물어뜯은 손톱 아래로 때가 끼어 생긴 회색 줄을 쳐다보았다. 제복을 입은 남자가 지나가기에 그를 멈춰 세웠다. 내게 중요한 질문—오늘 며칠이죠? 내가 어디로 가고 있나요? 지금 밤이에요, 아침이에요?—은 너무 창피해서 하지 못하고 대신 다음 정거장이 어디냐고 물었다.

"베스페이지역이 곧 나옵니다. 손님이 내리실 곳은 그다음 역이고요." 그가 내 앞좌석의 뒤판에 꽂힌 기차표를 뽑아들었다. "몇 분 더 주무셔도 됩니다." 그가 윙크했다.

이제 더는 잘 수 없었다. 창밖을 바라보았다. 태양은 분명 떠오르고 있었다. 굉음을 내며 나아가던 기차가 속도를 늦췄다. 베스페이지역 플랫폼에는 긴 코트를 입은 소수의 중년 승객 무리가 커피컵을 들고 반대 방향에서 들어오는 기차를 기다리며 서 있었다. 거기서 내려 그 기차를 타고 맨해튼으로 돌아갈 수도 있겠다고 생각했다. 기차가 정차하자 나는 일어섰다. 모피 코트 자락이 바닥에 끌렸다. 모피는 묵직했고 허리에 흰 가죽 벨트가 묶여 있었다. 운동화 속 맨발이 눅눅했다. 브래지어도 하지 않은 상태였다. 운동복 안감의 부드러운 솜털에 젖꼭지가 쓸렸다. 운동복은 새것이었고 월그린스나 라이트에이드에서 5달러 정도에 살 수 있는 종류였다. 종이 땡땡거렸다. 서둘러야 했다. 그런데 물건들을 챙기는 사이에 갑자기 참을 수 없이 똥이 마려웠다. 좌석에 가방과 장미 다발을 놔두고 허겁지겁 복도를 지나 화장실로 갔다. 코트를 벗고 화장실의 더러운 벽에 매끄러운 분홍색 안감만 닿도록 안팎을 뒤집어 걸어야 했다. 뭘 먹었는지 몰라도 늘 먹는 동물 크래커나 간이식당의 샐러드는 아닌 게 분명했다. 화장실에 앉아 있는 동안 기차가 다시 출발하는 느낌이 들었다. 나는 운동복의 널따란 소매를 잡아올려 팔을 살피면서 도장 자국이나 다른 흔적, 멍, 일회용 밴드 등이 있는지 찾아보았다. 없었다.

다시 코트 주머니를 뒤져 휴대전화를 찾아보았지만 코리아타운에서 산 버블티 영수증과 고무밴드 하나밖에 없었다. 고무밴드는 머리를 묶는 데 사용했다. 긁힌 자국투성이인 흐릿한 거울에 비친 모습으로 봐서는 얼굴 상태도 그리 나쁘지 않았다. 나는 볼을 찰싹 때리고 눈에서 눈곱을 떼어냈다. 아직도 꽤 예뻤다. 머리가 짧아졌다는 걸 깨달았다. 의식상실중에 자른 게 틀림없었다. 은행카드를 사용한 기록을 살펴보면 인페르미테롤을 먹고 무슨 짓을 했는지 알 수 있겠다고 생각했지만, 사실 몸에 이상이 없고 피를 흘리고 있지 않다면 크게 상관없었다. 멍들거나 부러진 곳도 없었다. 내가 있는 곳이 어딘지도 알았다. 신용카드와 열쇠도 있었다. 중요한 건 그뿐이었다. 창피하지도 않았다. 인페르미테롤 한 알이 내 삶의 며칠을 앗아갔다. 그런 의미에서 완벽한 약이었다.

얼굴에 물을 끼얹고 입을 헹구고 페이퍼타월로 이의 치태를 문질러 닦았다. 자리로 돌아와 진을 한 모금 머금고 우물우물한 다음 병에 뱉었다. 기차가 다시 느려졌다. 나는 물건들을 챙기고 거추장스러운 꽃다발을 아기처럼 안았다. 장미는 신선했고 향이 없었다. 진짜 꽃인지 보려고 만져보았다. 진짜였다.

파밍데일은 전신주가 삐죽삐죽 솟은 볼품없고 평평하고 우중충한 풍경을 이루었다. 멀리 베이지색 알루미늄 외장재로 마감한 2층짜리 기다란 건물들이 줄줄이 늘어서 있었고, 헐벗은 나무들이 바람에 흔들렸으며, 아마 곡물 저장고인 듯한 구조물이 하나 보였고 어디서 나오는지 모르는 까만 연기가 흐릿하고 넓은 잿빛 하늘로 올라갔다. 외투와 목도리와 모자로 무장한 사람들이 빙판이 된 조그만 광장을 가로질러 미니밴과 값싼 세단들이 엔진을 공회전하며 배기가스를 뿜어대는 조그만 주차장 쪽으로 갔다. 거대한 흰색 링컨 콘티넨털이 길가에 정차해 전조등을 번쩍거렸다.

리바였다. 그녀가 조수석의 전동 창문을 내리고 내게 손을 흔들었다. 그녀를 무시하고 돌아서서 기찻길을 건너 뉴욕으로 돌아가는 다음 열차를 탈까 생각해봤다. 리바가 경적을 울렸다. 나는 도로로 나가 차에 탔다. 실내는 온통 암적색 가죽과 가짜 목재로 장식되었다. 시가와 체리 방향제 냄새가 났다. 리바의 무릎 위에 구겨진 화장지가 쌓여 있었다.

"새 코트야? 진짜니?" 그녀가 코를 훌쩍이며 물었다.

"크리스마스 선물." 나는 웅얼거렸다. 쇼핑백을 발 사이에 내려놓고 꽃다발을 무릎 위에 올려놓았다. "나에게 주는."

"이건 삼촌 차야." 그녀가 말했다. "네가 왔다니 믿을 수 없다. 어젯밤에 통화할 때도 난 믿기 힘들었거든."

"통화할 때 뭘 믿을 수 없었는데?"

"난 그냥 네가 와서 행복해." 그녀는 라디오를 클래식 음악 채널에 맞춰놓았다.

"장례식이 오늘이구나." 나는 그렇게 말하며 믿기 싫은 사실을 확인했다. 정말로 가기 싫었지만 이제 빠져나갈 수 없었다. 나는 음악소리를 줄였다.

"난 네가 늦게 오거나 종일 자거나, 그럴 거라고 생각했어. 기분 나쁘게 듣진 마. 그래도 이렇게 왔잖아!" 그녀가 내 무릎을 토닥였다. "꽃 예쁘다. 엄마가 봤으면 좋아하셨을 텐데."

나는 좌석에 푹 몸을 묻었다. "몸이 별로 안 좋아, 리바."

"보기엔 근사한데." 그녀가 다시 코트를 훑어보며 말했다.

"갈아입을 옷을 가져왔어." 쇼핑백을 발로 차며 내가 말했다. "검은색으로."

"원하는 건 뭐든 빌려줄게." 그녀가 말했다. "화장품이든 뭐든." 그녀는 고개를 돌려 가짜 미소를 지으며 내 손을 쓰다듬었다. 몰골이 끔찍했다. 볼은 부풀었고 눈은 붉고 피부는 칙칙했다. 늘 먹은 것을 토하던 시절에도 비슷한 몰골이었다. 3학년 때는 심지어 눈 혈관이 터져서 몇 주간 진한 선글라스를 끼고 교정을 돌아다녔다. 기숙사에 돌아와서는 선글라스를 벗었다. 나는 그녀를 쳐다보기가 힘들었다.

리바가 차를 몰기 시작했다.

"눈이 정말 아름답지 않니? 여긴 참 평화로워, 그렇지? 도시에서 벗어나 있잖아? 정말로 균형 있는 시각을 갖게 해줘. 그러니까…… 인생에 대해?" 리바가 반응을 바라며 나를 보았지만 나는 응하지 않았다. 곧 피곤하게 굴겠구나, 나는 알 수 있었다. 내가 위로의 말을 해주고 장례식에서 흐느끼는 제 어깨를 감싸주길 기대할 거다. 나는 덫에 걸렸다. 지옥 같은 날이 되겠구나. 괴롭겠구나. 살아남지 못할 것 같다고 느꼈다. 어둡고 조용한 방이, 내 비디오가, 내 침대, 내 약이 필요했다. 몇 달 동안 이렇게 멀리 나와본 건 처음이었다. 두려웠다.

"커피 좀 마시게 쉬어 갈 수 있을까?"

"집에 커피 있어." 리바가 말했다.

그 순간, 푹 꺼진 좌석에서 고개를 쭉 빼고 계기판 너머를 살피며 빙판길을 나아가는 그 모습을 바라보면서 나는 진심으로 그녀를 미워했다. 그때 그녀가 여태 자신이 처리한 일들을 장황하게 늘어놓았다. 집을 청소하고, 친지들에게 전화하고, 장례식장과 일정을 조율하고.

"아빠는 엄마를 화장하기로 결정했어." 리바가 말했다. "장례식이 끝날 때까지 기다리지 못한 거야. 너무 잔인한 것 같아. 유대인답지도 않아. 그냥 돈을 아끼고 싶었던 거지." 얼굴을 찡그리는 그녀의 볼이 축 처졌다. 눈에는 눈물이 그렁그렁했다. 리바가 얼마나 예측하기 쉬운 사람인지 나는 매번 감탄했다. 꼭 영화 캐릭터 같았다. 모든 감정 표현이 항상 정확히 때맞춰 나왔다. "엄마는 이제 싸구려 나무상자 안에 있어." 그녀가 징징거렸다. "겨우 이 정도밖에 안 돼." 그러면서 운전대에서 양손을 떼고 보깅댄스* 같은 손동작을 취하며 상자의 크기를 알려주었다. "그 사람들이 우리한테 커다란 황동단지를 사라고 하더라. 매 단계

* 패션모델의 포즈를 모방한 춤.

마다 손님을 등쳐먹으려고 해, 정말로. 아주 역겨워. 그치만 아빠는 너무 인색해. 내가 엄마 재를 바다에 뿌리겠다고 말했더니 그건 품위 없는 짓이래. 뭐라고? 어떻게 바다가 품위 없어? 바다보다 더 품위 있는 데가 어딘데? 벽난로 위 선반? 부엌 찬장?" 분을 못 이긴 리바는 목이 잠깐 메었다가 나를 부드럽게 돌아보았다. "아마 네가 나와 함께 가줄 거라고 생각했어. 언젠가 자동차로 둘이서 매서피퀴로 달려가 재를 뿌리고 점심을 먹을 수도 있을 거라고. 말하자면 다음주쯤에, 너만 시간이 된다면. 아니면 사실 아무때나 상관없지. 날씨가 좀 따뜻해지고 나서도 괜찮고. 적어도 눈은 오지 않을 때. 너희 엄마는 어떻게 했니?" 그녀가 물었다.

"아버지 옆에 묻었어." 나는 말했다.

"봐, 우리도 엄마를 묻었어야 했는데. 넌 부모님이 어딘가에 계시는 거잖아. 그게, 다 타서 재가 되진 않았다는 거지. 적어도 그분들은 땅속에, 뼈도 다 그대로, 그러니까, 한곳에 계시는 거잖아. 넌 그거라도 다행인 거야."

"차 세워." 나는 말했다. 앞쪽에 있는 맥도널드를 보았다. "드라이브스루로 들어가. 네 아침밥 사줄게."

"나 다이어트중이야." 그녀가 말했다.

"그럼 내 아침밥 사 먹을게." 내가 말했다.

리바가 주차장으로 들어가 줄을 섰다.

"넌 찾아가니? 부모님 묘지?" 그녀가 물었다. 그녀는 내 짜증스러운 한숨을, 묻어둔 슬픔의 표출로 오해했다. 불쌍하다는 듯 얼굴을 찌푸리고 높은 소리로 "으응!" 하고 칭얼대며 나를 돌아보다 실수로 경적을 눌렀다. 상처 입은 코요테 같은 소리가 났다. 그녀가 숨을 헉 하고 들이마셨다. 앞차에 탄 사람이 손가락 욕을 했다. "오, 세상에. 미안해요!" 그녀는 큰 소리로 외치고 사과의 의미로 경적을 울렸다. 그리고 나를 쳐다보았다. "집에 음식이 있어. 커피도, 다른 것도 다."

"내가 원하는 건 맥도널드 커피가 전부야. 내가 부탁하는 건 그게 다라고. 이렇게 멀리까지 왔잖아."

리바가 기어를 주차 모드로 바꿨다. 우리는 기다렸다.

"화장장에서 얼마나 심란했는지 말도 못해. 상 당한 사람이 제일 가고 싶지 않은 곳이 거기일 거야. 시신을 태우는 방법에 대한 잡다한 자료를 주거든. 내가 정말로 그걸 다 알아야 한다는 듯이 말이야. 그중 한 팸플릿에는 죽은 아기들을 조그만 개인용 '금속 팬'에 넣어 화장한다는 설명도 있더라. 진짜 그렇게 불렀다니까, '금속 팬'이라고. 그 생각을 떨칠 수가 없어. '팬'이라니. 정말 엽기적이야. 무슨 개인용 팬 피자라도 굽듯. 끔찍하지 않니? 속이 울렁거리지 않아?"

앞차가 앞으로 나갔다. 내가 리바에게 인터컴 쪽으로 나아가라고 손짓했다.

"라지 커피 두 잔에 설탕과 크림 추가." 나는 리바에게 말하고 그대로 주문하게 했다. 그녀는 똑같이 주문하며 자기가 먹을 오레오 맥플러리를 추가했다.

"원하면 자고 가도 돼." 리바가 첫번째 창구로 차를 몰아가며 말했다. "새해 전날이잖니."

"뉴욕에서 할일이 있어."

거짓말이라는 걸 리바는 알았다. 나는 따질 테면 따지라는 듯 쳐다보았지만 그녀는 그저 빙긋 웃으며 창구에 있는 여자에게 내 현금카드를 전달했다.

"나도 뉴욕에서 할일이 있으면 좋겠다." 리바가 말했다.

우리는 다음 창구로 다가갔고 리바가 내게 커피를 건넸다. 뚜껑에서 싸구려 향수와 태운 햄버거 냄새가 났다.

"장례 뒤풀이 끝나고 다시 역에 갈 때 택시를 불러줄 수 있어." 리바가 맥플러리를 수저로 입에 떠넣으며 가식적인 높은 목소리로 말했다. "켄이 올 것 같아. 그리고 직장 사람들 몇 명도. 저녁이라도 먹고 가지 않을래?" 입에 음식을 가득 넣고 말하는 것 또한 리바에게서 참을 수 없는 면이었다.

"먼저 낮잠을 자야겠어." 내가 말했다. "그러고서 몸이 어떤지

볼게."

리바는 한동안 말이 없었고 긴 플라스틱 숟가락을 빠는 그녀의 혀에서 차고 하얀 숨이 모락모락 올라왔다. 난방이 너무 강했다. 나는 모피 안에서 땀을 흘렸다. 리바는 맥플러리 컵을 무릎 사이에 끼우고 계속 먹으면서 운전했다.

"내 방에서 자면 돼." 그녀가 말했다. "거긴 조용할 거야. 친척들이 와 있긴 하지만 널 무례하다거나 그렇게 생각하진 않을 거야. 장례식장에는 두시까지만 가면 돼."

우리는 고등학교와 도서관과 상점가를 지났다. 누구든 왜 그런 곳에 살고 싶어하는지 도저히 이해할 수 없었다. 파밍데일 주립단과대, 코스트코, 일렬로 늘어선 공동묘지 다섯 곳, 골프장 등이 있고, 제설기로 완벽하게 치운 진입로와 보도 주위의 흰 말뚝 울타리가 각 블록마다 끝없이 이어졌다. 리바가 이렇게 변변찮은 곳에서 자랐다고 생각하니 앞뒤가 들어맞았다. 왜 그토록 뼈빠지게 일하며 뉴욕의 삶에 자기를 맞추고 그곳에 정착하려 하는지 알 것 같았다. 리바는 아버지가 회계사라고 했었다. 어머니는 유대인 사립학교에서 비서로 일했다. 리바는 나처럼 외동아이였다.

"여기야." 리바가 황갈색 벽돌집의 진입로로 들어서며 말했다. 1950년대에 지어진 듯한 목장 스타일의 작은 주택이었다. 밖에서 보기만 해도 예상할 수 있었다. 바닥 전체에 카펫이 깔리고 공기는 눅눅하고 끈끈하며 천장이 낮은 실내를. 부엌 찬장은 잡동사니로 가득차 있고, 나무대접 속 갈변한 바나나 주위로는 파리가 날아다니며, 오래된 냉장고 표면을 뒤덮은 자석들 아래에는 기한 지난 화장지와 주방세제 할인 쿠폰이 붙어 있고, 식품 저장실은 상점 자체 브랜드의 값싼 식료품으로 꽉꽉 채워져 있는 집을 상상했다. 주 북부의 부모님 집과 정반대일 것 같았다. 그곳은 으스스할 정도로 장식이 없는 튜더콜로니얼* 주택으로 온통 갈색에 매우 근엄한 분위기였다. 가구는 전부 색이 짙은 육중한 목제였고 가정부가 레몬향 플레지 광택제를 뿌려서 정성스레 닦았다. 갈색 가죽 소파와 갈색 가죽 안락의자. 광택제를 바른 바닥은 빛이 났다. 거실에는 스테인드글라스 창문이 있고 현관 입구에는 매끈한 질감의 커다란 식물이 자라는 화분 몇 개가 놓여 있었다. 그것만 빼면 실내는 무채색이었다. 단색조의 커튼과 카펫. 시선을 끄는 건 거의 없었다. 가구 위에는 아무것도 놓이지 않았으며 사방이 텅 비고 어둑했다. 어머니는 내가 유치원에서 한 핑거페인팅이나 처음 쓴 글자 같은 걸 냉장고에 알파벳

* 중세 후기와 르네상스 전기의 건축이 혼합된 튜더 양식과 미국 식민지시대의 이층주택 양식이 결합한 형태.

모양 자석으로 붙여두는 사람이 아니었다. 집안의 벽은 대부분 비워두었다. 무엇이든 시각적으로 흥미로운 건 어머니의 눈에 과도한 도발이라도 되는 듯했다. 딱 한 번 뉴욕으로 나를 찾아왔을 때 구겐하임 미술관에서 도망치듯 빠져나간 일도 어쩌면 그 때문이었는지 모른다. 조금이라도 어질러진 곳은 오로지 부부 침실, 즉 어머니의 방뿐이었다. 향수가 든 유리병들, 재떨이들, 사용하지 않는 운동기구, 파스텔색과 베이지색 옷더미. 침대는 높이가 낮은 킹사이즈였고, 나는 거기서 잘 때마다 우주선 안이나 달 위에 있는 듯 세상에서 멀리 떨어진 느낌이 들었다. 그 침대가 그리웠다. 어머니가 쓰던 황백색 시트의 그 뻣뻣한 공허함.

나는 첫번째 커피를 쭉 들이켜고 빈 컵을 블루밍데일의 빅브라운백에 넣었다. 리바가 진입로에 있는 녹슨 암적색 미니밴과 낡은 노란색 볼보 스테이션왜건 옆에 차를 세웠다.

"이리 와서 친척들을 만나봐." 리바가 말했다. "그런 다음에 잠깐 누울 수 있는 곳으로 데려다줄게." 그녀는 눈을 치운 마당길을 따라 나를 집으로 안내했다. 그리고 다시 말하기 시작했다. "엄마가 돌아가신 뒤로는 늘 진이 빠져 있어. 꾸는 꿈이 죄다 이상해서 푹 자지도 못하고. 으스스해. 딱히 악몽은 아닌데. 그냥 괴상해. 완전히 기괴해."

"사람들은 다들 자기 꿈이 괴상하다고 생각해, 리바." 내가 말했다.

"난 슬픔에 압도당한 것 같아. 너무 힘들었거든. 하지만 어쩐지 아름답기도 해. 이렇게 슬프고 평온하게. 엄마가 돌아가시기 전에 뭐라고 했는지 아니? '모두에게 인기 있는 사람이 되려고 너무 안달하지 마. 그냥 재미있게 살아.' 그 말이 정말 와닿더라. '모두에게 인기 있는 사람.' 사실이거든. 난 정말로 그렇게 되어야 한다는 압박을 느끼거든. 너도 내가 그렇다고 생각하니? 난 이만하면 괜찮다고 느낀 적이 없는 것 같아. 지금 인생을, 그러니까, 나 혼자서 직면하게 된 일이 아마 내겐 이로울 거야. 아빠와 나는 그다지 가깝지 않거든. 친척들에게 널 소개할게, 아주 잠깐만." 리바가 현관문을 열면서 말했다.

실내는 예상했던 그대로였다. 편안한 분위기, 연두색 카펫, 노란 유리 샹들리에, 금색 무늬 벽지, 낮은 벽토 천장. 난방을 세게 했고, 공기 중에서 음식과 커피와 표백제 냄새가 났다. 리바는 창문 너머로 눈 덮인 앞마당이 보이는 응접실로 나를 데려갔다. 커다란 TV가 음소거 상태로 켜져 있었고, 안경을 낀 대머리 남자들이 번쩍이는 투명 비닐을 씌운 긴 페이즐리 무늬 소파 위에 한 줄로 앉아 있었다. 리바가 매트 위에서 발을 구르며 부츠에 묻은 눈을 털고 있을 때, 검은 원피스를 입고 머리에 롤러를 만 뚱뚱한 여자 셋이 부엌에서 도넛과 페이스트리를 담은 쟁반을 들고 나왔다.

"얘는 내 친구예요. 데리러 가야 한다고 했던 애요." 리바가 그 여자들에게 말했다.

나는 고개를 끄덕였다. 손을 흔들었다. 그중 한 여자가 내 모피 코트와 운동화를 쳐다보는 걸 알 수 있었다. 그 여자는 리바와 눈이 닮았다. 벌꿀 같은 갈색. 리바가 그 여자가 든 쟁반에서 도넛을 하나 집었다.

"네 친구는 배가 고플까?" 한 여자가 물었다.

"꽃 예쁘네." 다른 여자가 말했다.

"그러니까, 우리한테 그렇게 자주 얘기했던 그 친구야?" 세번째 여자가 말했다.

"너 지금 배고프니?" 리바가 물었다.

나는 아니라고 고개를 저었지만 리바는 불을 환히 켠 부엌으로 나를 데려갔다. "음식이 굉장히 많아. 보이지?" 싱크대와 식탁 위가 각각 프레첼, 감자칩, 견과류가 담긴 대접, 그리고 치즈, 생채소, 소스, 쿠키 등이 담긴 큰 접시로 꽉 찼다. "베이글은 다 먹었어." 그녀가 말했다. 커피는 싱크대 위의 사모바르* 안에서 끓고 있었다. 스토브 위에 놓인 커다란 냄비들에서 김이 올랐다.

* 찻물 등을 끓일 때 쓰는 큰 주전자.

"닭고기, 스파게티, 라타투이 비슷한 것도 있어." 리바가 냄비 뚜껑을 하나씩 들어올리며 말했다. 이상하게도 거리낌이 없었다. 보통 때의 거만한 허세를 생략한 것 같았다. 평소에 이런 집에서 사는 삶을 묘사할 때 본인이 썼을 법한 표현—'세련미 없는'—이 뭐든 자신이 바로 그런 소박하고 서민적인 사람이라는 사실을 전혀 변명하려 하지 않았다. 아마 그런 감정의 작용이 완전히 멈춰버렸던 것 같다. 리바가 냉장고를 열더니 동그란 밀폐용기에 담아 선반 곳곳에 올려둔 찐 채소를 내게 보여주었다. 하루 내내 먹을 간식거리가 있어야 해서 미리 만들어놓은 거라고 했다. 크리스마스 이후로 헬스장에 가지 않았다고도 했다. "하지만 상관없어. 지금은 그럴 때가 아니지. 브로콜리 좀 먹을래?" 그녀가 그중 하나의 뚜껑을 열었다. 냄새가 코를 찔러 구역질이 날 뻔했다.

"앉아서 한다는 그게 이거니? 열흘간 앉아 있는 거야?" 나는 꽃다발을 건네며 물었다.

"시바*는 칠 일간이야. 근데 아니야. 우리 가족은 유대교 신자가 아니라고. 그냥 둘러앉아 많이 먹는 걸 좋아할 뿐이지. 이모들과 삼촌들이 차를 몰고 뉴저지에서 오셨어." 리바는 개수대에

---

* 유대인이 상을 당하면 작은 의자나 상자 위에 앉아 문상객을 맞이하는 의식.

꽃을 내려놓고 자기가 마실 커피를 한 잔 따르더니, 주머니에서 구깃구깃해진 스위트앤드로* 봉지를 꺼내 커피에 털어넣은 뒤 바닥을 내려다보며 무심히 저었다. 나는 남은 맥도널드 커피를 단숨에 들이켜고 사모바르에서 커피를 다시 채웠다. 리놀륨을 깐 바닥에 형광등 빛이 반사되어 눈이 아팠다.

"정말로 좀 누워야겠어, 리바." 내가 말했다. "진짜 몸이 안 좋아."

"아, 그래." 그녀가 말했다. "따라와." 우리는 다시 응접실을 통과해 걸어갔다. "아빠, 아래층에 아무도 못 가게 하세요. 친구가 좀 혼자 있어야 해서요."

대머리 남자들 가운데 하나가 무시하듯 손을 내젓고 페이스트리를 한입 베어물었다. 빵 껍질이 부서지며 그의 갈색 스웨터 조끼 앞자락에 떨어졌다. 내 눈에 그는 아동성추행범처럼 보였다. 그 남자들 모두가 그랬다. 하지만 적당한 빛을 받으면 누구든 그렇게 보일 수 있겠지, 나는 생각했다. 심지어 나도. 심지어 리바도. 리바의 아버지가 가슴팍에 떨어진 페이스트리 껍질을 흩트리지 않으려고 애쓰는 동안, 여자들이 일어나 다가가더니 뿌리치는 그를 무시하고 스웨터 위의 부스러기를 자기들 접시로 떨

* 저열량 감미료 상표명.

어냈다. 사방에 드리운 죽음의 기운만 아니라면 나는 존 휴스의 영화에 들어온 것처럼 느꼈을 테다. 앤서니 마이클 홀이 파이나 냄비 요리를 들고 조문하러 오는 이웃집 소년쯤으로 등장하는 장면을 상상했다. 아니면 이건 블랙코미디이고, 우피 골드버그가 장의사 역할을 하는 것이다. 나는 그걸 아주 좋아했을 것 같다. 우피 생각만으로도 위안이 되었다. 그녀는 정말로 내 영웅이었다.

리바가 나를 데리고 나선형 계단을 따라 지하로 내려가자 가족용 오락 공간 같은 곳이 나왔다. 거칠거칠한 파란색 카펫, 목재로 마감한 벽, 천장 가까이에 난 작은 창문들, 찌푸린 얼굴처럼 주름진 연보라색 비닐 소파 위로 삐딱하게 걸린 그저 그런 수채화 여러 점.

"저건 누가 그린 거야?" 내가 물었다.

"엄마가. 아름답지 않니? 내 방은 여기를 통해서 들어가." 리바가 문을 열자 분홍색 타일을 바른 좁다란 욕실이 나왔다. 변기 수조에서 물 흐르는 소리가 났다. "이건 항상 이래." 그녀가 말하며 변기 손잡이를 가볍게 흔들었지만 소용없었다. 다른 쪽 문을 열자 그녀의 침실이 나왔다. 안은 어둡고 후텁지근했다. "여긴 좀 답답해. 창문이 없어서." 리바가 속삭인 뒤 침대 옆 전등을 켰다. 벽은 페인트로 검게 칠해놓았다. 벽장의 갈라진 미닫이문은 문턱 레일 밖으로 빼서 벽에 기대두었다. 벽장에는 옷걸이에 걸린 검은색 원피스 하나와 스웨터 몇 개뿐이었다. 역시 검은 페인트로 칠한 조그만 서랍장과 그 위에 놓인 축 처진 판지상자 하나를 제외하면 방안에는 물건이 거의 없었다. 리바가 천장의 팬을 작동시켰다.

"이게 네 방이었니?" 내가 물었다.

리바는 고개를 끄덕이고는 침대를 감싸고 있는 미끌미끌한 파란색 나일론 침낭을 걷어냈다. 침대는 바닥에 깔아놓은 일인용 받침대 위 매트리스에 불과했다. 시트에는 꽃과 나비 무늬가 있었다. 오래되고 보풀이 인 처량한 시트였다.

"고등학교 때 이리로 내려와서 방을 까맣게 칠했어. 쿨해 보이려고." 리바가 비꼬는 투로 말했다.

"아주 쿨하네." 내가 말했다. 쇼핑백을 내려놓고 커피를 마저 마셨다.

"언제 깨우면 되니? 우리 한시 반에는 출발해야 해. 그러니까 준비하는 데 필요한 시간까지 계산해."

"빌려 신을 구두 있어? 스타킹도?"

"여기엔 내 물건이 많지 않아서." 리바가 서랍들을 열었다 닫으며 말했다. "하지만 엄마 걸 빌리면 돼. 구두 사이즈가 8, 맞지?"

"8.5야." 나는 침대로 들어가며 말했다.

"위층에 너한테 맞는 뭔가가 있을 거야. 그냥 한시쯤에 깨울게."

리바가 문을 닫았다. 나는 침대에 앉아 전등을 껐다. 욕실에서 그녀가 내는 소리가 들렸다.

"세면대 옆에 깨끗한 수건을 놔둘게." 문 너머에서 리바가 말했다. 그녀가 나 때문에 음식을 토해내지 못하는 건지 궁금했다. 구토해도 괜찮다는 말을 해줄 수 있었더라면. 나는 정말로 괜찮았을 것이다. 이해했을 것이다. 구토가 어떤 식으로든 위안을 줄 수 있었다면 나라도 이미 오래전에 시도했을 것이다. 리바가 바깥쪽 욕실 문을 닫고 삐걱거리며 계단을 올라가는 소리가 들릴 때까지 기다렸다가 문밖으로 나가 약장 안을 살펴보았다. 풍선껌 맛이 나는 오래된 아목시실린이 한 병 있고, 가려움증 해소에 쓰는 모니스타트 크림 튜브가 반쯤 빈 채 있었다. 나는 아목시실린을 마셨다. 물이 흐르는 변기에서 오줌을 누었다. 입고 있는 속옷은 오래된 갈색 핏자국이 남은 흰색 면 팬티였다. 몇 달째 생리가 없었다는 생각이 떠올랐다.

침낭 아래로 들어가 천장 너머에서 리바의 친척들이 내는 소리를 들었다. 발소리, 투덜거림, 그 모든 신경성 활력과 나눠 먹는 음식, 이를 악문 턱, 가슴앓이와 저마다의 주장, 리바의 억눌린 괴로움, 분노, 혹은 뭐가 되었든 그녀가 눌러내리려 애쓰는 그것.

나는 한동안 깨어 누워 있었다. 영화관에서 불이 꺼진 후 예고편이 시작되기를 기다리는 기분이었다. 하지만 아무 일도 일어나지 않았다. 커피를 마신 게 후회되었다. 방안에서 리바의 고통이 느껴졌다. 어머니를 잃은 젊은 여자만이 느끼는 슬픔이었다. 마음이 복잡하고 화가 나고 아련하지만 이상하게 희망에 찬 느낌. 그것을 나는 알아보았다. 하지만 내 마음속에서 느낀 건 아니었다. 슬픔이 그냥 공기 중에 떠다녔다. 입자가 거친 어둠 속에서 슬픔은 점점 더 빽빽해졌다. 내가 하지 못한 방식으로 리바가 자기 어머니를 사랑했다는 건 명백한 진실이었다. 내 어머니는 사랑하기 쉽지 않은 사람이었다. 더 깊이 분석해볼 가치가 있는 복잡한 성격에 외모가 아름다웠다는 건 확실하지만 나는 그녀를 진정으로 알지 못했다. 그래서 방안에 떠도는 슬픔이 상투적으로 느껴졌다. 진부하게 느껴졌다. TV에서 본 어머니에 대한 그리움처럼. 요리하고 청소하고 이마에 입맞춰주고 무릎에 반창고를 붙여주며, 밤에 책을 읽어주고 내가 울면 안고 얼러주는 사람. 그런 일을 해야 한다는 생각만으로도 내 어머니는 눈을 흘겼을 것이다. "난 네 보모가 아니야"라고 종종 내게 말하기도 했다. 하지만 보모가 있었던 적은 없다. 베이비시터는 있었는데, 아버지의 비서가 찾아준 여대생들이었다. 가정부는 항상 있었다. 돌로레스. 어머니는 그녀를 '하녀'라고 불렀다. 가사노동을 거부한 어머니의 태도를 여유롭게 살 권리에 대한 페미니즘적 주장이라고 정당화할 수도 있겠지만, 실은 요리나 청소가 미의 여왕이 되지 못한 자신의 실패를 공고히 하는 행위로 느껴져 거부했을 뿐이라고 나는 생각한다.

오, 나의 어머니. 그녀는 그나마 정상적으로 활동할 때조차 아침으로 블랙커피와 말린 자두 몇 개만 먹는 엄격한 식단을 유지했다. 점심에는 돌로레스에게 샌드위치를 만들게 했다. 그것도 겨우 몇 입 먹고서 남은 음식이 담긴 본차이나 접시를 싱크대 위에 올려두었는데, 나는 그것을 식탐을 부리지 말라는 교훈으로 받아들였다. 저녁에는 오줌 빛깔의 샤르도네에 얼음을 넣어 마셨다. 식품 저장실에 샤르도네가 여러 상자 있었다. 나는 어머니의 얼굴이 날마다 술을 마신 양에 따라 부었다 빠졌다 하는 모습을 지켜보았다. 나는 그녀가 어머니로서 자질이 부족함을 한탄하며 몰래 운다고 상상하기를 즐겼지만 사실 울었더라도 그런 이유는 아니었을 것이다. 살짝 불룩해진 눈밑. 어머니는 부푼 눈밑을 가라앉히기 위해 치질 연고를 썼다. 나는 그 사실을 어머니가 돌아가신 후 화장대 서랍을 치우다 알게 되었다. 프레퍼레이션 H*, 스위트샴페인 아이섀도, 집에 있을 때도 꼭 바르던 아이

* 미국 치질약 상표명.

보리실크 파운데이션. 페티시핑크 립스틱. 어머니는 우리가 살던 곳을 싫어했고, 뉴욕과 너무 멀다는 이유로 '야만적'이라고 했다. "여기엔 문화라곤 없어." 하지만 그곳에 오페라하우스나 교향악단—그게 어머니가 말하는 '문화'의 의미였다—이 있었더라도 그녀는 가지 않았을 것이다. 자신을 세련된 사람이라고 생각했지만—고급 의류와 좋은 술을 좋아했다—예술에 대해서는 아무것도 몰랐다. 로맨스 소설 말고는 책을 전혀 읽지 않았다. 집 곳곳에 갓 꺾은 신선한 꽃이 꽂혀 있는 것도 아니었다. 내가 볼 수 있는 한에서 주로 어머니는 온종일 침대에 누워 TV를 보고 담배를 피웠다. 그게 어머니의 '문화'였다. 매년 크리스마스 즈음에는 나를 쇼핑몰에 데려갔다. 고디바 매장에서 내게 초콜릿을 한 개 사준 다음, 모든 상점을 함께 돌면서 물건들이 '싸구려'라거나 '시골뜨기 스타일'이라거나 '악마의 창녀에게나 어울릴 블라우스'라고 말했다. 향수 매장에 가면 생기가 도는 듯했다. "이건 매춘부 팬티 같은 냄새가 나네." 그런 쇼핑몰 나들이는 우리가 함께 즐거운 한때를 보냈던 얼마 안 되는 경험이었다.

아버지도 마찬가지로 집에서 아무런 기쁨을 느끼지 못했다. 따분하고 조용한 사람이었다. 어렸을 때 아침에 복도에서 마주치면 우리는 모르는 사람들처럼 지나쳤다. 늘 심각하고 활기가 없었던 그는 과학자였다. 나나 어머니와 함께 있을 때보다 자기

학생들과 있을 때 훨씬 편해 보였다. 보스턴 출신인 아버지는 외과 의사와 프랑스어 교사의 아들이었다. 그가 내게 해준 가장 사적인 이야기는 자신의 부모님이 내가 태어난 다음 해에 선박 사고로 돌아가셨다는 것이었다. 그리고 멕시코에 누이가 한 명 있었다. 고모는 1980년대에 "비트족이 되기 위해" 그곳으로 이주했다고 아버지는 말했다. "우린 닮은 데가 전혀 없어."

리바의 검은 방에서 보풀이 인 처량한 시트를 덮고 이런 생각을 하면서 나는 아무런 감정도 느끼지 않았다. 느낌이나 감정을 생각할 수는 있었지만 그런 것들을 내 마음에 불러일으킬 수는 없었다. 감정이 비롯되는 곳이 어디인지 지목할 수도 없었다. 뇌인가? 말이 안 되는 것 같았다. 내가 가장 잘 아는 감정은 짜증—가슴이 답답한 느낌, 머리가 몸에서 로켓처럼 발사되려고 발동을 거는 듯 목이 진동하는 느낌—이었다. 하지만 그건 마음이 아니라 신경계에 직결된 생리학적 반응 같았다. 슬픔도 같은 종류일까? 기쁨도? 갈망도? 사랑도?

리바가 어린 시절을 보냈던 침실의 어둠 속에서 시간을 죽이는 동안, 내게 어떤 감정이 남았는지, 그토록 오래 자고 난 뒤 내가 어떻게 변했는지 시험해보기로 했다. 반년이 넘는 동면 기간에 충분히 치유되었기를, 고통스러운 기억에 면역이 생겼기를 소망했다. 그래서 아버지의 죽음을 다시 떠올려보았다. 그 일이 일어났을 때 나는 감정의 격랑에 빠졌었다. 리바의 방에서 나는 생각했다. 아직 흘릴 눈물이 남았다면 아버지와 관련된 눈물일 거라고.

“네 아버지가 마지막 남은 날들을 집에서 보내고 싶대.” 당시에 어머니가 전화로 말했다. “이유는 내게 묻지 마.” 그전 몇 주간 병원에서 죽어가던 아버지가 이제 집에서 죽고 싶다고 했다. 나는 바로 다음날 학교를 나와 기차를 타고 아버지를 보러 갔다. 내가 거기 있는 게 아버지에게 큰 의미가 있으리라 생각해서가 아니라, 어머니에게 내가 그녀보다 더 나은 사람임을 증명하기 위해서였다. 즉, 나는 타인의 고통으로 인한 불편을 기꺼이 감수한다는 것 말이다. 아버지의 고통이 내게 큰 괴로움을 안겨줄 거라 생각하지도 않았다. 나는 그를 거의 알지 못했다. 아버지의 병은 비밀스러워서 마치 그가 하는 일의 일부인 양, 나와는 아무런 관련이 없으며 결코 이해할 수도 없는 일 같았다.

점점 약해지는 아버지를 지켜보며 집에 앉아 있느라 일주일간 수업에 결석했다. 서재에 커다란 침대와 함께 다양한 의료기구가 설치되었고 나는 그 기구들을 보지 않으려 애썼다. 간호사 두 명 중 하나는 항상 곁을 지키며 아버지의 맥박을 재고 막대 끝에 달린 젖은 스펀지로 입을 닦아주고 진통제를 투여했다. 어머니는 주로 자기 침실에 혼자 있다가 가끔 잔에 얼음을 채우러 나왔다. 서재로 살금살금 다가와 간호사에게 뭔가 속삭였으나 내게는 좀처럼 말을 걸지 않았고 아버지는 거의 쳐다보지도 않았다. 나는 아버지의 침대 옆 안락의자에 앉아 피카소에 관한 수업 자료집을 읽는 척했다. 빤히 쳐다보며 아버지를 어색하게 하고 싶진 않았지만 그렇다고 보지 않기도 힘들었다. 뼈만 남은 손이 거대해 보였다. 눈가는 두개골 안으로 푹 꺼져 색이 진해졌다. 피부는 얇아졌다. 팔은 헐벗은 나뭇가지 같았다. 이상한 장면이었다. 나는 피카소의 〈기타 치는 노인〉을 공부했다. 〈카사헤마스의 죽음〉을 공부했다. 아버지는 피카소의 청색시대 작품과 딱 맞아떨어졌다. 〈모르핀을 맞은 남자〉. 가끔은 몸을 벌떡 젖히며 기침을 했지만 내게는 아무 말도 하지 않았다. "약에 취해서 말씀을 못하는 거예요." 나를 위로하려고 간호사가 말했다. 나는 헤드폰을 끼고 워크맨으로 오래된 테이프를 들으며 자료를 읽었다. 프린스. 보니 레이트. 그 밖의 아무거나. 안 그러면 정적 때문에 미칠 것 같았다.

그러던 어느 일요일 아침, 불현듯 정신이 명료해진 아버지가 사무적인 말투로 내게 말했다. 자신이 그날 오후에 죽을 거라고. 그때 내가 왜 그렇게 당황했는지 모르겠다. 직설적이고 확신에 찬 말—아버지는 늘 냉담하고 늘 이성적이고 늘 무미건조했다—때문인지, 아니면 아버지의 죽음이 이제 관념에 불과한 게—그 일은 일어나고 있었다, 현실이었다—아니어서인지, 아니면 그의 옆에서 보낸 한 주 사이에 내가 알지도 못하고 동의하지도 않았는데 둘 사이에 유대감이 생기고 갑자기 아버지를 사랑하게 되어서인지. 그래서 나는 무너졌다. 울기 시작했다. "나는 괜찮을 거야." 아버지가 내게 말했다. 나는 침대 옆에 무릎을 꿇고 앉아 그의 쿰쿰한 파란 담요에 얼굴을 묻었다. 아버지가 내 머리를 토닥여주길 바랐다. 나를 위로해주길 바랐다. 어머니와 나를 둘만 남기고 떠나지 말라고 애걸하는 동안 아버지는 천장만 빤히 바라보았다. 나는 격렬하게 애원했다.

"내게 신호를 보내겠다고 약속해주세요." 그 거대하고 괴상한 손을 잡으며 내가 사정했다. 아버지는 손을 뿌리쳤다. "큰 신호로, 한 번 말고 여러 번, 아빠가 여기 있다고, 저세상에도 삶이 있다고 알려주세요. 알았죠? 어떻게든 내게 찾아오겠다고 약속해주세요. 내가 예상하지 못할 신호를 보내주세요. 아빠가 날 돌봐주고 있다는 걸 알 수 있게요. 거대한 거요. 알겠죠? 제발. 약속해줄 거예요?"

"가서 아내 좀 불러와요." 아버지가 간호사에게 말했다.

어머니가 들어왔을 때 아버지는 모르핀 투여기의 버튼을 눌렀다.

"마지막 말이라도?" 어머니가 말했다.

"이 모든 게 그만한 가치가 있었기를 바랄 뿐이야." 아버지가 대답했다. 그의 남은 삶 동안—네 시간 정도—나는 의자에 앉아 울었고, 어머니는 부엌에서 술을 마시면서 이따금 고개를 슬쩍 디밀며 아버지가 죽었는지 확인했다.

마침내 아버지가 죽었다.

"끝났죠, 맞죠?" 어머니가 물었다.

간호사가 맥박을 재더니 머리 위로 담요를 덮었다.

그 기억은 내 안의 슬픔을 일깨울 법했다. 하지만 그런 일은 일어나지 않았다. 리바의 침대에 누워 그 모든 기억을 떠올리면서 나는 거의 아무 감정도 느끼지 않았다. 매트리스 표면이 울룩불룩하고 몸을 뒤척일 때마다 침낭 쓸리는 소리가 요란해서 약간 짜증이 날 뿐이었다. 위층에서 리바의 친척들이 TV를 크게 틀어놓았다. 〈로 앤드 오더〉의 긴장감 넘치는 효과음이 바닥을 통해 울리며 내려왔다.

거의 정확히 칠 년 전이었던 어머니 때 이후로 장례식에 가본 적 없었다. 어머니의 장례는 식장의 부속 예배당에서 약식으로 짧게 치렀다. 조문객 수는 앞쪽 몇 줄을 채우기에도 부족했다. 나와 고모, 이웃 몇 명, 가정부. 어머니의 주소록에 이름이 적힌 사람은 거의 의사들—본인과 아버지의 주치의들—이었다. 내 고등학교 때 미술 교사의 이름도 거기 있었다. "이 일로 크게 절망하지 않기를 바란다, 얘야." 그가 말했다. "기댈 어른이 필요하면 언제든 전화해." 나는 그에게 결코 전화하지 않았다.

반면 아버지의 장례식은 제대로 된 행사였다. 식순을 적은 인쇄물이 배포되었고 긴 연설이 이어졌다. 조의를 표하려는 사람들이 전국 곳곳에서 비행기를 타고 날아왔다. 대학 예배당의 좌석에 쿠션이 없어서 단단한 나무에 내 엉덩이뼈가 부딪혔다. 나는 앞줄에 어머니와 앉아 그 한숨과 목청 가다듬는 소리를 무시하려고 애썼다. 어머니는 은빛이 도는 립스틱을 너무 두껍게 발라 그게 턱밑으로 녹아내리기 시작했다. 아버지의 이름으로 이과대학에 연구 장학 프로그램을 개설할 거라고 총장이 선언했을 때 어머니는 신음소리를 냈다. 나는 팔을 뻗어 그녀의 손을 잡았다. 나로서는 대담한 행동이었지만, 이제 우리에게 이토록 거대한 공통점—죽은 한 남자의 성을 공유한다는—이 있으니 유대가 생길 거라고 생각했다. 그녀의 손은 며칠 전 임종 침상에 있던 아버지의 손처럼 차갑고 앙상했다. 지금 돌아보면 명백한 전조였는데 그때는 미처 생각하지 못했다. 어머니는 채 일 분도 안 되어 내 손을 놓고 핸드백을 뒤져 조그만 약통을 찾았다. 그날 정확히 무슨 약을 먹었는지는 모른다. 각성제라고 생각했다. 예배당 안에서 장례가 진행되는 동안 어머니는 줄곧 코트 차림으로 스타킹과 머리칼을 만지작거리다가, 누군가가 한숨을 쉬거나 훌쩍이거나 소곤거리는 소리가 들릴 때마다 뒤쪽의 붐비는 좌석을 사납게 돌아보았다. 모두가 도착하기를 기다리고 공식 의례가 진행되는 내내 그곳에 앉아 있는 시간이 영원인 것만 같았다. 어머니도 동의했다. 내게 직접 말한 건 아니고 중간에 예배당 천장을 올려다보며 "지옥행 기차를 기다리는 것 같네" 하고 속삭였다. "피곤해 죽겠어." 지옥행 고속도로. 지옥행 서행도로. 고속버스. 택시. 소형 보트. 일등석 티켓. 지옥은 어머니가 구사하는 은유에 등장하는 유일한 목적지였다.

사람들이 일어나 아버지에 관해 좋은 말을 나누는 시간이 왔을 때, 어머니는 가운데 통로에 늘어서는 줄을 쏘아보았다.

"저들은 죽은 사람을 안다는 이유로 자기들이 특별하다고 생각하지." 붉어진 눈을 홉뜨는 어머니의 시선이 불안정하게 흔들렸다. "중요한 사람이라도 된 양 느끼는 거야. 병적인 자기중심주의." 친구들, 동료들, 교직원들, 충성스러운 학생들이 연단에서 감정에 젖어 연설했다. 사람들이 울었다. 어머니는 진저리를 쳤다. 앞에 놓인 관의 매끄러운 표면에 우리의 모습이 비쳤다. 우리는 허공에 둥실 뜬 창백하고 초조한 두 개의 머리일 뿐이었다.

리바의 침대에서 잠을 이룰 수 없었다. 이미 가망 없는 시도였다.

샤워를 하기로 마음먹었다. 일어나 옷을 벗고 쿨렁거리는 수도꼭지의 물을 튼 다음 욕실이 수증기로 가득차는 모습을 지켜 보았다. 종일 자기 시작한 이후 몸이 바짝 말랐다. 근육이 물렁물렁해졌다. 옷을 입으면 여전히 보기 좋지만 알몸일 때는 허약하고 기괴해 보였다. 튀어나온 갈비뼈, 골반 주위에 잡힌 주름, 배 주위로 늘어진 피부. 빗장뼈가 툭 불거졌다. 무릎은 거대해 보였다. 그 시점에 내 몸은 사방이 뾰족했다. 팔꿈치, 쇄골, 골반 양끝, 툭 튀어나온 경추까지. 사포질이 필요한 목제 조각상 같았다. 그런 내 알몸을 보았다면 리바는 충격을 받았을 테다. "너 꼭 해골 같다. 케이트 모스 같아. 불공평해." 그녀는 그렇게 말했을 것이다.

리바가 딱 한 번 완전히 벗은 내 모습을 본 건 이스트 10번가에 있는 러시아식 목욕탕에서였다. 하지만 그건 일 년 반 전, 그녀가 자꾸만 '잠 다이어트'라고 부르는 걸 내가 시작하기 전이었다. 리바는 독립기념일에 햄프턴스 지역에서 열리는 수영장 파티에 가기 전에 '몸무게 덜어내기'를 하고 싶어했다.

"땀으로 나가는 건 다 수분 무게라는 거 나도 알아." 리바가 말했다. "하지만 신속한 해법이지."

우리는 일주일에 한 번 여자들에게만 개방하는 날에 목욕탕에 갔다. 여자들 대부분이 비키니를 입었다. 리바는 원피스 수영복을 입었고 일어설 때마다 허리에 수건을 둘렀다. 내게는 바보 같아 보였다. 나는 다 벗었다.

"뭐 때문에 그렇게 신경을 쓰는 거야, 리바?" 냉탕 옆에서 쉬는 동안 그녀에게 물었다. "여긴 남자들도 없잖아. 아무도 네게 추파를 던지지 않아."

"남자들 때문이 아니야." 그녀가 말했다. "여자들이 얼마나 남 평가하길 좋아하는데. 항상 비교하잖아."

"그래도 왜 신경을 쓰는데? 무슨 시합도 아니잖아."

"시합 맞아. 넌 지금껏 늘 승자였으니까 모르는 것뿐이야."

"말도 안 돼." 나는 말했다. 하지만 리바의 말이 옳다는 사실을 알았다. 나는 끝내주는 미인이었다. 사람들은 자꾸 내게 앰버 발레타를 닮았다고 얘기했다. 리바도 물론 예뻤다. 제니퍼 애니스턴과 코트니 콕스를 합쳐놓은 듯한 외모였다. 그때는 리바에게 그렇게 말해주지 않았다. 느긋해지는 법을 알았다면 훨씬 예뻤을 것이다. "긴장 풀어." 나는 말했다. "그렇게 대단한 문제도 아니야. 네가 슈퍼모델처럼 보이지 않는다며 사람들이 평가할 거라고 생각해?"

"그게 보통 이 도시 사람들이 맨 먼저 하는 평가야."

"사람들이 널 어떻게 생각하든 뭐하러 상관해? 뉴욕 사람들은 다 재수없어."

"난 상관해. 알겠어? 수준 맞춰 살고 싶단 말이야. 멋진 인생을 살고 싶어."

"세상에, 리바. 정말 한심하다."

그러자 그녀는 일어서서 한증막의 유칼립투스 안개 속으로 사라졌다. 사소한 언쟁이었다. 타고난 축복을 인정하지 않는 나의 오만함을 두고 벌인 수백 번의 언쟁 중 하나. 오, 리바.

지하 욕실의 샤워부스는 좁았고 반투명 회색 유리문이 달려 있었다. 비누는 없고 프렐 샴푸 한 병만 있었다. 머리를 감고서 찬물이 나올 때까지 계속 물줄기 아래에 서 있었다. 밖으로 나오니 TV 뉴스 소리가 천장을 타고 요란하게 울렸다. 리바가 나를 위해 개수대 위에 놓아둔 분홍색과 연녹색 수건에서 살짝 곰팡내가 났다. 거울의 수증기를 닦아내고 다시 내 얼굴을 보았다. 머리칼이 목덜미에 착 달라붙어 있었다. 더 짧게 자르는 게 낫겠다, 나는 생각했다. 그것도 괜찮겠다. 남자 머리. 소년 같은 매력. 에디 세즈윅처럼 보이겠지. "샬리즈 세런 같다." 리바라면 그렇게 말했을 것이다. 나는 몸에 수건을 두르고 다시 침대에 누웠다.

다른 것들을 생각하면 슬퍼질지도 몰랐다. 〈두 여인〉, 〈철목련〉, 마틴 루서 킹 목사 암살 사건, 바이퍼룸* 앞 보도에서 죽어간 리버 피닉스, 〈소피의 선택〉, 〈사랑과 영혼〉, 〈ET〉, 〈보이즈

* 할리우드의 나이트클럽.

앤 후드〉, 에이즈, 안네 프랑크. 〈밤비〉도 슬펐다. 〈피블의 모험〉과 〈공룡시대〉도 슬펐다. 〈컬러 퍼플〉을 생각했다. 네티가 쫓겨나면서 폭력적인 남편의 노예로 사는 셀리를 그 집에 두고 나와야 하는 장면. "죽음 말고는 그 무엇도 날 언니에게서 떼어놓을 수 없어!" 그 장면은 슬펐다. 그 정도면 효과가 있어야 했지만 나는 울 수 없었다. 그 무엇도 마음 깊이 들어와 '슬픔의 분출'을 조종하는 버튼을 누르지 못했다.

하지만 나는 계속 노력했다.

아버지의 장례식이 있던 날을 떠올렸다. 검은 원피스를 입고 거울을 보며 머리를 빗은 일, 손톱 거스러미를 피가 날 정도로 잡아당긴 일, 계단을 내려가다 눈물이 앞을 가려 발을 헛디딜 뻔한 일, 어머니 차인 트랜스앰을 몰고 둘이서 대학 예배당까지 가던 길에 긴 줄을 이루며 흐릿하게 스쳐지나간 가을 낙엽, 어머니가 버지니아슬림을 피우며 얽힌 리본 같은 연푸른 연기로 차 안을 채우면서도 바람에 머리가 헝클어진다며 창문을 열지 못하게 하던 일.

여전히 슬픔은 없었다.

"정말로 안됐구나." 아버지의 장례식에서 페기가 같은 말을 하고 또 했다. 페기는 말년에 어머니에게 남은 유일한 친구였다. 틀림없이 리바 같은 유형이었을 것이다. 그녀는 부모님 집 근처에서 더치 콜로니얼 양식*으로 지어진 연보라색 주택에 살았다. 여름에는 야생화가 가득 피고 겨울에는 어린 두 아들이 만든 조잡한 눈사람과 요새가 들어차는 앞마당, 낡아빠진 티베트의 기도 깃발이 걸린 현관문, 주렁주렁 매달린 풍경, 그리고 체리나무도 한 그루 있었다. 아버지는 그곳을 '히피의 집'이라고 불렀다. 나는 페기가 그다지 영리하지 않고 어머니가 그녀를 정말 좋아하지는 않는다고 느꼈다. 하지만 페기는 어머니에게 연민의 정을 쏟았다. 그리고 어머니는 연민을 사랑했다.

나는 아버지의 장례식이 끝나고 일주일 동안 집에 머물렀다. 내가 해야 한다고 생각하는 일—애도—을 하고 싶었다. 그게 어떻게 이뤄지는지는 영화에서 보았다. 가려놓은 거울, 멈춰진 대형 괘종시계, 사람들의 훌쩍임과 오래된 나무바닥의 삐걱거림 외에는 아무 소리도 없는 무기력한 오후에 앞치마를 두른 누군가가 부엌에서 나와 말한다. "뭐라도 좀 먹어야지." 그리고 나는 어머니를 원했다. 그건 인정할 수 있다. 어머니가 우는 나를 안아주고, 꿀을 탄 따뜻한 우유를 갖다주고, 편안한 슬리퍼를 내주고, 비디오를 빌려다가 나와 함께 보고, 중국 음식이나 피자를 배달시켜주기를 바랐다. 물론 내가 그런 걸 원한다는 말은 하지

* 미국 식민지시대에 이주한 네덜란드인이 보급한 건축 양식.

않았다. 어머니는 대개 방문을 잠그고 침대 위에서 술에 취해 곯아떨어져 있었다.

그주에 몇 번인가 사람들이 집에 오면 어머니는 머리 손질과 화장을 하고 방향제를 뿌리고 블라인드를 올렸다. 하루에 두 번씩 페기에게서 걸려오는 전화를 받았다. "괜찮아, 페기. 아니, 오지 마. 목욕하고 잘 거야. 일요일? 괜찮아. 하지만 전화 먼저 해줘."

나는 오후에 차를 몰고 나가 정처 없이 돌아다니거나 쇼핑몰이나 슈퍼마켓에 갔다. 어머니는 내게 장 볼 목록과 주류판매점 남자에게 보여줄 쪽지를 주었다. "이 아이는 내 딸이에요. 내가 술을 사도록 허락했어요. 신원을 확인하려면 전화하세요. 번호는……" 나는 어머니에게 보드카를 사다주었다. 위스키와 술에 섞을 음료를 사다주었다. 그녀가 정말로 위험하다는 생각은 하지 않았다. 원래 오랜 세월 술을 굉장히 많이 마셨으니까. 나는 술을 사다주며 자기파괴를 돕는다는 쾌감을 느꼈을지 몰라도 어머니가 죽기를 바라지는 않았다. 그건 아니었다. 어느 오후, 바닥에 누워 흐느껴 울고 있는데 어머니가 방에서 나와 내 옆을 지나간 일이 기억난다. 어머니는 부엌에 가서 가정부에게 줄 수표를 쓰고 냉동고에서 보드카 한 병을 꺼낸 뒤 내게 TV 소리를 줄이라고 말하고 다시 방으로 들어갔다.

그때가 최악이었다. 마음이 너무 상했다. 내가 어떻게 '감당'

하고 있는지 정확히 묘사하기는 불가능했을 것이다. 전화해서 묻는 사람도 없었다. 학교에서 아는 사람들은 모두 나를 미워했다. 내가 너무 예뻐서 그런 것이다. 돌이켜보면 리바는 개척자였다. 정말로 나와 사귈 엄두를 낸 유일한 친구였다. 우리는 그해 후반에 가서야 친구가 되었다. 애도 주간의 나머지 기간에 내 기분은 그때까지 내가 인식해왔던 표준적인 범주들을 제멋대로 벗어났다. 한순간 조용하고 음침했다가 다음 순간에는 총천연색으로 현란하고 우스꽝스럽게 바뀌었다. 마약을 하지도 않았는데 한 것 같은 기분이었다. 아버지가 재직했던 대학교의 동료인 플러센코 교수가 집에 찾아와 어머니가 그를 대접하려 했던 날 이전까지 나는 그주에 술도 마시지 않았다.

플러센코 교수는 슈퍼마켓에서 산 구겔호프 케이크와 폴란드 브랜디 한 병을 들고 위문을 빙자해 찾아왔다. 그가 온 이유는 어머니를 설득해 아버지의 논문을 받아가기 위해서였다. 나는 아버지라면 기꺼이 주지 않았을 뭔가를 그가 원한다는 느낌을 받았다. 그 남자가 어머니의 취약한 상태를 이용하지 않도록 옆에서 감시해야겠다는 책임감을 느꼈다. 보아하니 부모님과 오랫동안 알고 지낸 사람 같았다.

"넌 어머니랑 똑같이 생겼구나." 그날 밤에 그가 나를 힐끔거리며 말했다. 그의 피부는 윤기 없는 판지색에다 입술은 기묘할 정도로 붉고 섬세했다. 그는 회색 줄무늬 양복을 입었고 달콤한 향수 냄새를 풍겼다.

"내 딸은 이제 겨우 열아홉인걸요." 어머니가 조롱했다. 그의 음탕함으로부터 나를 지키려는 게 아니었다. 나를 자랑하고 있었다. 그즈음 나는 사실 스무 살이었다.

당연히 저녁식사는 없었으나—어머니는 음식을 대접할 능력이 없었다—술은 있었다. 나도 음주를 허락받았다. 몇 잔을 마신 후 그 남자가 우리 모녀가 앉은 소파로 와 사이에 앉았다. 아버지가 미래의 과학자들을 위해 얼마나 소중한 기여를 했는지, 그 곁에서 가까이 일한 경험이 자신에게 얼마나 축복인지 그는 말했다. "교수님의 유산은 학생들에게, 그리고 그의 논문에 남아 있어요. 그 무엇도 누락되지 않도록 제가 직접 챙기고 싶습니다. 소중한 자료예요. 아주 사려 깊게 다뤄야 합니다."

그때 어머니는 말도 제대로 하지 못했다. 눈물 한 방울이 얼굴을 따라 흐르면서 화장이 번져 회색 줄이 생기는데도 내버려두었다. 그 남자가 어머니의 어깨에 한쪽 팔을 둘렀다. "아, 안쓰럽게도. 엄청난 상실이죠. 훌륭한 분이셨어요. 교수님이 사모님을 얼마나 사랑하셨는지 압니다." 어머니는 너무 분개하고, 너무 취하고, 너무 약을 많이 먹어서 아마 볼 수 없었을 것이다. 대화 도중 어느 시점에 그 남자의 다른 팔이 자기 무릎 위를 벗어나 내 무릎 위로 슬그머니 올라온 것을. 나 역시 취해서 가만히 있었다. 어머니가 일어나 화장실에 가고 소파에 둘만 남았을 때, 입술이 이마에 닿았고 손가락 하나가 목 옆선을 따라 내려가 내 왼쪽 젖꼭지 위에 머물렀다. 나는 그가 무엇을 하고 있는지 알았다. 저항하지 않았다. "안쓰러운 것."

화장실에서 돌아온 어머니가 카펫 가장자리에 발이 걸려 넘어질 때도 내 젖꼭지는 단단하게 서 있었다.

아버지는 서재의 물건들을 포함해 모든 것을 어머니에게 남겼다. 어머니가 돌아가신 후 서재에 들어가 거기 있는 물건을 전부 상자에 넣어 지하실로 가져갔다. 그 동료는 아버지의 자료를 단 한 페이지도 보지 못했다. 그 남자가 내게 키스하게 놔두는 대신 내가 무엇을 얻었는지는 여전히 명확하지 않았다. 아마도 어머니의 품위였을 것이다. 아니면 내가 작은 애정이나마 받고 싶었는지도. 그때는 몇 달째 트레버와 사이가 나빴다. 아버지가 돌아가셨다고 알리는 전화도 하지 않았다. 아껴두었다가 나중에 말해서 참담한 기분을 느끼게 하고 싶었다.

그 키스 사건 다음날 아침에 기차역으로 가려고 택시를 불렀다. 어머니를 깨워 학교로 돌아간다고 말하지 않았다. 쪽지도 남기지 않았다. 한 주가 지났다. 어머니는 전화하지 않았다. 어머니가 병원의 표현대로 '사고를 당했을 때' 제일 먼저 발견한 사람은 페기였다.

“오, 얘야,” 페기가 전화로 말했다. “어머니가 아직은 살아 있는데 의사들은 네가 최대한 빨리 와야 한다고 해. 정말, 정말 안됐구나.”

무릎이 꺾이진 않았다. 바닥에 쓰러지지도 않았다. 나는 여학생 클럽의 숙소에 있었다. 다른 여자애들이 부엌에서 요리하며 무지방 다이어트와 ‘몸을 키우지 않는’ 운동법에 대해 수다를 늘어놓고 있었다.

“알려주셔서 감사합니다.” 나는 페기에게 말했다. 그녀는 훌쩍훌쩍 울먹였다. 숙소 애들에게는 무슨 일이 있는지 얘기하지 않았다. 그런 치욕을 감당하고 싶지 않았다.

거의 온종일이 걸려 그곳에 갔다. 기차 안에서 호가스 수업에 낼 기말 과제를 썼다. 마음 한구석으로는 내가 도착했을 때 어머니가 죽어 있기를 바랐다.

“네가 여기 있는 걸 알아.” 페기가 병실에서 내게 말했다. 사실이 아니라는 걸 알았다. 어머니는 혼수상태였다. 이미 가버린 것이다. 어쩌다 한번씩 왼쪽 눈꺼풀이 깜빡이며 열렸다. 움직임이 없고 앞을 못 보며, 무섭고 텅 비고 영혼이 없는, 맑은 파란색 눈. 병실에서 어머니의 머리칼 뿌리가 드러난 걸 본 기억이 난다. 내가 기억하는 세월 내내 어머니는 밝은 금발을 철저히 유지했는데, 머리가 자라나 자연스러운 색깔—나와 같은 벌꿀색 금발—이 드러난 것이다. 그전까지는 그녀의 진짜 머리색을 본 적이 없었다.

어머니의 몸은 정확히 사흘간 살아 있었다. 목에 관을 삽입하고 얼굴에 호흡유지장치를 붙여놓았는데도 여전히 예뻤다. 여전히 새침했다. "장기가 활동을 멈추고 있어요." 의사가 설명했다. 시스템 장애. 어머니는 아무것도 느끼지 못한다고 의사가 나를 안심시켰다. 뇌사였다. 그 무엇도 생각하지 않고 꿈꾸지 않고 경험하지 않았다. 자신의 죽음조차도. 병원 사람들이 기계를 껐을 때 나는 옆에 앉아서 기다리며 화면이 깜빡했다가 멈추는 것을 바라보았다. 어머니는 쉬고 있지 않았다. 평온한 상태가 아니었다. 아무런 상태도 아니고 존재하지도 않았다. 사람들이 어머니의 머리 위로 시트를 올리는 모습을 보며 나는 생각했다. 평온을 느껴야 할 사람이 있다면 그건 나라고.

"오, 얘야. 정말, 정말 안됐구나." 페기가 흐느끼며 나를 안았다. "불쌍한 것. 이 불쌍한 어린 고아를 어떡하니."

어머니와 달리 나는 연민을 혐오했다.

이 기억에서 새롭게 얻을 수 있는 건 물론 아무것도 없었다. 어머니를 살려내 벌할 수는 없다. 우리가 진짜 대화를 나눌 수 있기도 전에 어머니는 발을 빼버렸다. 그녀가 아버지를 질투한 건 장례식에 그 많은 사람이 왔다는 사실 때문이 아닐까 생각해 봤다. 어머니는 쪽지를 남겼다. 병원에서 집으로 돌아온 날 밤에 집에서 발견했다. 페기가 차로 데려다주었다. 나는 의연했다. 무감각했다. 쪽지는 아버지의 책상 위에 있었다. 노란 메모장에서 낱장을 뜯어내 쓴 것이었다. 필체는 대담한 대문자로 시작했지만 점점 작아지다 끝에 가서는 조그맣고 초조한 필기체가 되었다. 창의성이라곤 찾아볼 수 없는 편지였다. 어머니는 삶을 다룰 능력이 없음을 느낀다고 썼다. 자신이 외계인이나 괴물처럼 느껴져서 의식이 깨어 있는 상태를 견딜 수 없다고, 미쳐버릴 것 같아 겁이 난다고 썼다. "안녕히"라고 쓴 뒤에는 지인들의 이름을 나열했다. 그 스물다섯 명짜리 명단에서 나는 여섯번째였다. 어떤 이름은 들어본 적이 있었다. 오래 소원했던 여자 친구들, 의사들, 미용사. 나는 그 편지를 보관하고 아무에게도 보여주지 않았다. 그후 오랜 세월 동안 이따금 버림받은 느낌에 두려워지고 마음속에서 "엄마가 필요해" 하는 목소리가 들리면 그걸 꺼내 읽으며 그녀가 실제로 어떤 사람이었는지, 내게 얼마나 무관심했는지 다시 떠올렸다. 유용했다. 거절당한 경험이야말로 망상을 없애는 유일한 해독제일 수 있음을 깨달았다.

과거의 어머니도 그때 내 신세와 똑같았다. 부모를 잃은 외동이. 그래서 다툼을 벌일 가족이 한 명도 남지 않았다. 고모는 크리스마스에 멕시코에서 다시 날아와 집에서 책 몇 권과 은식기를 비롯해 원하는 것들을 가져갔다. 그녀는 색색의 서라피*와 술 달린 실크숄을 입었는데도 인생에 대해서는 아버지와 같은 염증에 찬 태도를 보였다. 형제를 잃었다고 슬퍼하는 것 같지도 않았지만 '유독성 폐기물' 때문에 화가 난다고는 했다. "천 년 전에는 아무도 암에 걸리지 않았어. 다 화학물질 때문이야. 어디에나 있지. 공기 중에도, 음식에도, 우리가 마시는 물에도." 어머니가 돌아가신 건 차라리 마음이 놓이지만 아버지가 좀더 버텨서 집을 돌보고 정리할 수 있도록 도와주었다면 좋았을 거라고 내가 말했을 때 고모가 고개를 끄덕여주는 정도의 도움은 주었던 것 같다. 나는 고모가 옆에 있을 때면 평정을 유지하려고 애썼다.

고모가 떠난 후에는 며칠간 집에 혼자 머무르며 어린 시절의 앨범을 세세히 보고, 어머니가 뜯지도 않고 쌓아둔 팬티스타킹 더미를 보며 흐느껴 울었다. 아버지가 임종 때 입은 파자마, 침대 협탁 위에 책장 귀퉁이가 접힌 채 놓여 있는 시어도어 루스벨트와 요제프 멩겔레의 전기, 아버지가 가장 좋아하던 바지의 주머니에서 찾은 푸르스름한 5센트 동전, 병이 진행되면서 죽는 날까지 살이 빠져 거듭 새로운 구멍을 뚫어 줄여야 했던 허리띠 등

* 멕시코 지역에서 주로 걸쳐 입는 기하학적 무늬의 모포.

을 보며 울었다.

대단한 드라마는 없었다. 모든 게 조용했다.

지금 리바의 지하실에 어머니가 갑자기 다시 나타난다면 내가 무슨 말을 할까 상상했다. 싸구려 물건들, 공기 중에 감도는 퀴퀴한 냄새에 어머니가 역겨워하는 모습도 상상했다. 그녀에게 묻고 싶은 말이 전혀 생각나지 않았다. 분노나 슬픔을 외치고픈 들끓는 충동도 없었다. "왔어요?" 하는 말 뒤로는 우리의 가상 대화를 더 진척시킬 수 없었다.

침대에서 일어나 리바의 서랍장 위에 있는 판지상자들 중 하나를 뒤졌다. 고등학교 졸업앨범에서 찾은 그녀의 사진은 증명사진 한 장뿐이었다. 줄줄이 늘어선 지루한 얼굴들 사이에서 리바의 얼굴은 눈에 확 띄었다. 크게 부푼 부스스한 머리, 통통한 볼, 너무 많이 뽑은 눈썹은 비뚤어진 화살표처럼 이마 위로 휙 솟았으며, 립스틱은 진하고 검은 아이라이너는 두꺼웠다. 중앙을 살짝 비켜난 시선은 멍하고 불행하고 뭔가에 사로잡힌 듯했다. 대학에 입학해 집을 떠나기 전에 그녀는 훨씬 더 재미있는 사람이었을 것 같았다. 고스룩 애호가, 괴짜, 불량 학생, 거부당한 아이, 비행 청소년, 왕따, 정서불안자. 내가 알고 지내는 내내 그녀는 추종자, 고지식하고 시류에 순응하는 평범한 사람이었다. 하지만 고등학생 때는 롱아일랜드 교외에서 경험할 수 있는 평범한 음주와 테이블 축구 파티를 뛰어넘는 풍부하고 비밀스러운 내적인 삶을 누린 것 같았다. 그래서 나는 리바가 대학 진학을 위해 맨해튼에 간 후로 주류에 맞춰 살기로—날씬해지고, 예뻐지고, 다른 모든 날씬하고 예쁜 여자애들처럼 말하기로—결심한 거라고 이해했다. 나를 절친으로 삼고 싶어한 것도 그래서였다. 아마 고등학교 시절의 절친은 그녀와 같은 괴짜였을 것이다. 어쩌면 어떤 장애가 있었을지도 모른다. 팔 하나를 못 쓰거나 투레트증후군*을 앓거나 두꺼운 안경을 썼거나 탈모가 있는 아이. 지하실의 검은 방에서 그 둘이 함께 음악을 듣는 모습을 상상했다. 조이 디비전이나 수지 앤드 더 밴시스. 우울증을 겪으며 나 아닌 다른 사람에게 의존하는 리바를 생각하니 살짝 질투가 났다.

어머니의 장례식이 끝나고 학교로 돌아갔다. 여학생 클럽의 동료들은 내게 괜찮은지, 대화를 나누고 싶은지 묻지 않았다. 모두가 나를 피했다. 서너 명 정도만 방문 아래로 쪽지를 넣었다. "네가 이런 일을 겪게 되어 정말 유감이야!" 물론 오만한 위로를 건네는 여자애들 여남은 명과 맞닥뜨리는 수모는 겪지 않았으니 다행이었다. 모르긴 해도 그들은 내가 '더 마음을 열지' 않는다

* 반복적으로 신체 일부를 움직이거나 소리를 내는 신경질환.

고 나무랐을 것이다. 그들은 내 친구가 아니었다. 그해에 리바와 나는 프랑스어 수업을 함께 들었다. 우리는 대화 연습 파트너였다. 내가 수업을 빼먹는 동안 그녀가 노트 필기를 해주었고, 내가 돌아왔을 때도 거침없이 이것저것 물어왔다. 수업중에는 교재 내용과 상관없이 형편없는 프랑스어로 더듬더듬 내게 물었다. 어떻게 지내는지, 무슨 일이 있었는지, 슬프거나 화가 나는지, 교실 밖에서 만나 영어로 얘기하고 싶지 않은지. 나는 그러자고 했다. 리바는 부모와 겪은 내 시련을 속속들이 알고 싶어했고, 내가 얻은 깊은 통찰에 대해, 어떻게 느꼈고 애도했는지에 대해 듣고 싶어했다. 나는 그녀에게 요지만 전했다. 리바에게 내 고통을 얘기하는 게 참을 수 없이 싫었다. "밝은 면을 보라"는 게 그녀가 모든 이들에게 하고 싶은 말이었다. 하지만 적어도 그녀는 마음을 썼다.

3학년 때 여학생 클럽 숙소를 나와 리바와 함께 캠퍼스 밖 기숙사의 방 두 개짜리 거처로 들어갔다. 함께 살면서 우리의 유대는 강해졌다. 나는 멍하고 억눌린 우울에 빠져 있었고, 그녀는 강박적으로 말이 많아 늘 내 방문을 두드리고 닥치는 대로 질문을 던지며 말할 핑계를 찾았다. 나는 그해에 천장을 응시하며 보내는 시간이 많았고, 허무에 대한 생각으로 죽음에 대한 생각을 덮으려고 애썼다. 아마도 리바가 빈번히 방해했기 때문에 창밖으로 뛰어내리지 않았을 것이다. 똑똑. "수다 타임, 어때?" 그녀는 벽장을 살피며 내가 상속받은 돈으로 사들인 모든 옷의 가격표와 사이즈를 확인하기를 즐겼다. 실존적 웜홀에 들어가 배회하는 나를 밖으로 끌어낸 건 물질적 세계에 대한 그녀의 집착이었다.

밤마다 식당에서 돌아와 먹은 걸 토해내는 그녀의 소리를 들었다는 사실을 나는 직접 거론한 적 없었다. 기숙사에서 리바는 작은 무설탕 요거트와 겨자소스를 뿌린 꼬마당근 외에 아무것도 먹지 않았다. 당근을 너무 많이 먹어서 손바닥이 주황색으로 변했다. 재활용품 통에는 작은 요거트 통이 수십 개씩 있었다.

그해 봄에 나는 소음방지용 귀마개를 하고 오랫동안 시내를 산책했다. 숨쉬는 소리, 침을 삼킬 때 목에서 가래 끓는 소리, 눈을 깜빡이는 소리, 힘없이 심장이 뛰는 소리만을 듣고 있으면 기분이 나아졌다. 그 음울한 나날에 보도를 내려다보고, 수업을 빼먹고, 입지도 않을 옷을 사고, 어느 게이에게 내 똥구멍에 관을 넣고 배를 살살 문지르게 하면서, 결장이 깨끗해지면 얼마나 기분이 좋아지는지 설명시키는 대가로 터무니없는 돈을 썼다. 우리는 밖으로 이어진 관에서 조그만 똥 조각이 흐르는 모습을 함께 지켜보았다. 그의 목소리는 부드러웠지만 열의에 차 있었다. "잘하고 있어요, 예쁜이." 그는 말하곤 했다. 나는 얼굴 각질 제

거, 페디큐어, 마사지, 제모, 머리 커트 등을 필요 이상으로 자주 했다. 그게 내 애도 방식이었던 것 같다. 모르는 사람들에게 내 기분을 띄워달라고 돈을 냈다. 차라리 매춘부를 고용하는 게 낫겠다, 나는 당시에 생각했다. 몇 년이 흐른 지금 닥터 터틀이 그런 역할을, 자장가를 공급해주는 창녀 역할을 하고 있다는 생각이 들었다. 닥터 터틀을 잃을 수도 있다는 생각을 하니 어쩌면 울 수도 있을 것 같았다. 닥터 터틀이 의사 자격을 잃는다면? 갑자기 죽어버린다면? 그녀 없이 나는 어떡하지? 그러다 마침내 리바의 지하 침실에서 슬픔의 기미를 느꼈다. 목울대에 걸린 닭 뼈처럼 목에서 슬픔이 느껴졌다. 닥터 터틀을 사랑하는구나, 나는 생각했다. 일어나서 욕실의 수돗물을 조금 마셨다. 침대로 돌아갔다.

몇 분 후에 리바가 문을 두드렸다.

"키슈*를 좀 가져왔어." 그녀가 말했다. "들어가도 돼?"

리바는 이제 커다란 빨간색 플리스 가운 차림이었다. 머리치장과 화장은 이미 끝냈다. 나는 수건만 두른 채 여전히 이불 아래에 있었다. 그녀가 침대 가장자리에 앉아 있는 동안 나는 키슈를 받아서 먹었다. 그녀는 또 어머니 얘기를 꺼내며 자신이 어머

* 달걀, 우유, 고기, 야채, 치즈 등을 섞어 만든 프랑스식 파이.

니의 미술적 재능을 알아보지 못했다고 지껄였다. 긴 오후가 될 참이었다.

“엄마는 훌륭하게 될 수도 있었어, 알아? 하지만 그 세대 여자들은 어머니가 되어 집에 머무르도록 요구받았지. 엄마는 나만을 위해 인생을 바쳤어. 하지만 엄마가 그린 수채화는 굉장해. 그렇게 생각하지 않니?”

“잘 그린 아마추어 수채화야, 맞아.” 나는 말했다.

“샤워는 어땠어?”

“비누가 없어.” 나는 말했다. “내가 빌릴 만한 구두는 찾았니?”

“네가 올라가서 직접 봐야겠어.” 리바가 말했다.

“정말로 그러긴 싫은데.”

“그냥 올라가서 골라. 네가 뭘 원할지 모르겠어.”

나는 거절했다.

“나더러 다시 거기 올라가라는 거야?”

“네가 고를 만한 것들을 몇 개 가져온다고 했잖아.”

“엄마가 쓰던 벽장을 들여다볼 수가 없어. 너무 속상해서. 그냥 네가 가서 보지 않을래?”

“안 돼. 그렇게 하는 건 불편해, 리바. 네가 원한다면 난 장례식은 안 가고 여기 남아 있어도 괜찮겠어.”

나는 키슈를 내려놓았다.

"좋아, 알겠어. 내가 갈게." 리바가 한숨을 쉬었다. "뭐가 필요해?"

"구두, 스타킹, 셔츠류."

"어떤 셔츠?"

"검은색이 좋겠지."

"좋아. 하지만 내가 가져온 게 맘에 안 들어도 탓하지 마."

"탓하지 않을 거야, 리바. 상관 안 해."

"그냥 날 탓하지만 마." 그녀가 다시 말했다.

리바가 침대에서 일어나자 앉았던 곳에 빨간 솜털 조각들이 남았다. 나는 침대에서 나와 블루밍데일 쇼핑백 안을 보았다. 정장은 탄탄한 레이온 소재였다. 목걸이는 내가 절대로 하지 않을 만한 것이었다. 인페르미테롤이 물건을 보는 내 괜찮은 안목을 망가뜨린 듯했다. 하지만 흰 모피 코트는 흥미로웠다. 개성이 있었다. 여우가 몇 마리나 죽어야 했을까, 나는 궁금했다. 그리고 어떤 방법으로 죽여서 모피에 피가 물들지 않게 했을까? 핑 시는 이런 질문에 답할 수 있을지도 모르겠다, 나는 생각했다. 살아 있는 흰 여우를 냉동시키려면 얼마나 추워야 할까? 브래지어와 팬티에서 가격표를 떼어내고 입었다. 음모 때문에 팬티 앞이 불룩해졌다. 웃기는 상황이었다. 섹시한 속옷과 엄청난 털무더기. 이 모습을 포착할 수 있게 폴라로이드 카메라가 있으면 좋겠다고 생각했다. 문득 그런 바람의 경쾌함을 깨닫고 잠시 즐거운 기분이 들었지만 이내 녹초가 된 것 같았다.

리바가 구두와 셔츠와 뜯지 않은 살구색 스타킹 등 80년대 물건을 한아름 안고 돌아왔을 때 나는 목걸이를 내밀었다.

"너 주려고 샀어." 나는 말했다. "조의를 하려고."

리바가 모든 물건을 침대 위에 내려놓고 상자를 열었다. 눈물이 그렁그렁해져서—영화에서처럼—나를 안았다. 기분좋은 포옹이었다. 리바는 항상 포옹을 잘했다. 그녀의 팔에 안겨 있으면 사마귀가 된 기분이었다. 부드러운 플리스 가운에서 다우니 섬유유연제 냄새가 났다. 내가 몸을 빼려 했지만 리바는 더욱 꽉 안았다. 마침내 나를 놓아주었을 때 그녀는 울면서 미소 짓고 있었다. 훌쩍거리면서 웃었다.

"아름다워. 고맙다. 정말로 다정하구나. 미안." 리바가 소매로 코를 닦으며 말했다. 그녀는 목걸이를 착용하고 가운의 옷깃을 옆으로 밀어내며 거울에 비친 자기 목을 찬찬히 살폈다. 미소가 약간 억지스럽게 변했다. "있지, '조의'라는 말은 그렇게 쓰지 않는 것 같아. 조의를 표한다고는 할 수 있겠지. 하지만 조의를 '할' 순 없잖아."

"아니야, 리바. 내가 조의를 하는 게 아니야. 목걸이가 하는 거지."

"하지만 그건 바른 어법이 아닌 것 같아. 네가 누군가를 위로한다 할 순 있겠지."

"아니, 그럴 수 없어." 내가 말했다. "어쨌거나 내 말 알아들었잖아."

"아름다워." 리바가 목걸이를 만지며 이번에는 심드렁한 투로 다시 말했다. 그러면서 가지고 내려온 검은 물건들 더미를 가리켰다. "내가 찾은 건 이게 다야. 괜찮기를 바란다."

리바가 벽장에서 자기 원피스를 꺼내 욕실로 갈아입으러 갔다. 나는 스타킹을 신고 구두를 뒤적이다 맞는 것을 찾았다. 얽히고설킨 셔츠 더미에서는 검은 터틀넥을 하나 빼냈다. 그걸 입은 후 정장을 입었다. "브러시를 좀 빌릴 수 있을까?"

리바가 욕실 문을 열고 긴 나무손잡이가 달린 낡은 브러시를 건넸다. 긁힌 자국으로 뒤덮인 손잡이 뒷면에 얼룩이 하나 있었다. 불빛 아래에 비춰 보니 이로 깨문 자국이었다. 냄새를 맡아봤지만 토사물 냄새는 감지할 수 없었고 리바가 쓰는 코코넛 핸드크림 냄새만 났다.

"정장 입은 네 모습 처음 본다." 리바가 욕실에서 나와 딱딱하게 말했다. 그녀가 입은 원피스는 몸에 딱 붙고 정면 가운데에 긴 트임이 있었다. "너 정말 멋지다." 그녀가 말했다. "머리는 자른 거니?"

"별소리를." 나는 브러시를 돌려주며 말했다.

우리는 코트를 입고 위층으로 올라갔다. 감사하게도 거실은 비어 있었다. 맥도널드 컵에 커피를 다시 채우는 동안 리바는 냉장고 앞에 서서 차가워진 브로콜리를 입에 밀어넣었다. 다시 눈이 오고 있었다.

"경고하는데," 리바가 손을 닦으며 말했다. "난 진짜 많이 울 거야."

"안 그러면 이상하겠지." 내가 말했다.

"난 울면 정말 못생겨 보여. 근데 켄이 오겠다고 했어." 그녀가 두번째 하는 말이었다. "기다렸다가 새해가 지난 후에 장례식을 치렀어야 해. 엄마한테 무슨 차이가 생기는 것도 아니고. 이미 화장했으니까."

"아까 말했어."

"너무 심하게 울지 않으려고 노력할 거야." 리바가 말했다. "눈물이 차오르는 것까진 괜찮아. 그런데 얼굴이 몹시 잘 부어서 문제야." 그녀는 클리넥스 상자에 손을 넣어 두툼한 화장지 뭉치를 꺼냈다. "있지, 어떤 면에선 엄마를 방부 처리하지 않아도 되니까 다행이라는 생각도 해. 아주 오싹하잖아. 어쨌거나 엄만 뼈와 가죽뿐이었으니까. 지금 내 몸무게의 반도 안 되었을 거야. 음, 정확히 말해 반까지는 아니었겠다. 하지만 엄청나게 말랐었어. 심지어 케이트 모스보다 더." 그녀는 코트 주머니에 화장지를 넣고 불을 껐다.

우리는 부엌문을 통해 차고로 나갔다. 구석에 장기 저장용 냉동고 한 대가 있고 한쪽 벽을 따라 선반에 놓인 연장을 비롯해 화분, 스키부츠, 오래된 자전거 몇 대, 겹겹이 쌓아놓은 파란색 플라스틱 보관용기가 있었다. "열려 있어." 리바가 은색 소형 토요타를 가리키며 말했다. "엄마 차였어. 간밤에 시동을 걸어봤지. 지금도 시동이 걸리면 좋겠다. 당연한 얘기지만 엄마가 이 차를 오래 안 썼거든." 실내에서 싸한 연고 냄새가 났다. 계기판 위에는 고개를 까딱거리는 북극곰 인형이 있고 조수석 위에는 〈뉴요커〉 한 권과 핸드크림 한 통이 있었다. 리바가 시동을 걸고 한숨을 쉬더니 차양에 끼워놓은 차고 개폐기를 누르고 울기 시작했다.

"봤지? 내가 경고했잖아." 그녀가 화장지 뭉치를 꺼내며 말했다. "차가 예열되는 동안만 울 거야. 조금만 기다려." 리바는 불룩한 코트 아래서 부드럽게 몸을 흔들며 계속 울었다.

"그래, 그래, 뚝." 나는 커피를 빨아들이며 말했다. 이미 리바가 엄청나게 지겨워졌다. 이로써 우리의 친구 관계는 끝나겠다고 느꼈다. 언젠가 머지않아 내 가혹함이 도를 넘을 테고, 리바는 이제 어머니가 돌아가시기도 했으니 머릿속에서 그 피상적인 허튼 생각을 걷어낼 것이다. 어쩌면 다시 심리치료를 받을지도 모른다. 우리가 친구로 지낼 이유가 없음을, 자신한테 필요한 것을 결코 내게서 얻을 수 없음을 깨닫게 될 것이다. 내게 원망을 토로하고 실수를 자인하며 인생을 잘 살아나가려면 나를 놓아야 한다는 내용의 긴 편지를 보낼 것이다. 그녀가 어떤 문장을 쓸지조차 이미 상상할 수 있었다. "우리의 친구 관계가 더는 내 성장에 유익하지 않다는 것을 깨달았어."—상담사가 리바에게 가르쳤을 표현—"그렇다고 너를 비판하려는 건 아니야." 하지만 물론 그건 나에 관한 얘기다. 그녀가 말한 친구 관계에서 친구는 바로 나니까.

차를 타고 파밍데일을 지나는 동안 나는 그녀의 가상 절교편지에 대해 머릿속으로 답장을 썼다. "네 편지 받았어"라고 시작할 것이다. "넌 내가 대학 시절부터 너에 관해 알고 있던 사실을 확인해주었어." 사람에 대해 할 수 있는 최악의 말을 생각해내려 애썼다. 가장 가혹하고 가장 뼈아프고 가장 진실한 말은 무엇일까? 그것을 말할 가치가 있을까? 리바는 아무런 해를 끼치지 않았다. 나쁜 사람이 아니었다. 나를 상처 입히는 일을 한 적이 없었다. 정작 혐오감에 빠져 그녀 어머니의 구두를 신은 채 거기에 앉아 있는 사람은 바로 나였다. "잘 살아라."

그날 오후, 솔로몬슐츠 장례식장에서 의식이 진행되는 내내 나는 리바의 곁에 앉아 있었지만 멀리 떨어져서 보듯 그녀를 지켜보았다. 이상한 기분이 들기 시작했다. 온전한 죄책감은 아니었지만 그녀의 고통에 어쩐지 책임감이 들었다. 리바는 내가 차로 친 낯선 사람이고, 나를 범인으로 지목하지 못하도록 나는 그녀가 죽기를 기다리는 듯한 느낌이었다. 리바가 말을 할 때도 나는 영화를 보고 있는 것 같았다. "저기 있는 사람이 켄이야. 그 사람 아내 보이니?" 카메라가 줄줄이 늘어선 좌석을 넓게 비추다가 검은 베레모를 쓰고 얼굴에 주근깨가 있는 예쁘장한 아시아계 혼혈 여자에게 근접해 들어갔다. "켄이 이런 내 모습을 보는 게 싫어. 왜 저 사람을 초대했을까? 내가 무슨 생각을 한 건지 모르겠다."

"걱정 마. 장례식에서 슬퍼했다고 널 해고하진 않을 거야." 내가 할 수 있는 말은 그게 다였다.

리바가 훌쩍거리며 고갯짓을 하고 화장지로 눈가를 닦았다. "저 사람은 클리블랜드에서 온 엄마 친구야." 리바가 그렇게 말할 때 검은색 무무*를 입은 뚱뚱한 여자가 무대로 힘겹게 올라갔다. 여자는 뮤지컬 '레 미제라블'의 〈나 혼자서〉를 반주 없이 노래했다. 보고 있기가 힘들었다. 리바는 울고 또 울었다. 구겨진

* 펑퍼짐한 원피스 모양의 하와이 여성용 민속의상.

잉크반점검사*지처럼 마스카라로 얼룩진 화장지들이 그녀의 무릎 위에 쌓였다. 사람들 여남은 명이 무대 위로 올라가 리바의 어머니에 대해 좋은 말을 나누었다. 농담을 하는 사람도 있었고, 부끄러움도 없이 엉엉 우는 사람도 있었다. 리바의 어머니는 좋은 여자였다고 모두가 입을 모았고, 그녀의 죽음은 슬픈 일이며 인생은 수수께끼 같은데 죽음은 더욱 그렇다고, 그래서 궁리해봐야 소용없으니 좋은 시절을 기억하자고 했다. 어쨌든 그녀는 이 세상에 왔다가 갔고, 용감했고 관대했으며 좋은 어머니이자 아내였다고, 요리를 잘했고 정원을 잘 가꾸었다고 했다. "아내의 유일한 소망은 우리가 슬픔을 빨리 떨쳐버리고 행복하게 사는 것이었습니다." 리바의 아버지가 말했다. "앞서 여러분이 제 아내에 대해 좋은 말씀을 많이 해주셨습니다." 그는 청중을 굽어보며 어깨를 으쓱하더니 당황한 듯 얼굴을 붉혔지만 눈물을 터트리는 대신에 마이크에 대고 기침을 하기 시작했다. 리바가 귀를 막았다. 누군가 그에게 물 한 컵을 가져다주고 부축해서 자리에 앉혔다.

그러자 리바가 말할 차례가 돌아왔다. 그녀는 컴팩트의 거울

* 잉크 얼룩을 보고 자유롭게 표현하는 생각을 통해 피험자의 성격을 파악하는 심리검사.

로 화장을 확인하고 콧등에 파우더를 바른 후 화장지로 눈가를 찍어낸 다음 무대로 가서 연단에 섰다. 그러고서 인덱스카드를 앞뒤로 넘겨가며 미리 적어놓은 글을 읽는 동안 훌쩍거리고 울기를 반복했다. 리바의 말은 죄다 홀마크* 카드에 인쇄된 문장을 읽는 것처럼 들렸다. 중간에 그녀가 읽기를 멈추고 마치 승인을 바라듯 나를 내려다보았다. 나는 양손 엄지를 들어 보였다. "어머니는 재능이 많은 분이셨습니다." 리바가 말했다. "그리고 제게는 저만의 길을 가라고 격려하셨어요." 그렇게 한참 연설을 이어가며 어머니의 수채화와 하느님에 대한 신앙을 언급했다. 그러더니 갑자기 멍해지는 듯했다. "솔직히 말해서……" 그녀가 말을 이었다. "그게 마치……" 그녀는 웃음을 짓고 사과한 뒤 얼굴을 손으로 가리고 내 옆자리로 돌아와 앉았다.

"나 완전히 바보처럼 보였니?" 그녀가 속삭였다.

나는 아니라고 고개를 젓고 한쪽 팔을 뻗어 그런 행동이 자아낼 수 있는 가장 어색한 분위기로 그녀를 감쌌다. 장례식이 끝날 때까지 나는 그렇게 앉아 있었고, 절망에 신음하는 이 이상한 젊은 여자는 내 겨드랑이에 기대어 떨고 있었다.

* 미국의 축하용 카드 및 문구류 제조사.

장례식 뒤풀이는 리바의 집에서 열렸다. 똑같은 중년 여자들, 똑같은 대머리 남자들이 숫자만 불어난 채 거기 있었다. 안으로 걸어들어가는 우리를 주목하는 사람은 아무도 없는 듯했다.

"배고파 죽겠어." 리바가 말하며 곧장 부엌으로 들어갔다. 나는 지하실로 터덜터덜 내려가 일종의 반수면 상태에 빠졌다.

대체 어떤 잠재충동이 나를 파밍데일로 가는 기차에 태웠는지 생각해봤다. 본격적인 리바 모드에 들어간 리바를 보는 일은 즐겁기도 하고 역겹기도 했다. 그녀의 억압, 속이 빤히 보이는 부인, 차에 탔을 때 부질없이 나와 함께 고통을 나누려 하던 일, 그 모든 것이 어떤 식으로든 내게 만족감을 주었다. 리바는 나 혼자서 닿지 못하는 가려운 자리를 긁어주었다. 자신이 대면한 심오하고 진정하고 고통스러운 무언가를 그토록 상투적으로 정확히 표현함으로써 망쳐버리는 그녀를 보며 나는 이유를 찾았다. 그녀를 멍청이로 여길 이유, 그래서 그녀의 고통을, 그리고 더불어 내 고통까지 깎아내려도 된다고 생각할 이유를. 리바는 내가 먹는 약과 같았다. 모든 것을, 심지어 미움과 사랑까지도 가볍게 쳐낼 수 있는 솜털로 변화시켰다. 내가 원하는 상태가 정확히 그런 것이었다. 내 감정이 지나가는 차의 전조등 불빛처럼 창문으로 부드럽게 들어와 나를 훑고 지난 뒤 어렴풋이 친숙한 무언가를 비추다가 다시 나를 어둠 속에 남겨두고 떠나가는 상태.

수돗물이 흐르고 리바가 욕실에서 토하는 소리에 잠시 잠에서 깼다. 리드미컬하고 맹렬한 한 곡의 음악 같았다. 목구멍이 꿀렁거리는 소리 사이로 간간이 끼어드는 철퍼덕, 푸드덕 소리. 리바는 구토를 끝내고 변기 물을 세 번 내리고서 수도꼭지를 잠근 후 계단을 올라갔다. 나는 적당한 시간이 지났다고 생각될 때까지 깬 채로 누워 있었다. 자신이 토하는 소리를 내가 들었다고 생각하게 하고 싶지 않았다. 못 본 척해주는 게 내가 그녀에게 해줄 수 있다고 느껴지는 단 하나의 진정한 위로였다.

마침내 침대에서 나와 소지품을 챙긴 후, 역까지 타고 갈 택시를 부르려고 위층으로 다시 올라갔다. 손님들은 대부분 떠나고 없었다. 원래 있던 대머리 남자들은 부엌 바깥에 붙은 일광욕실에 있었다. 그즈음 눈이 거세게 내리고 있었다. 여자들은 거실의 소파 테이블에서 접시와 머그잔을 모으고 있었다. 소리를 끈 TV 앞에서 소파에 앉아 봉지에서 냉동 콩을 꺼내 먹는 리바를 발견했다.

"전화 좀 써도 될까?" 내가 물었다.

"내가 뉴욕까지 차로 데려다줄게." 리바가 차분하게 말했다.

"하지만 리바, 그게 안전할까?" 여자 하나가 물었다.

"천천히 운전할게요." 리바가 말했다. 그녀가 일어나 콩 봉지를 테이블에 내려놓고 내 팔을 잡았다. "아빠가 말리기 전에 얼른 가자." 부엌에서 리바는 개수대의 더러운 그릇들 사이에 끼어 있던 내 흰 장미 꽃다발을 집어들었다. 포장이 그대로였다. "몇 병 가져가." 그녀가 싱크대 위에 놓인 와인병들을 꽃다발로 가리키며 말했다. 나는 세 병을 집었다. 여자들이 보고 있었다. 그 병들을 빅브라운백의 청바지와 운동복 상의와 더러운 운동화 위에 놓았다.

"곧 돌아올게." 리바가 말하고서 어두운 복도를 따라 걸어갔다.

"리바의 대학 친구니?" 한 여자가 물었다. 식기세척기에서 그릇을 빼내며 부엌의 밝은 입구 너머에서 내게 말했다. "너희들은 서로가 있어서 다행이구나. 친구가 있으면 무슨 일이 생겨도 괜찮아져." 여자의 주위로 수증기가 자욱했다. 그녀는 내가 상상한 리바의 어머니와 똑같았다. 머리는 갈색에 짧았고, 귀에는 커다란 가짜 진주귀걸이를 달았다. 금색 점무늬가 박힌 진갈색 원피스는 길면서 몸에 신축성 있게 달라붙었다. 옷감 아래로 다리의 셀룰라이트가 드러났다. 식기세척기에서 나오는 수증기에서 토사물 냄새가 났다. 나는 한 발짝 뒤로 물러섰다. "리바의 어머니는 내 가장 친한 친구였어." 여자가 말을 이었다. "날마다 전화로 대화했지. 자식들과도 그렇게 많이 얘기하지 않는데. 때로는 친구가 가족보다 낫단다. 무슨 말이든 할 수 있으니까. 서로 화를 내지도 않고. 다른 종류의 사랑이야. 내 친구가 정말로 그리울 거야." 여자는 찬장 안을 들여다보며 잠시 말을 멈췄다. "하지만 그 친구의 영혼은 아직 여기에 있단다. 난 느낄 수 있어. 지금도 바로 내 옆에서 말하고 있지. '데브라, 그 긴 잔들은 와인잔과 같은 선반에 넣어야 해.' 늘 그랬듯이 잔소리하지. 그냥 알 수 있어. 영혼은 절대로 죽지 않아, 그게 진실이야."

"좋네요." 나는 하품하며 말했다. "상심이 크시겠어요."

리바가—어머니 것이 분명한—묵직한 비버털 코트에 커다란 스노부츠를 신고 어깨에는 헬스장 가방을 멘 채 나타났다.

"가자." 그녀가 거칠게 말했다. "난 준비됐어." 우리는 차고로 가는 문으로 향했다. "아빠한테 내일 전화한다고 전해줘요." 거실에 있는 여자들에게 리바가 말했다. 그들이 만류하기 시작했지만 리바는 계속 걸어갔다. 나는 뒤따라 나가 다시 그녀 어머니의 차에 탔다.

뉴욕으로 돌아가는 차 안에서 우리는 말을 많이 하지 않았다. 고속도로에 들어서기 전에 커피를 사러 들르자고 말했지만 리바는 반응하지 않았다. 그녀는 라디오 소리를 키우고 난방을 최대로 올렸다. 딱딱하고 심각하지만 차분한 표정이었다. 나는 리바가 무슨 생각을 하는지 호기심이 든다는 사실에 크게 놀랐으나 계속 잠자코 있었다. 롱아일랜드 고속도로에 들어섰을 때 라디오 진행자가 청취자들에게 방송국으로 전화해 새해 결심을 들려달라고 말했다.

"2001년에는 제게 생기는 모든 기회를 받아들이고 싶어요. 초대를 받을 때마다 '좋아요' 하고 말하고 싶어요."

"2001년은 제가 마침내 탱고를 배우게 되는 해입니다."

"올해는 아무런 결심도 하지 않을 거야." 리바가 말했다. 라디오 소리를 줄이고 다른 채널로 돌렸다. "나 자신에게 한 약속을 지킬 수가 없어. 스스로가 나의 가장 나쁜 적 같아. 넌 어떠니?"

"난 금연을 시도해볼지도 몰라. 하지만 약 때문에 쉽지가 않아."

"으흠." 리바가 무심히 말했다. "난 이삼 킬로그램쯤 빼보려고 할 수도 있고." 나를 욕하려고 비꼬는 건지 아니면 진심으로 하는 말인지 분간이 되지 않았다. 나는 대꾸하지 않았다.

시야 확보가 어려웠다. 철퍼덕 떨어지는 젖은 눈덩이들을 앞유리 와이퍼가 끽끽거리며 닦아냈다. 퀸스에서 라디오 소리를 다시 올린 리바가 음악에 맞춰 노래를 따라부르기 시작했다. 산타나. 마크 앤서니. 엔리케 이글레시아스. 한참 후, 리바가 취했을지도 모른다는 생각이 들기 시작했다. 자동차 사고로 함께 죽을 수도 있겠구나, 나는 생각했다. 차가운 창유리에 이마를 대고 이스트강의 캄캄한 물을 내다보았다. 죽는 것도 그리 나쁘진 않겠다, 나는 생각했다. 차량의 흐름이 느려졌다.

리바가 라디오 소리를 낮췄다.

"너희 집에서 자고 가도 돼?" 그녀가 딱딱하게 물었다. "애정을 갈구하고 싶진 않지만 당장은 혼자 있기가 두려워. 너무 정신이 없기도 하고 나쁜 일이 일어날까봐 겁도 나."

"좋아." 나는 그렇게 말했지만 자정이 지나고 몇 분 되지 않아 리바가 마음을 바꿀 거라고 추측했다.

"같이 영화를 봐도 되고." 그녀가 말했다. "네가 원하는 걸로 아무거나. 야, 내 핸드백에서 껌 좀 꺼내줄 수 있어? 운전대에서 손을 떼기 싫어서 그래."

리바의 짝퉁 구찌 가방은 둘 사이의 콘솔박스 위에 놓여 있었다. 나는 가방에 손을 넣어 탐폰과 향수와 손 세정제와 화장품 세트, 둘둘 말아넣은 〈코스모〉와 〈마리클레르〉 잡지, 머리빗, 칫솔과 치약, 커다란 지갑, 휴대전화, 수첩, 선글라스 등을 뒤적이다 마침내 오래된 롱아일랜드 철도 영수증이 가득 든 조그만 옆주머니 속에서 계피맛 엑스트라 껌 한 개를 찾아냈다. 껌 종이가 변색되어 분홍색으로 번들거렸다.

"나눠 먹을래?" 그녀가 물었다.

"역겹다." 나는 말했다. "싫어."

리바가 손을 내밀었다. 나는 그녀가 도로를 바라보는 모습을 바라보았다. 아마도 취한 건 아니고 그저 진이 빠진 듯했다. 리바의 손바닥에 껌을 올려놓았다. 그녀는 껌을 꺼내 입에 넣고 어깨 너머로 종이를 던진 후 껌을 질겅거리며 계속 운전했다. 나는 다시 도시의 노란 불빛으로 반짝이는 검은 이스트강을 내려다보았다. 차들은 꿈쩍도 하지 않았다. 내 아파트를 생각했다. 며칠간 그곳에 있지 않았다. 어쨌든 말짱한 정신으로는. 그곳에 리바와 함께 들어가면서 발견할 난장판을 상상했다. 그녀가 아무런 언급도 하지 않기를 바랐다. 날이 날인 만큼 아무 말도 하지 않을 것 같았다.

"이 다리 위에 있을 때면 항상 지진을 생각해." 리바가 말했다. "있잖아, 샌프란시스코에서 그 다리가 무너졌을 때처럼."

"여긴 뉴욕이야." 나는 말했다. "여기선 지진 안 나."

"그 일이 일어났을 때 난 월드시리즈를 보고 있었어." 리바가 말했다. "아빠랑 같이. 분명히 기억해. 넌 기억하니?"

"아니." 나는 거짓으로 대답했다. 당연히 기억했지만 그에 대해 어떤 생각도 한 적 없었다.

"야구 경기를 보고 있는데 갑자기 쾅. 그러고서 이런 생각이 드는 거야. 방금 사람들 수천 명이 죽었구나."

"수천 명은 아니었어."

"그래도 굉장히 많았지."

"몇 백일 거야, 아무리 많아도."

"그 고속도로에서 많은 사람이 깔려 죽었어. 다리 위에서도 그렇고." 리바가 우겼다.

"괜찮아, 리바." 나는 말했다. 그녀가 다시 우는 건 싫었다.

"다음날 뉴스에서 이층교 고속도로의 아랫길에 있던 남자를 인터뷰하는데, '이 경험에서 어떤 교훈을 간직하실 건가요?'라고 묻자 그가 말했어. '차 밖으로 나왔는데 땅 위에 탱글탱글 흔들리는 뇌가 있었어요. 뇌 전체가 틀에 굳힌 젤로처럼 탱글탱글 흔들렸어요.'"

"사람들은 항상 죽어, 리바."

"하지만 정말 무시무시하지 않니? 땅에서 젤로처럼 탱글탱글 흔들리는 뇌?"

"지어낸 얘기 같은데."

"그러자 뉴스 진행자가 아무 말도 하지 않았어. 할말을 잃은 거야. 그래서 남자가 말했어. '당신이 알고 싶어했잖아요. 당신이 물었잖아요. 그래서 말하는 거예요. 내가 본 게 그거라고요.'"

"제발, 리바, 그만해."

"음, 그런 일이 여기서 일어날 거라고 하는 말은 아니야."

"어디서도 일어난 적 없는 일이야. 뇌는 사람 머리에서 쏙 빠져나와 탱글탱글 흔들리지 않아."

"여진도 있었던 것 같아."

나는 라디오 소리를 높이고 내 쪽 창문을 내렸다.

"그래도 내 말뜻은 이해하지? 상황이 더 나쁠 수도 있다는 거야." 리바가 외쳤다.

"상황은 항상 더 나쁠 수도 있어." 나도 외치며 대답했다. 창문을 다시 올렸다.

"난 굉장히 안전하게 운전하는 사람이야." 리바가 말했다.

우리는 나머지 길을 조용히 달렸고 차 안에는 계피맛 껌 냄새가 가득했다. 리바에게 자고 가도 된다고 한 일이 벌써 후회스러웠다. 마침내 다리를 건너 FDR 고속도로를 탔다. 도로는 진창이었다. 차량의 흐름이 매우 느렸다. 동네에 도착하니 열시 반이었다. 주차할 때는 운좋게 보데가 바로 앞에 있는 공간에 들어갈 수 있었다.

"물건 한두 가지만 사고 싶어." 내가 말했다. 리바는 만류하지 않았다. 안으로 들어가니 이집트인들이 계산대 뒤에서 카드를 치고 있었다. 맥주와 탄산음료 상자들 옆에는 겹겹이 쌓은 종이 상자 위에 싸구려 샴페인이 진열되어 있었다. 그 진열대에 눈길을 주던 리바가 냉동고를 열고 허리를 숙여 얼음에 붙은 무언가를 파내려고 애쓰는 모습이 보였다. 나는 커피 두 잔을 샀다.

리바가 돈을 냈다.

"자매예요?" 첫번째 커피를 빨아들이고 있는 내 쪽으로 이집트인이 고갯짓하며 리바에게 물었다. 커피는 탄 맛이 강했고 내가 넣은 크림은 상했는지 질척하게 응고된 찌꺼기가 치아에 걸렸다. 상관없었다.

"아뇨, 친구예요." 리바가 약간의 적의를 드러내며 대답했다. "우리가 닮았다고 생각해요?"

"자매라 해도 믿겠는데요." 이집트인이 말했다.

"고맙군요." 리바가 건조하게 말했다.

이스트 84번가의 아파트 건물에 도착했을 때 수위가 신문을 내려놓고 말했다. "행복한 새해 맞이하세요."

엘리베이터에서 리바가 말했다. "모퉁이 가게 그 남자들이 널 이상한 눈빛으로 보니?"

"인종주의자처럼 그러지 마."

문을 여는 동안 리바가 커피를 들어주었다. 집안에서는 음소거된 TV가 커다란 맨가슴을 드러내고 있었다.

"오줌 좀 싸야겠어." 리바가 헬스장 가방을 내려놓으며 말했다. "넌 포르노를 싫어하는 줄 알았다."

공기 중에 불미스러운 무언가의 흔적이 있는지 냄새를 맡아보았지만 아무 냄새도 나지 않았다. 부엌 싱크대 위에 떨어진 실레노 한 알을 찾아서 삼켰다.

"네 전화기가 밀폐용기에 담겨서 욕조에 떠다니고 있어." 리바가 욕실에서 소리쳤다.

"알아." 나는 거짓으로 대답했다.

나는 두번째 커피와 인페르미테롤 샘플병을 챙기고 리바는 딸기맛 무지방 요거트 아이스크림을 든 채 둘이 함께 소파에 앉았다. 완전한 침묵 속에서 포르노 영화의 나머지 부분을 보았다. 죽음에 대해 명상하며 하루를 보낸 뒤 사람들이 섹스하는 모습을 보니 기분이 좋았다. '생식,' 나는 생각했다. '삶의 순환.' 남자에게 오럴을 하는 장면에서 나는 일어나 오줌을 쌌다. 여자를 핥는 장면에서는 리바가 일어났고 구토를 한 것 같았다. 그러고선 부엌에서 코르크 따개를 찾아 장례식 와인 한 병을 따서 소파로 돌아와 앉았다. 우리는 병을 주거니 받거니 하며 남자가 사정한 정액이 여자의 얼굴로 흘러내리는 모습을 보았다. 여자의 가짜 속눈썹에 몇 방울이 붙었다.

나는 트레버를 생각하며 내 배와 등에 뚝뚝 흐르고 철퍼덕 떨어지던 정액을 떠올렸다. 자신의 집에서 섹스를 할 때 그는 볼일을 마치면 곧바로 달려나가 두루마리 화장지를 들고 돌아왔고, 내가 몸을 닦는 동안에는 조그만 쓰레기통을 내밀고 있었다. "그 시트를……" 한 번도, 내가 피임약을 먹을 때도 그는 몸안에 사정하지 않았다. 똑바로 누워 있는 내 입에 쑤셔넣는 걸 가장 좋아했는데, 그러면 나는 그의 성기가 내 목구멍 안쪽에 쿵쿵 박히는 걸 모르는 양 잠든 척하고 있어야 했다.

크레디트가 올라갔다. 다른 포르노 영화가 시작했다. 리바가 리모컨을 찾아 음소거를 해제했다.

나는 인페르미테를 샘플병을 열어 한 알을 입에 넣고 와인과 함께 삼켰다.

영화 도입부의 경직된 대화를 들은 기억이 난다. 여자가 물리치료사를, 남자가 사타구니에 통증을 느끼는 미식축구 선수를 연기했다. 리바가 한동안 울었다. 성교가 시작되자 리바가 소리를 낮추고 작년 새해에 대해 말했다. "난 연인들의 파티에 갈 기분이 아니었어, 알지? 자정이 되면 모두가 키스하는? 켄이 진짜 재수없게 굴었지만 그래도 새벽 세시엔가 타임스스퀘어에 있는 하워드존슨*에서 만났어." 목소리를 들으니 그녀가 이제 취한 것 같아 다행스러웠다. 방안에 흐르던 긴장이 조금 풀어졌다. 화면 안에서 누군가 문을 두드렸다. 성교는 멈추지 않았다. 그즈음 나는 잠으로 들어갔다 나오기를 반복했다. 리바는 계속 말했다.

"그런데 켄은 어땠냐면…… 그게 처음이었어…… 엄마한테 말했는데…… 엄마가 아무 일도 없는 척하라고…… 내가 미친 년인가?"

---

* 미국의 호텔 및 레스토랑 체인.

"우와." 내가 TV 화면을 가리키며 말했다. 흑인 여자가 치어리더 복장을 하고 등장했다. "질투심에 불타는 여자친구일까?"

"여기서 무슨 짓들이야?" 치어리더가 응원용 수술을 집어던지며 물었다.

"네가 내 유일한 싱글 친구라는 거 아니?" 리바가 대답 대신 물었다. "언니가 있으면 좋겠어." 그리고 말했다. "날 좋은 사람과 만나게 해줄. 아빠한테 결혼정보 업체에 낼 돈을 달라고 할까봐."

"돈을 내고 만날 가치가 있는 남자는 없어." 내가 말했다.

"그건 생각해볼게." 리바가 말했다.

그때 나는 눈이 거의 감긴 채 안개 속을 헤매고 있었다. 흑인 여자가 길고 날카로운 분홍색 손톱으로 자신의 질 입구를 벌리는 장면을 실눈 사이로 보았다. 질 안쪽이 번들거렸다. 우피 골드버그를 생각했다. 그건 기억한다. 리바가 빈 와인병을 소파 테이블 위에 놓던 걸 기억한다. 그리고 그녀가 "새해 즐겁게 보내"라고 말하고 내 볼에 입을 맞춘 것도 기억한다. 몸이 위로 떠올라 하나의 일화, 상징, 다른 세상에 걸린 초상화가 될 때까지 먼 하늘로 높이 더 높이 흘러가는 느낌이 들었다.

"사랑해, 리바." 내 말소리가 저멀리서 들렸다. "엄마가 돌아가신 일은 정말로 유감이야."

그러고서 의식을 잃었다.

다섯

며칠 후 혼자 소파에서 깨어났다. 공기 중에 쿰쿰한 연기와 향수 냄새가 났다. TV가 낮은 음량으로 켜져 있었다. 흙을 씹은 것처럼 혀가 얼얼하고 까칠까칠했다. 세계날씨 예보를 들었다. 인도에서 홍수, 과테말라에서 지진, 미국 북동부에는 또다시 다가오는 눈보라, 캘리포니아 남부에서는 수백만 달러짜리 주택들을 태우는 불. "하지만 오늘 우리 나라의 수도에서는 하늘이 화창합니다. 야세르 아라파트가 중단된 중동 평화 프로세스를 재개할 목적으로 백악관을 방문해 클린턴 대통령과 회담을 하게 되는데요, 그 소식은 곧 상세히 전해드리겠습니다."

나는 눈을 떴다. 방은 흐릿했고 블라인드는 내려와 있었다. 소파 팔걸이에서 머리를 천천히 들어올리며 똑바로 앉는 동안 뇌에서 피가 모래시계 속 모래처럼 빠져나갔다. 시야가 픽셀로 쪼개지고 망사처럼 어른거리다 희미해지더니 번쩍하며 초점이 맞춰졌다. 발을 내려다보았다. 죽은 리바 어머니의 신발이 신겨져 있는데, 앞코의 가죽 위로 번진 소금기가 바다 풍경처럼 보였다. 살구색 망사스타킹. 흰 모피 코트의 허리띠를 풀고서 보니 그 아래에 입은 옷이라고는 뷔스티에* 스타일의 살빛 보디슈트뿐이었다. 사타구니를 내려다보았다. 음모가 최근에 제모된 상태였다. 제모 솜씨가 좋아서 피부가 벌겋거나 거칠거나 가렵지 않았다. 손톱을 보니 프렌치매니큐어**가 되어 있었다. 몸에서 땀냄새가 났다. 진 같은 냄새였다. 식초 같은 냄새였다. 손등 마디에 찍힌 도장을 보니 돈스얼리라는 클럽에 다녀온 모양이었다. 들어본 적 없는 이름이었다. 나는 등을 기대고 앉아 눈을 감고 전날 밤을 기억해내려고 애썼다. 죄다 까맣고 텅 빈 공간이었다. "뉴욕 대도시권의 눈 예보를 보겠습니다." 나는 눈을 떴다. TV에 나오는 기상예보관은 흑인인 릭 모러니스같이 생겼다. 그가 흰 구름의 소용돌이 그림을 가리켰다. "새해 즐겁게 보내, 리바"라고 말한 기억이 났다. 생각나는 건 그게 전부였다.

---

* 어깨끈이 없이 몸에 딱 붙는 상의.

** 손톱에 누드톤 매니큐어를 바르고 손톱 끝만 흰색으로 덧칠한 것.

소파 테이블 위에는 빈 각얼음틀 여러 개와 증류수가 가득 든 1갤런들이 물병, 고든스 진 반 갤런들이 빈병, 그리고 『달라이 라마의 행복론』이라는 책에서 찢어낸 페이지 한 장이 널려 있었다. 몇 년 전에 리바가 생일선물로 준 책이었다. "달라이 라마에게서 많은 걸 얻을 수 있을 거야. 그분은 정말 통찰력이 뛰어나" 라고 하면서. 그 책은 한 번도 읽지 않았다. 찢어낸 페이지의 어느 한 줄에 파란 볼펜으로 밑줄이 그어져 있었다. "그것은 갑자기 일어나지 않았다." 추론하자면, 나는 육류용 칼 손잡이로 자낙스를 으깨고 헤스터 스트리트의 포트노이스포트홀이라는 클럽에서 주최하는 '열린 무대의 밤' 광고지를 돌돌 말아 약을 담은 다음 코로 흡입했다. 그 클럽 이름은 들어본 적 없었다. 비디오테이프들과 빈 케이스들 사이에 폴라로이드 사진 수십 장이 널려 있는 걸 보아 내가 의식을 잃은 동안 한 행동이 전혀 기록되지 않은 건 아니었지만 카메라는 어디 갔는지 보이지 않았다.

사진에는 예쁘장한 파티 참석자들—요염하면서 짐짓 심각한 표정을 짓는 낯선 젊은이들—이 찍혀 있었다. 어두운색 립스틱을 바른 여자들, 눈동자가 붉은 남자들. 일부는 내 카메라의 요란한 흰 플래시에 자기도 모르는 사이에 포착되었고, 어떤 이들은 멋진 포즈를 취하거나 눈썹 하나만 살짝 올리거나 큼지막한 가짜 미소를 짓고 있었다. 밤에 다운타운 거리에서 찍은 듯한 사진도 있었고, 벽에 야광색 페인트로 그래피티를 흉내낸 그림이 있고 천장이 낮은 컴컴한 곳에서 찍은 사진도 있었다. 사진 속에 아는 사람은 하나도 없었다. 한 사진에서는 서로 부둥켜안은 클럽 손님 여섯 명이 모두 가운뎃손가락을 치켜들고 있었다. 다른 사진에서는 깡마른 붉은 머리 여자가 연보라색 유두 가리개가 드러나도록 가슴을 내보였다. 페도라 모자를 쓰고 턱시도 티셔츠를 입은 통통한 흑인 청년은 담배 연기를 고리 모양으로 뿜었다. 능청능청한 금색 반짝이 옷차림에 헤로인 중독 때문에 비쩍 마른 엘비스로 분장한 쌍둥이 남자들이 바스키아의 모작 앞에서 하이파이브를 했다. 어떤 여자는 자전거 체인을 목에 두르고 거기에 쥐 한 마리를 줄로 매달았다. 클로즈업한 사진 하나에는 누군가의 연분홍색 혀가 찍혀 있는데 뱀처럼 보이려고 가운데를 가르고 양갈래 끝에 다이아몬드 징을 박아놓았다. 화장실에 가려고 줄을 서서 찍은 듯한 일련의 스냅사진도 있었다. 그 장소 전체가 예술적 허세를 부린 광란의 파티장 같았다.

"도로가 폐쇄되거나 허리케인급 돌풍이 불고 해안지대 침수가 발생할 수 있습니다." 기상예보관이 말하고 있었다. 소파 쿠션 사이에서 리모컨을 빼내 TV를 껐다.

사진 한 장이 테이블 아래에 떨어져 있었다. 그것을 들어 뒤집어보니, 몸집이 작은 아시아계 남자가 바에 있는 무리에서 떨어져 가만히 서 있었다. 페인트가 튄 파란색 작업복 차림이었다. 자세히 들여다보았다. 동그란 얼굴에 불그스름한 여드름 자국이 보였다. 눈은 감고 있었다. 낯이 익었다. 그러다 깨달았다. 핑 시였다. 그의 볼에 분홍색 반짝이가 한 줄로 그어져 있었다. 나는 사진을 내려놓았다.

핑 시를 생각조차 하지 않고 지낸 지 몇 개월이 넘었다. 문득 더커트가 떠오를 때마다 나는 그때의 출근길 같은 단순한 기억으로 생각을 집중하려 애썼다. 86번가 지하철역까지 한참 걸어가 유니언스퀘어까지 급행전철을 타고, 다시 L 노선으로 갈아타 시내를 가로지른 후, 에이스 애비뉴를 따라 걷다가 23번가에서 좌회전한 뒤, 하이힐 신은 발로 비틀거리며 돌로 포장된 오래된 길을 걸어갔었다. 맨해튼의 지리는 계속 기억해둘 가치가 있을 듯했다. 하지만 첼시에서 만난 사람들의 이름과 특성은 잊는 편이 나았다. 증권 시장처럼 변한 미술계는 정치적 흐름과 자본주의 신조를 반영했고 탐욕과 뒷소문과 코카인의 힘으로 돌아갔다. 나는 월스트리트에서 일한 거나 다름없었다. 투기와 견해가 시장뿐만 아니라 제품까지 좌우했고, 슬프게도 제품의 가치는 신성한 인간적 의식인 예술의 형언할 수 없는 특성—어차피 측정할 수 없는 가치이긴 하지만—에 따라 결정되기보다는 부유한 멍청이들이 자신들의 투자 포트폴리오를 '향상'시키고 질투를 유도하며 하나같이 망상에 빠진 이들의 존경을 불러일으킨다고 생각하는 것이 무엇인지에 따라 달라졌다. 나는 완벽히 행복한 마음으로 그 모든 쓰레기를 머릿속에서 지워버릴 수 있었다.

폴라로이드 사진에 찍힌 것과 같은 파티에는 가본 적이 없지만 멀리서 보기는 했다. 택시를 잡고 담뱃재를 터는 젊고 아름답고 매력적인 사람들, 코카인, 마스카라, 시내에서 즐기는 번쩍이고 화려한 유흥의 밤. 상대를 가리지 않는 섹스는 화장실 칸막이 속의 단순한 몸짓에 지나지 않았고, 사람들은 댄스플로어를 들락거리다 바에서 큰 소리로 술을 주문했으며, 모두가 더욱 즐겁고 스스로 더욱 아름답다고 느끼며 더욱 흥미로운 사람들에게 둘러싸일 내일을 꿈꾸면서 그 황홀경을 향해 밀고 나아갔다. 나라면 언제든 그런 곳보다는 염증에 찬 분위기가 흐르는 호텔 바가 낫다고 생각했을 텐데, 아마 트레버가 나를 거기에 잘 데려갔기 때문일 것이다. 우리는 사람들이 '즐거움에 빠져 있을 때' 멍청해 보인다는 데 의견을 같이했다.

갤러리의 인턴들은 터널, 라이프, 사운드팩토리, 스파, 로터스, 센트로플라이, 루크앤드리로이 같은 데서 주말을 즐긴 얘기를 내게 해주었다. 그래서 이 도시에서 밤에 어떤 일이 일어나는지 조금은 알았다. 그리고 너태샤의 조수로서, 아트 파티 참석자들 가운데 사교적 가치가 뛰어난 사람, 특히 젊은 기획자들과 수행원들의 목록을 작성하는 일도 맡아 했다. 너태샤는 그들을 전시회 개막식에 초대하며 내게 그 신상을 숙지하라고 했다. 매기 카푸어의 아버지는 피카소의 습작을 세계에서 가장 많이 소장했었는데 그가 죽자 매기는 그 소장품을 남프랑스의 한 수도원에 기증했다. 수도승들은 그곳에서 생산한 치즈의 한 종류에 그녀의 이름을 붙였다. 그웬 엘바즈버크의 종조부인 공연예술가 켄 버크는 자신이 수영장에 키우던 상어에게 잡아먹혔고, 그녀의 어머니 자라 알리 엘바즈는 하인리히 힘러의 자손인 독일인 남자친구와 포르노그래피적 예술영화를 찍고 망명한 시리아의 공주였다. 스테이시 블룸이 창간한 '예술하는 여성들'에 관한 잡지 〈Kun(s)t〉는 대부분 아트 파티를 즐기는 부유한 여자들이 직접 패션 브랜드를 만들거나 갤러리 혹은 클럽을 열거나 독립영화에 출연했다는 소식을 전했다. 그녀의 아버지는 시티뱅크 회장이었다. 자자 나카자와는 열아홉 살 상속인으로, 이모인 화가 일레인 믹스와의 성적인 관계에 대해 책을 썼다. 유지니 프랫은 다큐멘터리 영화 제작자이자 건축가인 에밀리오 월포드와 이부남매인데, 에밀리오는 유지니가 열두 살일 때 양의 생간을 먹게 하고 그 장면을 찍은 것으로 유명했다. 클로디아 마티니리처즈도 있었다. 제인 스와로브스키칸. 페퍼 재커빈실스. 카일리 젠슨. 넬

'니키타' 패트릭. 팻시 와인버거. 아마 사진에 찍힌 사람들이 이 여자들 같았다. 그들을 갤러리 밖에서 보았다면 알아보지 못했을 것이다. 이모진 베어먼, 오데트 퀸시 애덤스. 키티 카발리. 그 이름들이 기억났다. 아마도 열성 추종자들에 둘러싸인 채 핑 시가 돈스얼리에서 놀았다면, 그곳이 차세대의 돈 많은 아이들이나 예술가 할망구들에게 떠오르는 애프터아워클럽*임은 분명했다. 핑 시가 프로이센 왕족 출신의 게이 쌍둥이와 함께 사립학교에 다녔다고 너태샤가 한 말이 얼핏 떠올랐다. 하지만 내가 어떻게 그를 찾았을까? 아니면 그가 나를 찾아낸 건가?

사진들을 모아 소파 쿠션 밑에 쑤셔넣고 일어나 침실에 누가 있진 않은지 확인하려고 안을 엿보았다. 침구가 죄다 바닥에 쌓여 있고 매트리스의 시트도 벗겨진 상태였다. 가까이 다가가 사람만한 핏자국이나, 시트로 감싼 사람이나, 침대 밑에 밀어둔 시신은 없는지 확인했다. 벽장을 열어 입에 재갈을 문 채 꽁꽁 묶인 사람이 없다는 걸 확인했다. 빅토리아스시크릿 속옷이 든 조그만 비닐포장들만 쏟아져나올 뿐이었다. 이상은 없었다. 나는 혼자였다.

거실로 돌아오니 창틀 위에 놓고 재떨이로 쓰는 운동화 한 짝

---

* 규정 시간 이후 주류 이외의 음료를 팔며 아침까지 영업하는 클럽.

옆에 방전된 휴대전화가 놓여 있었다. 블라인드의 살대 하나를 끌어내리고 창밖을 내다보았다. 벌써 눈이 내리기 시작했다. 잘됐다, 나는 생각했다. 눈보라가 부는 동안 집에 처박혀 푹 자야겠다. 예전의 리듬을 되찾고 규칙적인 일상으로 돌아가야겠다. 익숙한 일상에서 비롯되는 안정성이 필요하다. 그리고 이제는, 적어도 한동안은, 인페르미테롤을 먹지 않겠다. 그 약은 아무것도 하지 않겠다는 내 목표에 반대로 작용했다. 전화기를 충전기에 꽂고 운동화 한 짝은 부엌에 갖다버렸다. 쓰레기통에는 말라서 부서질 듯한 귤껍질과 낱개 포장된 슬라이스 치즈의 반투명 비닐이 가득했다. 치즈를 산 기억도 먹은 기억도 나지 않았다. 냉장고에는 나무로 된 조그맣고 가벼운 귤 상자 하나와 1갤런들이 증류수 병 하나만 있었다.

흰 모피 코트와 뷔스티에와 망사스타킹을 벗고 욕실로 가서 샤워실의 온수를 틀었다. 발톱에 연보라색 페디큐어가 발려 있고, 굳은살이 박이고 각질이 일었던 발바닥은 매끈하고 부드러웠다. 변기에 앉아 허벅지의 핏줄이 펄떡거리는 걸 보았다. 나는 뭘 한 걸까? 스파 데이를 보내고 클럽에 놀러 갔다? 터무니없는 짓 같았다. 리바가 나를 설득해서 밖으로 나가 '유흥'을 즐기거나 그와 비슷한 바보짓을 하게 한 걸까? 오줌을 다 싸고 닦는데 아래가 미끈거렸다. 흥분을 느낀 지 얼마 안 된 듯했다. 누가 날 흥분

시켰을까? 아무것도 기억나지 않았다. 욕지기가 밀려와 급히 몸을 숙이고 매캐한 가래 덩어리를 게워내 세면대에 뱉었다. 모래를 씹은 듯 입속이 깔깔해서 침에 흙 알갱이나 으깬 약 조각이 섞여 있으리라 예상했다. 그 대신 분홍색 반짝이가 나왔다.

약장을 열어 발륨과 아티반을 두 알씩 먹고 수돗물을 꿀꺽꿀꺽 들이켰다. 똑바로 서서 거울을 보았을 때 마치 배의 둥근 현창에 누군가 스윽 나타난 것처럼 보여서 화들짝 놀랐다. 깜짝 놀란 내 얼굴을 보고 내가 깜짝 놀란 것이다. 가장무도회 가면처럼 마스카라가 볼을 따라 흘러내렸다. 지워지고 남은 밝은 분홍색 립스틱이 입술 주변과 입꼬리에 얼룩져 있었다. 이를 닦고 화장을 최대한 닦아냈다. 거울을 다시 보았다. 이마와 입가에 연필로 그린 듯한 주름이 있었다. 볼도 힘없이 늘어졌다. 피부가 창백했다. 안구의 광택 위로 뭔가가 번쩍 비쳤다. 거울로 바짝 다가가 주의깊게 들여다보았다. 거기에 내가 있었다. 오른쪽 눈동자 속 깊은 곳에 내 모습이 조그맣고 까맣게 반사되었다. 눈동자는 그저 공동, 블랙홀, 무한한 무無로 이루어진 동굴 두 개일 뿐이라고, 언젠가 누군가 말했다. "무언가 사라지면 대개는 거기로 사라지는 거야. 우리 눈의 블랙홀 속으로." 누가 그 말을 했는지는 기억나지 않았다. 거울에 비친 내 모습이 수증기 속으로 사라지는 걸 지켜보았다.

샤워실에서 중학교 때의 기억이 떠올랐다. 우리 7학년 교실에 경찰관이 찾아와 약물의 위험성에 대해 경고했다. 그는 서구사회의 모든 불법 약물을 묘사한 도표를 걸어놓고 조그만 예시 사진을 하나씩 가리켰다. 흰 가루 더미, 반투명 노란색 결정, 파란 알약, 분홍색 알약, 노란 알약, 검은 타르. 각 사진 아래에는 약물명과 별칭이 적혀 있었다. 헤로인: 스맥, 도프, 말馬, 스캐그, 쓰레기, H, 히어로, 흰 물건, 소년, 치바, 검은 진주, 황설탕. "이건 이런 느낌이고. 저건 저런 느낌이죠." 그 경찰관은 자기 성량을 조절하지 못하는 병 같은 게 있었다. "코카인! 메스암페타민! 실로시빈! PCP!" 그는 그렇게 소리치다 목소리를 낮추고 로힙놀을 가리켰다. "망각의 알약, 점심값, 멕시코 발륨, 정신 지우개, 갈빗대, 바퀴벌레, 루피스, 삐끗 넘어지기, 늑대의 약……" 그는 거의 들리지 않을 정도로 낮게 말했다. 그러더니 다시 소리를 질렀다. "그래서 여러분은 모르는 사람한테 술을 받아 마시면 안 돼요! 여학생들! 파티에서 친구를 혼자 두지 마세요! 그나마 좋은 점이 있다면 피해자가 기억을 못한다는 사실!" 그는 말을 멈추고 숨을 돌렸다. 슈퍼맨처럼 V자 몸매인 그의 금발이 땀에 젖었다. "하지만 이건 중독성이 없어요." 그는 대충 말하고 다시 도표 쪽으로 돌아섰다.

사춘기의 그 순간을 온전히 또렷하게 떠올릴 수 있는 걸 보면 내 기억력에 문제는 없는 듯했지만 인페르미테롤의 약효가 지속되는 동안 있었던 일은 기억할 수 없었다. 내 기억에 다른 구멍들이 있는 걸까? 차라리 그러기를 바랐다. 시험을 해봤다. 대헌장에 서명한 사람은? 자유의 여신상 높이는? 나자레파가 활동한 시기는? 앤디 워홀을 쏜 사람은? 이런 질문들을 생각해낸 것만도 아직 정신이 꽤 말짱하다는 증거였다. 내 사회보장번호를 기억했다. 대통령은 빌 클린턴이다. 곧 바뀌겠지만. 사실 내 정신은 더 또렷했고 사고 경로의 직진성도 전보다 강했다. 오랫동안 생각하지 않은 것들도 기억할 수 있었다. 대학 3학년 때 '여성주의 이론과 미술의 관행: 1960년대~1990년대'라는 수업을 들으러 가다가 구두굽이 부러진 날이 기억났다. 기분이 상해 절뚝거리며 강의실에 들어갔더니 교수가 나를 가리키며 말했다. "우린 방금 상업적 산업이 된 미술계의 정치적 해체로서 여성주의 행위예술에 대해 논의하고 있었어요." 그러더니 내게 강의실 앞쪽에 서라고 하기에 나는 바비 인형처럼 왼쪽 발끝을 세운 채 서 있었고 교수와 학생들은 그 모습을 행위예술 작품으로 분석했다.

"저는 미술사 강의실의 맥락을 벗어날 수 없어요." 바너드*에

---

* 컬럼비아대학교와 결연하고 연계수업을 하는 뉴욕 소재 여자대학교.

서 온 학생이 말했다.

“여기엔 상충하는 층위의 의미가 굉장히 풍부해요. 정말 멋집니다.” 턱수염을 기른 조교가 말했다.

그러자 칙칙한 긴 머리를 늘어뜨리고 조잡한 은 장신구를 한 교수가 단지 모욕하려는 의도로 내게 구두를 얼마 주고 샀는지 물었다. 값이 500달러에 가까웠던 그 검은색 스웨이드 스틸레토 부츠는 내가 부모님을 잃은 고통을, 혹은 뭐가 되었든 당시에 느끼던 괴로움을 덜고자 사들인 물건들 가운데 하나였다. 그때의 일이 전부 기억났다. 강의실에 있던 불만스럽고 뾰로통한 얼굴들 하나하나까지. 어떤 멍청이가 나를 ‘남성의 시선에 망가진’ 사람이라고 했다. 그들이 나를 빤히 바라보고 있을 때 시계에서 나던 똑딱 소리까지 기억났다. “그 정도면 충분한 것 같군요.” 교수가 마침내 말했다. 나는 자리에 앉아도 좋다는 허락을 받았다. 강의실 창밖에 홀로 서 있는 나무에서 판판하고 넓적한 노란 잎들이 회색 콘크리트 위로 떨어졌다. 나는 그 수업의 수강을 취소하며 지도교수에게 신고전주의에 더 역점을 두고 싶다고 해명해야 했고, 그 대신 ‘자크 루이 다비드: 미술, 미덕, 그리고 혁명’이라는 수업을 신청했다. 내가 가장 좋아한 그림 중 하나는 〈마라의 죽음〉이었다. 욕조에서 칼에 찔려 죽은 한 남자.

샤워실에서 나와 앰비언 한 알과 베나드릴 두 알을 먹고, 곰팡이 슨 수건으로 어깨를 감싼 채 다시 거실로 가 전원을 켤 수 있을 만큼 충전된 전화기를 확인했다. 통화 기록을 살펴보니 발신 목록에 트레버와 지역번호가 646인 모르는 번호가 있었는데, 그건 핑 시라고 추정할 수밖에 없었다. 그 번호를 삭제하고 리스페리돈 한 알을 먹은 뒤 복도에 있는 빨랫감 더미에서 회색 꽈배기 무늬 스웨터와 레깅스를 꺼내 입었다. 그 위에 모피 코트를 다시 걸친 후 슬리퍼에 발을 꿰고 열쇠를 찾아보았다. 열쇠는 아직 현관문 자물쇠에 꽂혀 있었다.

머리 위로 구겨진 침대 시트 같은 구름이 흘러가는 걸 보고 오후 중반쯤이리라 추측했다. 로비에서 폭풍우에 유의하라는 수위의 인사를 무시하고 밖으로 느릿느릿 걸어나가 도로를 따라 걸었다. 보도 위와 도로 경계에 높이 쌓인 눈더미들 사이로 구불구불 나 있는 길이 사라지고 있었다. 사방이 고요했으나 공기는 사납고 축축했다. 눈이 더 내리면 도시 전체가 파묻힐 것 같았다. 길모퉁이에서 스웨터를 입고 씰룩거리며 걸어가는 포메라니안 한 마리와 그 돌보미 옆을 지나쳤다. 개가 다리를 하나 올리고 판판한 유리처럼 얼어붙은 보도 바닥에 오줌을 누는 모습이 보였고, 뜨거운 것이 치익 하며 얼음을 녹이는 소리가 들렸다. 얼음 안에 뚫린 둥근 공간에서 잠시 김이 오르다 흩어졌다.

보데가에 걸어들어갔을 때 이집트인들은 내게 별스러운 인사를 건네지 않았다. 보통 때처럼 고개만 끄덕하고 다시 휴대전화를 들여다보았다. 좋은 신호다, 나는 생각했다. 인페르미테롤을 먹고 무슨 짓을 했든, 누구랑 뛰어놀고 얼마나 격하게 '파티'를 했든, 적어도 이 보데가에선 특별한 주의를 끌 정도로 이상한 행동을 하지 않은 것이다. 어떤 속담처럼, 먹는 곳에서 똥을 누지는 않았다. 나는 현금지급기에서 돈을 찾은 다음, 커피 두 잔을 부어 크림과 설탕을 섞고 포장된 바나나빵 한 조각과 유기농 요거트 한 컵, 돌처럼 단단한 배 하나를 집었다. 운동복을 입은 브리얼리 여학교 아이들 세 명이 계산대에 줄을 섰다. 돈을 내려고 기다리는 동안 신문을 대충 살폈다. 땅을 뒤흔들 만한 일은 벌어지고 있지 않은 듯했다. 스트롬 서먼드가 힐러리 클린턴을 포옹했다. 워싱턴하이츠에서 늑대떼가 발견되었다. 리비아로 밀입국한 나이지리아인들이 머지않아 당신이 가장 좋아하는 다운타운의 식당에서 접시를 닦고 있을지도 모른다. 줄리아니 시장이 경찰에게 욕하는 행위도 범죄로 인정되어야 한다고 말했다. 2001년 1월 3일이었다.

아파트로 다시 올라가는 엘리베이터 안에서 생각했다. 복용하고 기절할 수 있으리라 기대해볼 약의 조합을. 앰비언 더하기 플라시딜 더하기 테라플루. 솔포톤 더하기 앰비언 더하기 디메탑.

나는 상상을 차단해 깊고 지루하고 느른한 잠으로 이끌 약물 칵테일을 원했다. 그 사진들을 처리해야 했다. 넴뷰탈 더하기 아티반 더하기 베나드릴. 집에 돌아온 나는 이 마지막 조합으로 약을 넉넉히 먹고 두번째 커피로 씻어내렸다. 그런 다음 멜라토닌 한 줌과 요거트를 먹고 〈플레이어〉와 〈스포트라이트〉를 보았지만 잠을 잘 수 없었다. 소파 쿠션 밑에 있는 폴라로이드 사진 때문에 정신이 산만했다. 비디오플레이어에 〈의혹〉을 넣고 되감기를 누른 후 폴라로이드 사진을 꺼내 쓰레기 낙하장치로 가져가 던져 넣었다. 그러니 좀 낫다는 생각을 하며 되돌아가 자리에 앉았다.

밤이 오고 있었다. 몸이 피곤하고 무거웠지만 딱히 졸린 건 아니었다. 그래서 넴뷰탈을 한 알 더 먹고 〈의혹〉을 보다가 루네스타를 몇 알 먹은 다음, 두번째 장례식 와인을 따서 마셨지만 술이 수면제의 효과를 없애버렸는지 그 어느 때보다 더 정신이 말똥말똥했다. 그러다 욕지기가 올라와 구토를 했다. 술을 너무 많이 마셨다. 다시 소파에 누웠다. 그러다 배가 고파져서 바나나빵을 먹고 〈실종자〉를 연달아 세 번 본 뒤, 대략 삼십 분에 한 번씩 아티반을 몇 알 먹었다. 하지만 여전히 잠을 잘 수 없었다. 〈쉰들러 리스트〉를 보았다. 그걸 보고 우울해지기를 기대했지만 짜증만 났고, 그때 해가 뜨기에 라믹탈을 몇 알 먹고 〈모히칸족의 최후〉와 〈패트리어트 게임〉을 보았는데도 아무런 효과가 없어서,

플라시딜을 몇 알 더 먹고 다시 〈플레이어〉를 틀었다. 그 영화가 끝나고 비디오플레이어의 디지털시계를 확인했다. 정오였다.

타이 음식점에서 팟씨유를 주문해서 반쯤 먹은 후, 해리슨 포드가 나오는 1995년 리메이크작 〈사브리나〉를 보고서 또 한번 샤워하고, 마지막 남은 앰비언을 삼킨 뒤 다시 포르노 채널을 찾았다. 음량을 낮게 줄인 뒤 신음과 끙끙대는 소리가 자장가처럼 들리도록 화면을 등지고 누웠다. 그런데도 잠은 오지 않았다. 인생이 영원히 이런 식으로 흘러갈 수도 있겠구나, 나는 생각했다. 조치를 취하지 않는다면 그렇게 될 것이다. 소파에서 담요를 덮고 손가락으로 자위를 하며 절정을 두 번 느낀 다음 TV를 껐다. 일어나서 블라인드를 올리고 한참 멍하니 앉아 있다가 해가 지는—그게 가능한가?—모습을 본 다음 〈사브리나〉를 되감아 다시 보고 남은 팟씨유를 먹었다. 〈드라이빙 미스 데이지〉와 〈슬링 블레이드〉를 보았다. 넴뷰탈을 먹고 로비투신 반병을 마셨다. 〈가프〉와 〈스타게이트〉와 〈나이트메어 3: 꿈의 전사〉와 〈문스트럭〉과 〈플래시댄스〉를 본 다음 〈더티 댄싱〉과 〈사랑과 영혼〉을 보고서 〈귀여운 여인〉을 보았다.

하품 한번 나오지 않았다. 졸린 기미조차 없었다. 균형 감각이 흐트러진 느낌이 들었다. 일어나려다 쓰러질 뻔했는데도 기어이 일어나 잠시 주변을 정돈하며 비디오테이프들을 케이스에 넣어

선반에 다시 꽂았다. 몸을 좀 움직이면 피곤해질 거라고 생각했다. 자이프렉사 한 알과 아티반 몇 알을 더 먹었다. 멜라토닌 한 줌을 입에 넣고 되새김질하는 소처럼 씹었다. 아무것도 효과가 없었다.

그래서 트레버에게 전화했다.

"새벽 다섯시야." 그가 말했다. 짜증나고 몽롱한 목소리였지만 전화를 받기는 했다. 발신자 표시에 내 번호가 떴을 텐데도 받은 것이다.

"성폭행을 당했어." 나는 거짓말했다. 말소리를 내지 않고 며칠을 보낸 뒤였다. 섹시하게 쉰 소리가 섞여나왔다. 다시 토할 것 같은 느낌이 들었다. "와줄 수 없어? 음부가 찢어졌는지 와서 좀 봐줬으면 해. 믿을 사람이 당신뿐이야." 내가 말했다. "제발, 응?"

"누구야?" 멀리서 웅얼거리는 여자 목소리가 들렸다.

"아무도 아니야." 트레버가 여자에게 말했다. 그러고선 "잘못 걸었어요"라고 내게 말한 뒤 전화를 끊었다.

솔포톤 세 알과 베나드릴 여섯 알을 먹고 〈실종자〉를 넣어 되감기한 다음, 환기를 위해 거실 창문을 살짝 열고 밖에서 눈보라가 몰아치는 모습을 보다가, 담배를 샀다는 사실이 떠올라 창밖을 보며 한 대를 피우고, 비디오플레이어의 '재생' 버튼을 누른 후 소파에 다시 누웠다. 머리가 묵직해지는 느낌이 들었다. 해리슨 포드는 내 꿈의 남자였다. 심장 박동이 느려졌지만 여전히 잠은 오지 않았다. 진을 병째 들고 마셨다. 뱃속이 진정되는 것 같았다.

아침 여덟시에 다시 트레버에게 전화를 걸었다. 이번에는 받지 않았다.

"그냥 안부가 궁금해서." 음성메시지로 말했다. "오랜만이야. 어떻게 지내는지, 뭘 하고 있는지 궁금해. 곧 소식 주고받기로 해."

십오 분 뒤에 다시 전화했다.

"있잖아, 이걸 어떻게 말해야 할지 모르겠어. HIV 양성 반응이 나왔어. 헬스장의 흑인 남자들 중 한 명한테서 감염된 것 같아."

여덟시 반에 다시 전화를 걸어 말했다. "가슴 수술을 할까 생각중이야. 깨끗이 밀어버리는 거지. 어떻게 생각해? 절벽가슴 패션을 내가 잘 소화해낼 수 있을까?"

여덟시 사십오분에 전화해서 말했다. "금융 조언이 필요해. 사실, 나 심각해. 사정이 진짜 어렵거든."

아홉시에 다시 전화했다. 그가 받았다.

"원하는 게 뭐야?" 그가 물었다.

"내가 보고 싶다는 말을 듣고 싶었어."

"보고 싶어." 그가 말했다. "됐니?"

나는 전화를 끊었다.

나는 〈스타트렉: 넥스트 제너레이션〉 비디오 전집을 아버지에게서 물려받았다. 아버지는 그 비디오를 주문하면서 일생에 단 한 번 홈쇼핑 번호에 전화를 걸어봤을 것이다. 사춘기 때 〈스타트렉〉을 보면서 처음으로 우피 골드버그를 주목하며 그녀가 숭배받아 마땅하다고 느꼈다. 우피는 우주선 엔터프라이즈호의 우스꽝스러운 침입자 같았다. 우피가 화면에 나타날 때마다 나는 그녀가 작품 전체를 비웃고 있음을 감지했다. 그녀의 존재로 드라마가 완전히 우스꽝스러워졌다. 이건 그녀가 출연한 모든 영화에 해당하는 사실이었다. 수녀복을 입은 우피. 1930년대 조지아주의 기독교 신자 같은 차림에 주말 외출용 모자를 쓰고 성경책을 든 우피. 창백한 엘리자베스 퍼킨스와 함께 〈문라이트 앤드 발렌티노〉에 나온 우피. 그녀가 가는 곳이 어디든, 주변의 모든 것이 그 자체의 패러디, 서툴고 웃기는 것이 되어버렸다. 그걸 보면 마음이 편해졌다. 우피가 있어서 얼마나 고마웠는지. 그 무엇도 신성하지 않았다. 우피가 그 증거였다.

〈스타트렉〉 몇 편을 본 다음 나는 일어나 넴뷰탈 몇 알과 플라시딜 한 알을 먹고 다시 아동용 로비투신 반병을 들이켰다. 자리에 앉아서 우피가—수레국화청색 벨루어 튜닉을 입고 미래의 추기경처럼 거꾸로 세운 고깔모자를 쓴 채—마리나 서티스와 마음을 터놓고 대화하는 모습을 보았다. 전부 허튼소리였다. 하지만 나는 잘 수 없었다. 비디오를 계속 보았다. 나는 세 계절을 지나왔다. 솔포톤을 먹었다. 앰비언을 먹었다. 심지어 캐모마일 차도 끓였는데, 이 빠진 커피잔에서 올라오는 매스껍고 달짝지근한 냄새가 마치 뜨거운 기저귀 같았다. 이런 게 긴장을 풀어준다고? 목욕을 하고 벽장에서 한 번도 입지 않은 미끈한 새틴 파자마를 찾아 갈아입었다. 그래도 졸리지 않았다. 그 무엇도 효과가 없었다. 〈브레이브 하트〉를 다시 볼까 생각하고 비디오를 넣어 되감기 버튼을 눌렀다.

그때 비디오플레이어가 고장났다.

휠이 도는 소리, 윙윙 소리, 뒤이어 끽끽 소리가 나더니 멈춰 버렸다. '꺼내기' 버튼을 눌렀지만 아무 반응이 없었다. 모든 버튼을 쿡쿡 눌렀다. 기계의 전원을 껐다가 다시 켰다. 손에 들고 흔들어보았다. 손바닥 아래쪽으로 탕탕 치고 그다음에는 신발로 때렸다. 어떤 것도 효과가 없었다. 바깥은 어두웠다. 휴대전화를 보니 1월 6일 오후 11시 52분이었다.

그래서 이제는 TV만 보게 되었다. 여러 채널을 돌려보았다. 고양이 사료 광고. 가정용 사우나 광고. 저지방 버터 광고. 섬유 유연제. 개별 소포장 감자칩. 초콜릿 요거트. 문명의 발상지 그리스로 가자. 활력을 주는 음료. 더 젊어 보이게 해주는 페이셜

크림. 당신의 새끼 고양이를 위한 생선. 코카콜라의 의미는 "사랑합니다". 세상에서 가장 편한 침대에서 주무세요. 여성분들, 아이스크림은 아이들만을 위한 게 아닙니다, 남편들도 좋아해요! 집에서 구린내가 나면 갓 구운 브라우니 냄새가 나는 이 향초를 켜세요.

어머니는 내가 잠들지 못하면 중요한 것을 헤아리라고, 양은 절대로 세지 말라고 했다. 별을 세라. 메르세데스벤츠의 종류를 열거해라. 역대 미국 대통령들의 이름을 대라. 앞으로 몇 년을 살지 헤아려라. 이대로 잠을 못 잔다면 창밖으로 뛰어내릴지도 모르겠다고 생각했다. 담요를 가슴까지 당겼다. 미국 주도의 이름을 하나씩 읊었다. 여러 꽃 이름을 댔다. 청색 계열의 이름을 열거했다. 세룰리안. 카데트. 일렉트릭. 틸. 티파니. 이집션. 페르시안. 옥스퍼드. 나는 잠들지 않았다. 잠이 오지 않았다. 잘 수가 없었다. 떠올릴 수 있는 새 이름을 최대한 많이 헤아렸다. 80년대 TV 프로그램의 이름을 떠올렸다. 뉴욕을 배경으로 한 영화들을 생각했다. 자살한 유명인의 이름을 댔다. 다이앤 아버스, 헤밍웨이 일가, 메릴린 먼로, 실비아 플라스, 반 고흐, 버지니아 울프. 불쌍한 커트 코베인. 부모님이 돌아가신 이후 울었던 횟수를 셌다. 흐르는 시간의 초를 셌다. 시간이 이런 식으로 영원히 흘러갈 수도 있겠구나, 나는 다시 한번 생각했다. 시간은 그럴 것이다. 그 무한성이 꾸준히, 그리고 일제히, 내가 있든 없든 영원히 펼쳐진다. 아멘.

담요를 걷어냈다. TV에서 뉴질랜드의 동굴을 탐험하는 젊은 커플이 거대하고 시커먼 크레바스 속으로 내려갔다. 좁은 바위 틈을 꿈틀꿈틀 통과한 그들은 너른 천장에서 흘러내리는 거대한 눈곱 같은 것들이 가득한 곳을 지나 파란 야광벌레들이 안을 환히 밝힌 공간으로 들어갔다. 리바가 나를 달래기 위해 할 법한 멍청한 말들을 상상해봤지만 아무것도 떠오르지 않았다. 너무나 피곤했다. 다시는 잘 수 없으리라고 진심으로 믿었다. 그랬더니 목이 턱 막혔다. 나는 울었다. 정말로 그랬다. 운동장에서 무릎이 깨졌을 때처럼 헉헉 숨소리가 터져나왔다. 바보 같았다. 천부터 아래로 숫자를 세면서 손가락으로 볼에 흘린 눈물을 훔쳤다. 장거리를 뛰고 그늘에 주차된 자동차처럼 근육이 툭툭 경련했다.

채널을 돌렸다. 영국의 자연 다큐멘터리 방송이었다. 눈부시게 화창한 날에 조그만 흰 여우가 눈을 파고 굴속으로 들어갔다. "많은 포유동물이 겨울에 동면하지만 북극여우는 다릅니다. 특별한 털과 지방층이 다부진 몸을 덮고 있어서 기온이 낮아도 이 조그만 여우의 움직임은 둔해지지 않지요! 북극여우는 특별한 신진대사 덕분에 추운 기후에 엄청난 내성을 지닙니다. 영하 50도 정도는 되어야 신진대사가 높아지기 시작하죠. 영하 70도

이하로 기온이 내려가기 전에는 전혀 떨지도 않는다는 의미입니다. 와우."

나는 모피의 종류를 셌다. 밍크, 친칠라, 흑담비, 토끼, 사향쥐, 라쿤, 흰담비, 스컹크, 포섬. 리바는 자기 어머니의 비버털 코트를 챙겼다. 펑퍼짐하게 재단된 그 코트를 보면 권총을 차고 눈 덮인 숲속에 숨어 있는 도망자가 생각났다. 달빛에 의지해 기찻길을 따라 서부로 떠날 때 그의 비버털 코트가 살을 에는 듯한 추위에도 몸을 훈훈하게 해주는 것이다. 그 이미지가 마음에 남았다. 특이했다. 내가 창의력을 발휘하고 있었다. 아마 꿈을 꾸는 건가, 나는 생각했다. 비버털 코트를 입은 남자가 얼음장 같은 시냇물을 건너려고 닳아빠진 바짓부리를 걷어올려 물속의 고기처럼 새하얀 발을 드러내는 모습을 떠올렸다. 그래, 나는 생각했다. 꿈이 시작되고 있구나. 눈이 감겼다. 잠에 스르르 빠져드는 기분을 느꼈다.

그 순간, 타이밍을 맞춘 듯, 내 생각을 읽은 듯 리바가 현관문을 쾅쾅 두드렸다. 나는 눈을 떴다. 눈처럼 흰 빛살이 거실의 맨 바닥에 줄무늬를 드리웠다. 동틀 무렵처럼 느껴졌다.

"이봐. 나야, 리바."

내가 자긴 한 걸까?

"문 열어줘."

나는 천천히 일어나 복도를 따라 걸어갔다.

"자고 있단 말이야." 나는 문에 대고 화를 냈다. 실눈을 뜨고 문구멍으로 밖을 내다보았다. 리바는 후줄근했고 제정신이 아닌 것 같았다.

"들어가도 돼?" 그녀가 물었다. "정말로 대화가 필요해."

"나중에 내가 전화하면 안 될까? 지금 몇 시야?"

"한시 십오분. 전화도 해봤어." 그녀가 말했다. "자, 수위가 네 우편물도 올려보냈어. 대화가 필요해. 심각한 얘기야."

어쩌면 내가 다운타운에서 벌인 인페르미테를 행각에 리바도 어떤 식으로든 관련되었는지 모른다. 내가 한 짓에 대한 특권적 정보를 가졌는지도 모른다. 나는 신경쓰는가? 그렇다, 조금은. 문을 열고 리바를 안으로 들였다. 내 상상 속에서처럼 자기 어머니의 커다란 비버털 코트를 입고 있었다.

"스웨터 좋다." 그녀가 나를 부드럽게 지나쳐 안으로 들어가자 찬 공기와 나프탈렌 냄새가 훅 끼쳤다. "봄에는 회색이 유행할 거야."

"아직 1월이잖아, 그렇지?" 나는 여전히 복도에 붙박인 채 물었다. 리바가 확인해주기를 기다렸지만 그녀는 한아름 가져온 우편물을 식탁에 던져놓고, 코트를 벗어 소파 등받이의 내 여우털 코트 옆에 걸쳐놓았다. 짐승 가죽 둘. 다시 핑 시의 죽은 개들이 생각났다. 더커트에서 보낸 마지막 날들 가운데 하루가 떠올랐다. 부유한 브라질인 게이가 박제한 푸들을 어루만지며 너태샤에게 '딱 이런 털로 만든 후드 달린 코트'를 갖고 싶다고 말했다. 머리가 아팠다.

"목말라" 하고 말했지만 목청을 가다듬는 듯한 소리만 나왔다.

"뭐라고?"

발밑에서 바닥이 살짝 흔들렸다. 차가운 벽을 더듬더듬 손으로 훑으며 거실로 갔다. 리바는 이미 안락의자에 편히 자리잡은 상태였다. 나는 손을 떼고 몸을 가누다가 소파로 비틀비틀 걸어갔다.

"음, 이제 끝났어." 리바가 말했다. "공식적으로 끝났어."

"뭐가?"

"켄하고 말이야!" 리바의 아랫입술이 떨렸다. 그녀는 손가락을 구부려 코밑에 대고 숨을 참았다가 의자에서 일어나 다가오더니 나를 소파 끝으로 밀어붙였다. 나는 움직일 수 없었다. 흐느낌을 참는 그녀의 얼굴이 산소 부족으로 붉게 변하는 모습을 보니 속이 살짝 안 좋았는데 이내 나 또한 숨을 참고 있었다는 걸 알았다. 내가 헉 하고 숨을 내쉬자 리바는 그걸 연민을 못 이기고 나온 감탄사로 착각하고 나를 감싸안았다. 그녀에게서 샴푸와 향수 냄새가 났다. 테킬라 냄새도 났다. 프렌치프라이 냄새도 희미하게 났다. 그녀는 나를 안고 몸을 떨며 한참을 훌쩍훌쩍 울었다.

"너 정말 말랐다." 리바가 훌쩍이는 중간에 말했다. "불공평해."

"나 앉아야 해." 나는 말했다. "떨어져." 그녀가 나를 놔주었다.

"미안." 리바가 내게 말하고 욕실로 가서 코를 풀었다. 나는 소파 등받이를 마주하고 누워서 여우와 비버의 털에 포근히 안겼다. 이제 잘 수 있을지도 몰라, 나는 생각했다. 눈을 감았다. 여우와 비버가 폭포 근처 조그만 동굴 안에서 서로 친하게 어울리는 모습을 떠올렸다. 뻐드렁니가 있고 거칠게 코를 고는 비버는 리바의 완벽한 동물 아바타였다. 나는 사지를 벌리고 바닥에 누워 풍선껌 색깔 같은 분홍색 혀를 깨끗한 털북숭이 주둥이 밖으로 늘어뜨리고 추위에도 아랑곳하지 않는 조그만 흰 여우였다. 변기 물 내리는 소리가 들렸다.

"화장지 떨어졌어." 리바의 말에 환영이 흩어졌다. 몇 주 동안 나는 보데가에서 가져온 냅킨으로 뒤를 닦고 있었고 그녀는 분명 전부터 그걸 알았을 것이다. "술이 있으면 정말로 좋겠어." 리바가 씩씩거렸다. 구두굽이 부엌 타일에 부딪혀 또각거렸다. "이렇게 불쑥 찾아와서 미안해. 나 지금 정말 엉망이야."

"뭔데 그래, 리바." 나는 신음했다. "그냥 말해. 나 지금 몸이 안 좋아."

그녀가 찬장문 몇 개를 여닫는 소리가 났다. 그러더니 머그컵 하나를 가지고 돌아와 안락의자에 앉아 진을 가득 따랐다. 더는 울지 않았다. 침울하게 한숨을 쉬더니 다시 한번 크게 숨을 내쉬고 술을 마셨다.

"켄이 나를 전근시켰어. 다신 날 보고 싶지 않대. 그러니 끝이지. 그 모든 세월을 함께하고 말이야. 내가 하루를 어떻게 보냈는지, 말도 못해." 하지만 그녀는 거기서 내게 말하고 있었다. 점심을 먹고 돌아와 책상 위에 놓인 쪽지를 발견한 기분이 어땠는지를 통틀어 오 분이나 떠들어댔다. "마치 쪽지 하나로 사람과 헤어질 수 있다는 듯이. 나 따위는 전혀 상관하지 않는다는 듯이. 내가 무슨 비서라도 된다는 듯이. 이게 업무의 문제인 듯이. 그건 아니잖아!"

"그럼 뭐였는데, 리바?"

"마음의 문제!"

"오."

"그래서 내가 들어갔더니 켄이 '문은 그대로 열어놔요' 하는데 심장이 쿵쿵 뛰는 거야. 왜 그랬겠어? 쪽지를 뭐? 그래서 그냥 문을 닫고 말했지. '이게 뭐예요? 어떻게 이럴 수 있어요?' 그랬더니 켄이 이러는 거야. '끝났어요. 이제 더이상 만날 수 없어요.' 마치 영화처럼!"

"쪽지에는 뭐라고 쓰여 있었는데?"

"내가 승진하게 된다, 쌍둥이 빌딩에 있는 사무실로 전근될 것이다. 죽은 엄마를 보내고 다시 출근한 첫날에. 켄도 장례식에 왔잖아. 내가 어떤 상태인지도 봤잖아. 그런데 이제 갑자기 끝났다고? 그냥 그렇게?"

"너 승진해?"

"마시가 새로 위기관리 컨설팅회사를 세울 거야. 테러리스트 위기와 기타 등등. 근데 너 내가 한 말 듣긴 했니? 켄이 이제 더 이상 나를 보기 싫대. 심지어 사무실에서도."

"재수없는 놈." 나는 로봇처럼 말했다.

"알아. 그 사람은 겁쟁이야. 내 말은, 우린 사랑했잖아. 완전히 사랑했잖아!"

"그랬니?"

"어떻게 그걸 딱 끊어버리겠다고 결심할 수 있는 거니?"

나는 계속 눈을 감고 있었다. 리바는 쉬지도 않고 그 얘기를 예닐곱 차례 반복했고, 매번 다른 버전으로 말하면서 그 경험의 새로운 측면을 강조하고 거기에 맞춰 분석했다. 나는 리바의 목소리가 울리는 소리만을 들으며 그녀의 말들에서 나를 떼어내려 했다. 리바가 와 있으니 위안이 되었다는 사실을 인정해야 했다. 비디오플레이어만큼이나 좋다고 생각했다. 그녀가 말하는 억양은 내가 백 번쯤 본 영화의 음향만큼 친숙하고 예측 가능했다. 나는 거기 누워 그녀의 말은 듣지 않은 채, 그래서 내가 리바와 이렇게 오래 붙어 지냈구나, 생각했다. 우리가 서로 알게 된 이후 리바는 시도 때도 없이 가정에 근거한 얘기를 늘어놓고 망상과도 같은 연애 감정을 끝없이 묘사했는데 그건 내게 일종의 자장가가 되었다. 리바는 내 불안에 자석 같은 역할을 했다. 내게서 불안을 쏙 빨아냈다. 그녀가 근처에 있으면 나는 불교의 선승과 같았다. 두려움도 욕망도 보통의 세속적 관심도 전부 초월했다. 그녀와 함께 있으면 지금을 살 수 있었다. 과거도 현재도 없었다. 생각도 없었다. 그녀의 모든 허튼소리에 좌우되기에는 내가 너무 진화했다. 그리고 너무 냉담했다. 리바는 화를 내거나 열의를 불태우기도 하고 우울함이나 환희를 느끼기도 했다. 나는 그러지 않았다. 그러기를 거부했다. 아무것도 느끼지 않고 빈 서판이 되었다. 언젠가 트레버는 내가 불감증 같다고 했고 나는 그래도 괜찮았다. 괜찮아. 냉정한 년이 될 거야. 얼음 여왕이 될 거라고. 예전에 누군가 말하길, 저체온증으로 죽을 때는 몸이 춥고 졸리면서 모든 것이 느려지다 그냥 의식을 잃게 된다고 했다. 아무 느낌도 없는 것이다. 참 근사하게 들렸다. 죽기 위한 최고의 방법이었다. 깬 채로 꿈을 꾸며 아무것도 느끼지 않는 것. 기차를 타고 코니아일랜드로 가서 매서운 바람을 맞으며 해변을 걷다가 먼바다로 헤엄쳐나가면 되겠구나, 나는 생각했다. 그런 다음 물위에 둥둥 떠서 별을 보고 누워 있으면 몸이 마비되고 잠이 오면서 하염없이 흘러가는 것이다. 내가 어떻게 죽을지 선택할 수 있어야 공정한 거 아닌가? 나는 아버지처럼 암에 산 채로 잡아먹히며 조용히 수동적으로 죽지 않을 것이다. 적어도 어머니는 자기 방식대로 해냈다. 그 때문에 어머니가 존경스러워지리라곤 생각하지 못했다. 적어도 어머니는 배짱이 있었다. 적어도 자기 손으로 문제를 처리했다.

눈을 떴다. 천장 구석에 생긴 거미줄이 외풍을 받아 좀먹은 비단 조각처럼 펄럭거렸다. 잠시 리바의 말에 귀기울였다. 그녀의 말은 내 정신의 팔레트를 씻어냈다. 리바가 있어 다행이야, 나는 생각했다. 늘 우는소리를 늘어놓는 멍청한 내 진통제.

"그래서 내가 '항상 날 이렇게 등쳐먹는 당신이 정말 지겹네요' 했더니 그 인간이 자기는 내 상사네 뭐네 하는 거야. 완전 마초 아니니? 그러면서 실은 아까 네게 말했던 진짜 문제를 회피하는 거지. 그 문제라면 당장은 생각할 여유도 없지만." 리바가 내게 무슨 얘기를 했는지 아무런 기억이 없었다. 진을 더 따르는 소리. "그러니까, 난 이걸 지키지 않을 거야. 확실해. 특히나 지금은 아니지! 근데 켄은 그 문제에 관여하지 않으려 해. 회피야말로 그의 특징이거든."

나는 고개를 돌려 그녀를 힐끔 보았다.

"날 그렇게 쉽게 털어낼 수 있다고 생각한다면……" 리바가 손가락을 까딱거리며 말했다. "이러고도 아무 탈 없을 거라고 생각한다면……"

"뭔데, 리바? 그 사람을 어쩔 건데? 죽일 거야? 집에 불을 지를 거야?"

"이런 수모를 당하고도 슬쩍 물러날 거라고 생각한다면……"

리바는 말을 끝맺지 못했다. 아무런 협박도 하지 못했다. 자신의 분노가 너무 두려운 나머지 어떤 폭력적 종말로도 상상을 밀고 나갈 수 없었다. 리바는 복수를 해낼 수 없을 것이다. 그래서 내가 제안했다. "아내에게 그 남자가 너랑 잤다고 말해. 아니면 그 남자를 성희롱으로 고소해."

콧잔등을 찌푸리며 잇새로 들숨을 쉬던 리바의 분노가 별안간 계산적인 실용주의로 변신했다. "그래도 사람들이 아는 건 싫어. 그러면 내 입장이 아주 곤란해지잖아. 그리고 승진하는 것도 사실이고. 게다가 난 늘 세계무역센터에서 일하고 싶었어. 그러니 정확히 말해서 내가 불평할 수 있는 건 아니야. 그저 켄이 괴롭기를 바랄 뿐이지."

"남자들은 네가 원하는 방식의 괴로움 같은 건 느끼지 않아." 내가 말했다. "그들은 원하는 걸 가질 수 없을 때 그냥 부루퉁하고 우울해지지. 그래서 네가 해고된 거야. 넌 사람을 우울하게 해. 원한다면 칭찬으로 들어도 좋아."

"전근이야, 해고가 아니라." 리바가 테이블에 머그컵을 내려놓더니 얼굴 앞으로 양손을 들어올렸다. "봐, 덜덜 떨려."

"안 보이는데." 나는 말했다.

"미세한 떨림이야. 난 느낄 수 있어."

"자낙스 먹을래?" 내가 비꼬는 투로 물었다.

놀랍게도 리바가 그러겠다고 했다. 그녀에게 약장에서 약병을 가져오라고 시켰다. 또각거리며 욕실에 다녀온 그녀가 내게 약병을 내밀었다.

"저 안에 처방약이 스무 가지는 되던데," 그녀가 말했다. "저걸 다 먹는 거니?"

나는 리바에게 자낙스 한 알을 주었다. 나는 두 알을 먹었다.

"난 그냥 여기서 눈 감고 누워 있을 거야, 리바. 원하면 머물러도 되지만 난 잠들지 몰라. 정말로 피곤하거든."

"그래, 좋아." 그녀가 말했다. "근데 계속 얘기해도 될까?"

"되고말고."

"담배 좀 피워도 되니?"

나는 손을 내저었다. 그렇게 뻔뻔스러울 정도로 고삐 풀린 리바를 본 적이 없었다. 술을 많이 마셨을 때도 극도로 점잔 빼는 애였다. 그녀가 라이터를 켜는 소리가 들렸다. 그러더니 한참 기침을 했다.

“어쩌면 잘된 건지도 몰라.” 리바가 말했다. 이제는 좀 차분해진 듯했다. “아마 나도 그만 정리하고 다른 사람을 만날 수 있을 거야. 다시 온라인에서 사람을 찾아봐도 되고. 아니면 다운타운 사무실에 괜찮은 사람이 있을지도 몰라. 난 어쩐지 쌍둥이 빌딩이 좋더라. 그 위는 평화로워. 좋은 환경에서 완전히 새로운 사람들과 다시 시작한다면 그들은 날 노예 취급하지 않을 거야. 켄의 사무실에선 아무도 내 말을 듣지 않았거든. 전략회의인가 뭔가를 할 때도 말할 기회를 안 주고 무슨 열아홉 살짜리 인턴 다루듯 내게 회의록이나 쓰라고 했어. 그리고 켄은 우리가 사귀는 사이라는 걸 사무실 사람들이 모르게 하려고 날 아주 엿같이 대했지. 이젠 사귀는 사이도 아니지만. 우리 엄마 장례식에 자기 아내를 데려온 것도 왠지 이상하지 않니? 누가 그런 짓을 해? 그건 무슨 뜻이지?”

“그 사람은 멍청이야, 리바.” 내가 베개에 대고 중얼거렸다.

“어쨌거나. 이제 모든 게 달라질 거야.” 리바가 머그컵에 담배를 넣어 끄며 말했다. “이런 일이 있을 거라고 예감했어. 내가 켄에게 사랑한다고 말했거든, 알지? 물론 그게 낙타를 주저앉힌 마지막 지푸라기가 되었지. 내가 미친년이다.”

"너 트레버랑 마주칠 수도 있겠다."

"어디서?"

"세계무역센터에서."

"난 그 사람이 어떻게 생겼는지도 모르잖아."

"흔하디흔한 왕재수 회사원처럼 생겼어."

"아직도 그 사람 사랑해?"

"끔찍해, 리바."

"그 사람은 아직 널 사랑하는 것 같아?"

"몰라."

"그랬으면 좋겠니?"

답은 '그래'였지만, 내게 거절당하는 아픔을 그가 알았으면 했을 뿐이다.

"우리 아빠가 연애하고 있단 얘기는 내가 했니?" 리바가 말했다. "아빠 고객인데 이름이 바버라야. 자식 없는 이혼녀. 그 여자를 보카러톤에 데려간대. 거기에 있는 공동소유 주택의 지분을 산 것 같아. 몇 달간 추진한 계획이었어. 이제야 아빠가 왜 그리 인색하게 굴었는지 알겠어. 화장? 그리고 플로리다? 엄마가 죽었는데 아빠는 갑자기 따뜻한 날씨가 좋아졌다? 이해할 수 없어. 엄마가 아니라 아빠가 죽었으면 좋겠어."

"조금만 기다리면 돼." 내가 말했다.

"자낙스 한 알 더 줄래?" 리바가 물었다.

"여분이 없어, 리바. 미안."

그녀는 한동안 조용했다. 긴장이 흘렀다.

"아무리 생각해봐도 켄에게 날 등쳐먹은 대가를 치르게 할 유일한 방법은 이걸 지키는 것뿐이야. 하지만 그러지 않을 거야. 어쨌거나 들어줘서 고마워." 그녀는 소파 위로 허리를 숙여 내 볼에 입맞추고 "사랑해" 하고 말한 뒤 떠났다.

그래서 나는 리바가 임신한 거라고 추측했다. 소파에 누운 채 한참 그 문제를 생각했다. 리바의 자궁 안에 조그만 생명체가 있었다. 사고의 결과물. 망상과 부주의의 부작용. 내 상상대로라면 다이어트 탄산음료로 가득할 리바의 자궁 속 양수에 홀로 둥둥 떠서, 그녀가 발작적으로 에어로빅에 몰두할 때마다 이리저리 떠밀리고, 필라테스를 하며 몸통을 격렬하게 쥐어짤 때마다 안에서 꼬집히고 쿡쿡 눌릴 그 생명체가 불쌍하다는 생각이 들었다. 리바는 아기를 지켜야 하지 않을까, 나는 생각했다. 아기가 그녀를 망상에서 깨울지도 모르니까.

나는 일어나서 솔포톤 한 알과 자낙스 한 알을 먹었다. 다른 어느 때보다 이 순간 영화가 있었다면 긴장 해소에 도움이 되었을 것이다. TV를 켰다가—ABC7 뉴스—껐다. 브롱크스에서 일어난 충격 사건이나 뉴욕 동남부의 가스 폭발, 지하철 개찰구를 뛰어넘는 고등학생들을 단속하는 경찰, 콜럼버스 서클 광장에서 훼손된 얼음조각상 따위에 대해 듣고 싶지 않았다. 일어나서 넴뷰탈을 한 알 더 먹었다.

다시 트레버에게 전화를 걸었다.

"나야"라는 말이 채 끝나기도 전에 그가 말하기 시작했다. 내게 열두 번도 넘게 했던 말과 똑같은 것이었다. 지금 사귀는 사람이 있고 나를 더는 만날 수 없다는 것. "그냥 친구로서도 안 돼." 그가 말했다. "클로디아는 이성 간의 플라토닉한 관계가 가능하다고 생각하지 않고 나도 그 말이 옳다고 깨닫기 시작했어. 클로디아가 이혼 절차를 밟고 있어서 민감한 시기이기도 해. 그리고 난 정말로 이 여자가 좋아. 믿을 수 없이 근사해. 아들은 자폐증이고."

"난 그저 돈을 좀 빌릴 수 있을까 해서 전화한 거야." 내가 말했다. "비디오플레이어가 방금 고장났어. 그리고 난 지금 달아올랐고."

정신 나간 말처럼 들린다는 건 알았다. 의자에 앉은 트레버가 뒤로 기대며 넥타이를 푸는 모습, 다리 사이의 물건이 현명한 판단을 거스르고 꿈틀대는 모습을 상상할 수 있었다. 그의 한숨소리가 들렸다. "돈이 필요하다고? 그래서 전화한 거야?"

"아파서 밖에 못 나가. 새 비디오플레이어를 사서 가져올 수 있어? 정말로 필요해. 약을 아주 많이 먹거든. 방 저쪽으로도 가기가 힘들어. 침대 밖으로도 거의 못 나가고." 나는 트레버를 알았다. 그는 내가 약할 때 거부하지 못했다. 그의 참 신기한 아이러니였다. 남자들은 대개 불쌍한 사람에게서 흥미를 잃는데, 트레버에겐 욕정과 연민이 긴밀히 연결되어 있었다.

"이봐, 난 지금 네 문제를 해결해줄 수 없어. 그만 가봐야겠다." 그가 그렇게 말하고 전화를 끊었다.

그만하면 공정했다. 그는 질이 늙고 축 늘어진 사모님과 그 여자의 모자란 아들을 가지면 된다. 이 새로운 연애가 어떻게 진행될지 알 수 있었다. 몇 달간 고귀한 선언—"당신을 위해 함께하고 싶어요. 부디, 내게 기대요. 사랑해요"—을 하며 그 여자의 마음을 얻을 것이다. 하지만 실제로 어려운 일이 벌어지면—가령 여자의 전남편이 양육권 소송을 제기하거나—의문을 품기 시작할 것이다. "당신의 필요를 위해 내게 필요한 걸 희생하라고 요구하는 거예요? 얼마나 이기적인 짓인지 정말 모르겠어요?" 그들은 언쟁할 것이다. 트레버는 달아날 것이다. 심지어 내게 전화해 사과할지도 모른다. "지난번에 통화했을 때 차갑게 굴어서 미안해. 그때는 굉장한 심적 압박에 시달렸어. 서로 이해하고 지나갈 수 있으면 좋겠다. 네 우정은 내게 큰 의미가 있어. 널 잃기는 싫어." 지금 오지 않더라도 며칠 안에는 반드시 올 거다.

나는 생각했다. 자리에서 일어나 트라조돈 몇 알을 먹고 다시 누웠다.

또 트레버에게 전화했다. 이번에 그가 받았을 때 나는 그에게 말할 틈을 주지 않았다.

"앞으로 사십오 분 안에 나랑 씹하러 여기 오지 않을 거면 그냥 앰뷸런스를 불러. 난 여기서 피 흘리며 죽어갈 테고, 보통 사람들처럼 욕실에서 손목을 긋지도 않을 거야. 앞으로 사십오 분 안에 여기 오지 않으면, 바로 이 소파 위에서 목을 그을 거야. 그러면서 변호사에게 전화해서 이 아파트 안에 있는 모든 걸 당신한테 남긴다고 말할 거야. 특히 이 소파를. 그러니 뒤처리할 때가 되면 클로디아든 누구든 의지해. 그 여자가 소파 천갈이를 잘하는 사람을 알 거야."

전화를 끊었다. 기분이 나아졌다. 수위에게 전화했다. "내 친구 트레버가 오고 있어요. 도착하면 위로 올려보내세요." 나는 현관문 자물쇠를 풀고 전원을 끈 휴대전화를 밀폐용기에 넣어 포장테이프로 밀봉한 다음 개수대 위 찬장의 가장 높은 선반 뒤쪽으로 깊숙이 밀어넣었다. 앰비언을 몇 알 더 복용하고 배를 먹은 뒤 엑손모빌 광고를 보면서 트레버를 생각하지 않으려고 애썼다.

기다리는 동안 블라인드 살대를 벌리고 바라본 바깥은 캄캄하고 춥고 얼어붙은 한밤중이었다. 나는 저 바깥세상 사람들을, 담요에 싸여 사랑하는 어머니의 품에 안긴 신생아처럼 깊이 잠든 잔인한 그들을 생각했다. 그러다 내 어머니의 앙상한 쇄골, 브래지어의 흰 레이스, 겉옷 아래에 항상 받쳐 입었던 실크 캐미솔과 슬립 원피스의 흰 레이스, 그리고 욕실 문 뒤쪽에 걸려 있던, 고급 호텔에 비치된 것과 같이 두껍고 호사스러운 테리 소재 목욕 가운의 흰색을 생각했다. 실크 새틴 소재라 끈이 고리에서 자꾸만 빠지던 회색 실내복은 일본 회화에 묘사된 강물처럼 잔주름이 물결쳤고, 그 사이로 번쩍 드러난 어머니의 팽팽하고 파리한 다리는, 하얀 배로 햇빛을 튕겨내고 부채 모양 꼬리로 토사를 휘저어 연못 물을 마술쇼의 연기처럼 뿌옇게 하는 잉어 같았다. 어머니가 둥글고 두꺼운 화장솔을 파운데이션 가루 안에 넣었다가 수분 로션을 발라 광택이 도는 창백하고 해쓱한 얼굴에 문지르면 거기서도 연기가 피어났다. 자신의 표현대로 '얼굴을 덧칠하는' 어머니를 보면서 궁금했던 기억도 났다. 나도 언젠가 어머니처럼 될까 하고. 머릿속 생각을 계속 잊어버리고 최근 몇 분간 새겨진 기억만을 저장할 수 있는 기억력 덕분에 권태를 이겨내며 인공수조 안을 빙글빙글 도는 아름다운 물고기가.

그런 삶도 전혀 나쁘지 않을 것 같다고 잠시 그렇게 느꼈다. 그래서 소파에서 일어나 인페르미테롤 한 알을 먹고 이를 닦은 후 방에 들어가 옷을 모두 벗고 침대에 올라간 다음 이불을 머리 위로 올렸다. 그러다 시간이 좀 흐른 후—아마도 이삼 일—에 헛구역질과 기침을 하며 깨어났는데, 얼굴 앞에서 트레버의 고환이 달랑거렸다. "세상에." 그가 웅얼거렸다. 나는 여전히 정신이 산만했고 머리가 어질어질했다. 다시 눈을 감은 채 트레버가 침 범벅된 성기를 손으로 치덕치덕 문지르는 소리를 들었고, 분출된 정액이 내 가슴 위로 쏟아지는 걸 느꼈다. 갈비뼈 사이 고랑으로 한 방울이 흘러내렸다. 나는 반대쪽으로 돌아누워 그가 침대 가장자리에 앉는 걸 감지하고 숨을 쉬는 소리를 들었다.

"나 가야 해." 잠시 후 그가 말했다. "또 여기 너무 오래 있었다. 클로디아가 슬슬 걱정하겠어."

손가락 욕을 해주려고 손을 들려 했지만 그럴 수 없었다. 말을 하려 해도 신음만 나왔다.

"있잖아, 일이 년만 지나면 비디오플레이어는 쓸모없게 될 거야." 그가 말했다. 그러더니 그가 욕실에 들어가는 소리, 변기 좌석이 물탱크에 부딪히는 소리, 오줌이 물에 튀는 소리, 물 내리는 소리, 그러고서 개수대에서 오랫동안 물 흐르는 소리가 났다. 아마 제 물건을 씻고 있었을 것이다. 그가 다시 돌아와 옷을 입더니 옆에 누워 이십 초 정도 나를 뒤에서 안았다. 가슴에 닿는 그의 손은 차가웠고 목덜미에 느껴지는 숨결은 뜨거웠다. "이번이 마지막이었어." 그가 말했다. 마치 아주 성가신 일을 해준 것처럼, 내게 엄청난 호의를 베푼 것처럼. 그러더니 침대 밖으로 펄쩍 뛰어나가 내 몸을 텅 빈 바다의 부표처럼 튀어오르게 했다. 문이 쾅 닫히는 소리가 들렸다.

나는 일어나서 옷을 좀 걸치고 애드빌을 몇 알 먹은 다음 침대 이불을 소파로 끌고 갔다. 테이블 위에 DVD플레이어가 상자째 놓여 있었다. 그 광경에 넌더리를 느끼며 덮개 아래에 끼워진 영수증을 보았다. 현금 계산. 트레버는 내게 DVD가 하나도 없다는 걸 알았을 테다.

홈쇼핑네트워크 채널을 틀었다. 몽롱한 정신에 볼프강퍽비스트로 컬렉션의 밥솥을 샀고, 큐빅 박힌 테니스 팔찌*와 실리콘 패드가 들어간 볼륨 업 브래지어 두 개, 잠자는 아기 모양의 핸드페인팅 도기 조각상 일곱 개를 샀다. 그건 리바에게 조의를 하는 의미로 줘야겠다고 결론내렸다. 마침내 녹초가 된 나는 내 정신으로부터 겨우 일 센티미터쯤 벗어나 잠이 들었고, 소파 위에서 반쯤 자다 깨다 하며 밤을 보냈다. 온몸의 뼈가 점점 꺼지는 쿠션 안으로 파고들었고, 목은 간질간질하고 따끔거렸으며,

* 동일한 크기의 보석이 전체적으로 둘러진 팔찌. 테니스 선수 크리스 에버트가 이 디자인의 팔찌를 차고 시합하다 도중에 팔찌가 끊어져 경기가 중단된 사건 이후 이와 같은 별칭이 생겼다.

심장은 일정 간격을 두고 내달리다 느려지기를 반복했고, 눈은 이따금 번쩍 뜨이며 거실 안에 정말로 나 혼자만 있는지 확인했다.

여섯

아침에 닥터 터틀에게 전화했다.

"불면증이 갑자기 심해졌어요." 내가 말했다. 마침내 그 말이 진실이 되었다.

"목소리만 들어도 알겠군요." 그녀가 말했다.

"앰비언이 몇 개 안 남았어요."

"음, 그건 소용없어요. 잠시 전화기를 내려놓을 테니 기다려줘요." 변기 물이 쏴아아 빠져나가는 소리, 닥터 터틀이 스타킹을 올리며 목 깊은 데서 내는 듯한 끙끙 소리, 세면대에 물이 쫄쫄 흐르는 소리가 났다. 그녀가 다시 전화를 받고 헛기침을 했다. "FDA는 악몽이 신경회로를 재배선하라는 권고일 뿐이라고 하지만 난 그런 말에 신경 안 써요. 사실 그건 직관에 귀기울이는 일과 관련된 문제거든요. 이성이 아니라 충동에 따라 행동한다면 사람들은 훨씬 마음이 편안해질 겁니다. 정신질환 치료에 약물이 매우 효과적인 것도 바로 그 때문이죠. 우리의 판단력을 손상시키니까요. 지나치게 생각을 많이 하려 들지 말아요. 요즘엔 유독 그런 말을 많이 하게 되네요. 세로켈을 복용하고 있나요?"

"날마다요." 나는 거짓말했다. 세로켈은 내게 아무 효과가 없었다.

"앰비언 금단은 위험할 수 있어요. 전문가로서 저는 그 어떤 중장비도—트랙터나 스쿨버스나 그 외 모든 것—운전하지 말 것을 권합니다. 인페르미테롤은 복용해봤나요?"

"아직 안 해봤어요." 나는 다시 거짓말했다.

닥터 터틀에게 진실—인페르미테롤을 먹고 며칠씩 나도 모르게 어울리지 않는 행동을 했고, 그 약이 다른 모든 약의 효과를 없애버렸다고—을 말하면 매우 강력한 경고 신호가 울릴 거라고 생각했다. "의식상실은 수치심에 기반한 질병적 증상일 수 있어요," 하고 그녀가 말할 거라고 상상했다. "후회에 감염되었는지도 몰라요. 아니면 라임병인가? 매독? 당뇨? 철저한 검사를 위해, 소위 '신체 쪽 의사'에게 진단을 받아야 합니다." 그러면 모든 게 망한다. 나는 닥터 터틀의 확고한 신뢰가 필요했다. 뉴욕에 정신과 의사가 부족하지는 않지만 닥터 터틀처럼 무책임하고 이상한 사람을 찾는 건 내가 감당할 수 없을 난제였다.

"아무것도 효과가 없는 것 같아요." 나는 전화로 그녀에게 말했다. "심지어 솔포톤도 믿을 수 없게 되네요."

"그런 말은 하지 말아요." 닥터 터틀이 건성으로 숨이 턱 막히는 척하며 중얼거렸다. 나는 뭔가 더 강한 것, 인페르미테롤보다 강한 것을 그녀가 처방해주기를 바랐다. 페노바비탈. DMT. 뭐든지. 하지만 그런 약을 확보하려면 그게 닥터 터틀의 아이디어인 것처럼 느껴지게 해야 했다.

"뭘 추천하시겠어요?"

"브라질에 있는 명망 높은 동료들 몇 명한테서 들은 건데요, 인페르미테롤을 정기적으로 복용하면 엄청난 구조상 변위가 활성화될 수 있다고 해요. 저용량 아스피린과 아스트랄 프로젝션*을 활용한 섬세한 약물 설계가 뒷받침될 경우 유아론적 공포를 치료하는 데 상당히 효과가 있다고 증명되었습니다. 그게 효과가 없다면 재평가가 이루어져야 해요. 치료 전반에 대한 우리의 접근법을 재고할 필요가 있을 겁니다." 그녀가 말했다. "약물 말고 다른 대안들이 있긴 하지만 더 파괴적인 부작용이 나타나는 경향이 있습니다."

---

* 신비주의 유파의 용어로, 영혼이 육체를 떠나 우주를 여행하게 하는 명상법.

"어떤 건데요?"

"사랑에 빠져본 적 있어요?"

"어떤 의미에서요?"

"그 길은 앞으로 나타나면 건너기로 하죠. 약물에 관해 말씀드리자면, 강력한 진정효과를 내는 가정용 마취요법의 다음 단계는 프로그노스티크론이라는 약입니다. 그게 놀라운 효과를 내는 걸 본 적은 있는데, 알려진 부작용 중 입에 거품을 무는 현상이 있어요. 어쨌든 우리가 간과해선 안 될 가능성은—사실 그런 일은 드물고 제 직업적 경험에서도 전례가 없습니다만—당신에 대한 진단이 잘못되었을 수도 있다는 거예요. 지금 겪고 있는 그건, 어떻게 표현해야 할까요…… 심신증일 수도 있어요. 그럴 위험성이 있으니 우리가 좀 보수적으로 가야 한다고 생각해요."

"인페르미테롤을 먹어볼게요." 내가 단호하게 말했다.

"좋아요. 그리고 날마다 유제품이 풍부한 식사를 하세요. 소는 서서 잘지 누워서 잘지 선택할 수 있다는 거 아세요? 나라면 둘 중 어느 쪽을 택할지는 뻔해요. 스토브를 이용해서 요거트를 만들어본 적 있나요? 대답하지 마세요. 요리 수업은 다음 면담 때로 미루죠. 지금 당신은 제정신이 아니라 기억하지 못할 것 같은데, 자, 적으세요. 1월 20일, 토요일, 두시. 그리고 인페르미테롤을 복용해보세요. 안녕."

"잠깐만요." 내가 말했다. "앰비언은요."

"바로 약국에 재충전 지시를 내릴게요."

전화를 끊고 시계를 보았다. 겨우 1월 7일, 일요일이었다.

욕실로 가서 약장의 재고를 확인하느라 때 묻은 타일 바닥에 약을 전부 쏟아놓고 수를 세었다. 총계를 내자면, 앰비언은 당장 두 알인데 곧 서른 알이 생길 테고, 로제렘 열두 알, 트라조돈 열여섯 알, 그리고 아티반, 자낙스, 발륨, 넴뷰탈, 솔포톤이 각각 열 알가량 있었다. 이에 더해 닥터 터틀이 "이렇게 특이한 약을 재충전하면 보험 마법사들의 억측을 살 수 있으므로" 단 한 번만 처방해준 잡다한 십여 가지 약들이 각각 열 개 아래로 있었다. 예전에는 이 정도 약이면 앰비언을 보수적으로 사용한다고 할 때, 아주 깊지는 않아도 적당한 수면을 한 달간 유지할 수 있었을 것이다. 하지만 이제는 그것들이 다 쓸모없다는 걸 마음으로 알았다. 다양하게 수집한 외국 돈, 총알 없는 권총이나 마찬가지였다. 인페르미테롤은 다른 모든 약을 무의미하게 만들었다. 그게 선반에 있는 다른 약들에 해독 에너지를 발산하고 있나보다, 나는 생각했다. 말도 안 되는 생각임을 알면서도 다른 약은 전부 약장에 다시 넣고 인페르미테롤 병만 꺼내 식탁에 올려놓았다. 우편물을 살펴보는 동안 그 파란 뚜껑이 네온사인처럼 빛났다. 넴뷰탈 몇 알을 먹고서 디메탑 병 밑에 남은 찌꺼기를 들이켰다.

실업자 지원사무소에서 온 통지서를 발견했다. 거기에 전화하는 걸 잊은 것이다. 어쨌거나 얼마 안 되는 그 수당도 이제 한도가 다 되어가니 큰 손실은 아니었다. 통지서를 쓰레기통에 버렸다. 연례 스케일링을 받으러 오라는 치과 주치의의 엽서가 있었다. 쓰레기통. 한 번 빠진 상담에 대해 닥터 터틀이 보낸 청구서가 있었다. 인덱스카드 뒷면에 엽서처럼 손글씨로 썼다. "11월 12일. 예약 불이행 수수료 300달러." 그녀는 지금쯤 그 일에 대해 잊었을 것이다. 그걸 옆으로 치워두었다. 세컨드 애비뉴에 새로 생긴 중동 음식점 쿠폰도 버렸다. 빅토리아스시크릿, 제이크루, 바니스의 봄 카탈로그도 버렸다. 건물 관리인이 오래전에 보낸 단수 통지서. 그 외의 많은 쓰레기. 지난달 현금카드 내역서를 펼치고 모든 청구액을 훑어보았다. 이상한 점은 눈에 띄지 않았다. 대부분이 보데가의 현금지급기에서 인출한 내역이었다. 블루밍데일에서 쓴 몇 백 달러 정도가 예외였다. 아무래도 흰 여우털 코트는 훔친 물건인 건가, 나는 생각했다.

그리고 리바가 보낸 크리스마스 카드가 있었다. "이 어려운 시기에 네가 옆에 있어주었어. 삶의 기복을 겪어나가는 동안 너 같은 친구가 없다면 나는 뭘 어떻게 해야 할지 모를 거야……" 그녀가 어머니의 장례식에서 중간에 그만둔 추도사만큼이나 못 쓴 글이었다. 그것도 버렸다.

자산 관리 변호사에게서 온 편지를 뜯을 때는 내가 비용을 지불해야 하는 일일까봐 걱정되어 잠시 망설였다. 그런 경우라면 수표장을 찾아서 바깥세상으로 나가 지급증지를 사야 할 테니까. 심호흡을 하고 눈앞에 별이 번쩍이는 와중에 어쨌거나 편지를 뜯었다. 손으로 적은 짧은 내용이었다.

"전화로 몇 번이나 연락하려 했지만 음성사서함이 꽉 찬 것 같습니다. 행복한 크리스마스 보내셨기를. 교수님이 이사하겠답니다. 새로운 세입자를 찾기보다는 매물로 내놓아야 한다고 생각합니다. 금전적으로 보면, 집을 팔고 그 돈을 주식에 투자하는 것이 훨씬 이득입니다. 그렇지 않으면 그저 빈 채로 놔두게 될 겁니다."

공간의 낭비, 그는 그렇게 말하고 있었다.

하지만 눈을 감고 그 순간의 집을 떠올렸을 때, 그곳은 비지 않았다. 어머니의 터질 듯한 벽장의 파스텔색 심연이 내게 돌아오라고 유혹했다. 나는 안으로 들어가 옷걸이에 걸린 실크 블라우스들 사이로 어머니의 침실을 엿보았다. 까끌까끌한 베이지색 카펫과 침대 협탁에 놓인 크림색 도자기 전등. 그리고 어머니. 이윽고 복도를 지나 격자 창문을 통과해 아버지의 서재로 들어갔다. 찻잔 받침 위에 말린자두 씨 하나, 네온 초록빛으로 깜빡거리는 커다란 회색 컴퓨터, 빨간색으로 첨삭한 학생들의 과제

물 더미, 샤프펜슬들, 수선화처럼 활짝 펼쳐진 노란색 메모장들. 학회지와 잡지와 신문과 황색 서류철, 그리고 어쩐지 성기를 떠올리게 하는 끈적거리는 분홍색 지우개. 내용물이 사분의 일 정도만 남은 땅딸막한 캐나다드라이 유리병들. 이 빠진 크리스털 접시에 담긴 녹슨 클립, 잔돈, 구겨진 약용사탕 껍질, 셔츠에 다시 달려고 놔두고 달지 않은 단추 한 개. 그리고 아버지.

그 교수가 이사온 이후 마룻장 사이에는 부모님의 머리카락과 눈썹과 피부 각질과 깎은 손톱이 얼마나 남았을까? 그 집을 판다면 새 주인은 단단한 나무마루를 뜯어내거나 그 위에 리놀륨을 깔지도 모른다. 벽에 밝은색 페인트를 칠하고 집 뒤에 데크를 깔고 잔디밭에는 야생화 씨앗을 심을지도 모른다. 봄이 되면 이웃집과 같은 '히피의 집'처럼 보일 수도 있겠구나, 나는 생각했다. 부모님은 싫어했을 것이다.

변호사의 편지를 치워두고 소파에 누웠다. 뭔가를, 찡한 슬픔이나 아련한 그리움을 느껴야 마땅했다. 실제로 마치 한없는 절망 같은 특이한 감각을 느꼈는데, 영화 속에서라면 내가 천천히 고개를 저으며 눈물을 한 방울 떨구는 식으로 얄팍하게 묘사될 감정이었다. 내 슬프고 예쁜 고아 얼굴에 클로즈업. 갑작스러운 장면 전환과 함께 인생에서 가장 의미 있는 순간들을 몽타주한 화면. 처음으로 걸었을 때, 해질녘에 그네를 밀어주는 아빠, 욕조에서 날 목욕시키는 엄마, 여섯 살 생일파티를 하는 뒷마당에서 홈비디오로 찍은 흐릿하고 흔들리는 영상, 거기서 눈가리개를 하고 빙빙 돌다가 그림 속 당나귀에게 종이꼬리를 달아주는 내 모습. 하지만 그리움은 밀려오지 않았다. 이런 것들은 내 기억이 아니었다. 손이 살짝 찌릿한 느낌, 발코니 너머로 소중한 무언가를 떨어뜨릴 뻔했다가 간신히 잡았을 때처럼 으스스한 찌릿함만 느껴졌다. 심장이 약간 덜컹했다. 놓아도 돼, 나는 스스로에게 말했다. 그 집, 이 기분. 더 잃을 게 남아 있지 않았다. 그래서 자산 관리 변호사에게 전화했다.

"돈을 더 버는 방법은 어느 쪽일까요?" 내가 물었다. "집을 파는 쪽과 불태워버리는 쪽 중에요." 전화기 저편에서 숨막히는 정적이 흘렀다. "여보세요?"

"파는 쪽이죠, 확실히." 변호사가 말했다.

"벽장과 지하실에 물건들이 좀 있어요." 내가 말을 시작했다. "그걸 제가 꼭……"

"서류를 전달할 때 꺼내 오면 됩니다. 때가 되면. 교수님이 2월 중순에 나간다니 그때 사정을 봅시다. 일이 진행되면 알려드리겠습니다."

전화를 끊고 코트를 입은 후 라이트에이드에 가려고 아래층으로 내려갔다.

바깥은 춥고 바람이 불었으며 주차된 차 위에서 일어난 눈발이 한낮의 햇빛에 무지갯빛 반짝이처럼 보였다. 보데가 앞을 지날 때 커피 탄내가 나자 약국에 걸어가는 동안 마실 걸 좀 사고 싶은 유혹이 들었지만 그러지 않는 편이 낫다는 걸 알았다. 지금 내게 카페인은 도움이 안 될 것이다. 벌써 몸이 떨리고 신경이 곤두섰다. 앰비언에 큰 기대를 걸었다. 앰비언 네 알을 먹고 연이어 디메탑으로 씻어내리면 최소 네 시간은 곯아떨어질 테지, 나는 생각했다. "긍정적으로 생각해." 리바는 내게 그렇게 말하기를 좋아했다.

라이트에이드에서 비디오를 훑어보았다. 〈보디가드〉 〈마이티 덕〉 〈베스트 키드 3〉 〈브로드웨이를 쏴라〉 〈엠마〉. 그러다 마음 아프게 기억난 사실—진실은 잔인했다—은 비디오플레이어가 아직도 고장난 상태라는 것이었다.

약국 계산대에서 일하는 사람은 새를 닮은 늙은 여자였다. 전에는 본 적이 없었다. 명찰을 보니 이름이 태미였다. 지구상 최악의 이름. 내게 냉담한 직업의식을 보이며 말하는 그 여자가 싫었다.

"생년월일은? 전에 여기 오신 적 있나요?"

"여기서 비디오플레이어도 파나요?"

"아닌 것 같습니다, 손님."

86번가에 있는 베스트바이로 걸어갈 수도 있었다. 거기서 택시를 타고 집에 돌아갈 수도 있었다. 너무나도 게으르구나, 나는 속으로 말했다. 하지만 사실 이즈음에 나는 모든 걸 운명에 맡겼던 것 같다. 멍청한 영화가 나를 구원할 순 없었다. 벌써 머리 위에서 벼락 같은 제트기들의 소리가 들렸다. 내 정신의 대기에서 모든 것을 찢어발기고 그 피해를 연기와 눈물로 가리게 될 우르릉거리는 소음. 그게 어떤 모습일지는 알지 못했다. 그래도 괜찮았다. 디메탑과 앰비언, 조그만 앨토이즈 민트캔디 한 통 값을 치른 후 추위를 뚫고 거리를 활보해 집으로 돌아갔다. 몸을 떨면서도 마음은 안도한 채, 한 걸음씩 내디딜 때마다 달각거리는 알약과 민트캔디 소리가 방울뱀 같다고 생각하면서. 곧 다시 집에 있게 될 거다. 별일 없으면 곧 잠들어 있을 거다.

개 산책 도우미가 낑낑거리는 티컵 강아지와 소형견으로 이루어진 한 무리를 채찍처럼 생긴 목줄로 이끌며 지나갔다. 개들은 젖은 아스팔트 위를 바퀴벌레처럼 소리 없이 잽싸게 달렸고, 하나하나가 어찌나 작은지 사람들의 발에 으깨지지 않은 게 신기할 정도였다. 사랑하기 쉬운. 죽이기도 쉬운. 또 한번 핑 시의 박제된 개들과 그가 개를 죽이는 데 쓴다는 산업용 냉동고에 대한 터무니없는 소문을 생각했다. 팽팽한 시트 같은 바람이 얼굴을 철썩 때렸다. 모피 코트의 옷깃을 목 주위로 바짝 여미며 나 자신이 핑 시의 냉동고 구석에 웅크린 흰 여우라고 상상했다. 냉동고 안에 희뿌연 공기가 몰아치고, 웅웅거리는 냉기 속에서 반으로 가른 소의 몸통들이 삐걱삐걱 대롱거리는데, 정신이 둔해지며 생각은 그 의미에서 분리된 단음절로 바뀌고 그 단음절들이 안개 경보처럼, 정전 통금이나 공습을 알리는 경보처럼 길게 늘어졌다. "지금까지 시범 작동이었습니다." 이가 덜덜 떨리는 느낌이 들었지만 얼굴에는 감각이 없었다. 곧 도착한다. 냉동고는 정말 좋은 생각 같았다.

"방금 꽃이 배달되었어요." 건물로 걸어들어가는데 수위가 말했다. 그가 로비의 작동하지 않는 벽난로 위 선반에 놓인 빨간 장미 꽃다발을 가리켰다.

"나한테요?"

트레버가 보낸 장미일까? 뚱뚱하고 늙은 애인에 대한 생각을 바꾼 걸까? 이건 좋은 일인가? 새로운 삶의 시작일까? 다시 이어지는 로맨스? 내가 그걸 원하나? 심장이 겁먹은 말처럼 뒷발로 일어섰다. 멍청이. 나는 그쪽으로 다가가 꽃을 보았다. 선반 위 벽에 걸린 거울이 여전히 예쁘게 생긴 얼어붙은 시체를 비추었다.

그때 유리화병이 해골 모양임을 알았다. 트레버라면 그런 걸 보내지 않았을 것이다. 그건 아니다.

"이걸 누가 놓고 갔는지 봤어요?" 내가 수위에게 물었다.

"배달원이죠."

"아시아인이었나요?" 내가 물었다.

"늙은 흑인 남자였어요. 도보 배달원."

꽃송이 사이에 소녀 같은 필체로 볼펜으로 쓴 조그만 쪽지가 끼워져 있었다. "내 뮤즈에게. 전화해요. 그러면 시작하는 거예요."

쪽지를 뒤집었다. 핑 시의 명함이었다. 거기에 이름과 전화번호, 이메일 주소와 함께 지금껏 읽은 것 중 가장 진부한 인용구가 쓰여 있었다. "모든 창조 행위는 파괴 행위다. 파블로 피카소."

화병을 선반에서 내려 엘리베이터를 탔고, 장미 냄새가 하수구의 고양이 사체에서 풍기는 악취 같았다. 내가 사는 층에 올라가 복도에 있는 쓰레기 낙하장치의 문을 열고 장미를 아래로 던졌지만 명함은 보관했다. 핑 시가 아무리 역겨워도—그 사람이나 그의 예술을 우러러보지 않았고, 그를 알거나 그가 나를 알기를 바라지 않았다—그의 관심에 기분이 우쭐해졌고, 내 멍청함과 허영이 아직도 온전하다는 사실을 다시 한번 깨달았다. 좋은 교훈. "오, 트레버!"

집에 들어가 핑 시의 명함을 거실의 거울 테두리에, 리바의 폴라로이드 사진 옆에 꽂았다. 앰비언 네 알을 입에 던져넣고 디메탑을 쭉 들이켰다. "넌 이제 굉장히 졸릴 거야." 머릿속으로 말했다. 이불장을 뒤져 깨끗한 시트를 찾고 침대를 정리한 후 이불 속으로 들어갔다. 눈을 감고 어둠을 상상했다. 곡식이 자라는 들판을 상상했다. 사막의 모래언덕들 사이로 계속 바뀌는 모래의 무늬를 상상했다. 센트럴파크 연못 옆 버드나무의 느릿한 흔들림을 상상했다. 파리의 호텔 창가에 서서 칙칙한 잿빛 하늘, 휘어진 녹색 구리판과 점판암 지붕들, 덩굴손 모양으로 장식된 검은 철제 발코니, 그리고 그 아래의 젖은 보도를 바라보는 상상을 했다. 나는 영화 〈실종자〉 속에 있었다. 경유 냄새, 망토처럼 휼날리는 트렌치코트를 어깨에 걸치고 모자에 손을 올린 사람들, 멀리서 울리는 종소리, 두 음이 교차하는 프랑스의 사이렌, 오토바이의 맹렬하고 가차없는 부웅 소리, 휙 지나가는 조그만 갈색 새들. 어쩌면 해리슨 포드가 나타날지도 모른다. 어쩌면 내가 에마뉘엘 세네르가 되어 달리는 차 안에서 잇몸에 코카인을 문지르고, 나이트클럽에서 흐물거리는 뱀처럼 춤을 추며 내 몸매로 모두를 홀릴지 모른다. “자란 말이야. 당장!” 긴 병원 복도, 나를 향해 침착하게 돌진하는 푸른색 수술복 차림의 허벅지가 굵은 간호사를 상상했다. “정말로 미안해요,” 하고 그녀가 말할 참이었다. 나는 돌아섰다. 〈스타트렉〉에서 우피 골드버그가 보라색 가운을 입고 거대한 계기판 앞에 서 있고 그 뒤로 우주 공간이 펼쳐져 무한한 신비를 이루는 장면을 상상했다. 그녀가 나를 보고 말했다. "예쁜 풍경이지?" 그 미소. "오, 우피, 아름다워요." 나는 유리를 향해 한 발짝 다가섰다. 침대 시트가 발에 닿아 헝클어졌다. 나는 완전히 깨어 있지 않았으나 잠으로 들어가는 선을 건널 수 없었다. "가. 계속 가. 심연이 바로 저기 있어. 몇 발짝만 더." 하지만 너무 피곤해서 유리를 뚫고 나아갈 수가 없었다. "우피, 도와줄래요?" 대답이 없었다. 나는 방안의 소리에 귀 기울였다. 동네를 천천히 지나가는 자동차들, 쾅 닫히는 문, 보도 위를 또각또각 걸어가는 하이힐. 아마 저건 리바일 거야, 나는 생각했다. 리바. "리바?" 그 생각에 번쩍 깨어났다.

갑자기 아주 이상한 기분이 들었다. 머리가 목에서 떨어져 나간 뒤, 잘리고 남은 목의 단면에서 칠팔 센티미터 정도 위에 둥둥 떠 있는 느낌이었다. 침대에서 나와 창가로 간 다음 블라인드 살대를 하나 벌리고 밖을 내다보았다. 시선을 동쪽으로 돌려 강 위의 음산한 수평선에 고정했다. 카를슈르츠 공원의 검고 앙상한 나무들 사이로 강물이 아주 잘 보였다. 나뭇가지들이 흐릿한 오후를 배경으로 조롱하듯 일렁이다가 멈추고 그대로 정지했다가 다시 가볍게 떨었다. 왜 저렇게 흔들리는 걸까? 뭐가 잘못된 걸까? 나무들이 비디오테이프를 빨리 감는 것처럼 보였다. 내 비디오플레이어. 왼쪽으로 몇 센티미터 떨어진 곳에 내 머리가 떠 있었다.

넴뷰탈 세 알과 마지막 남은 아티반을 먹고 소파에 털썩 누웠다. 머리 안의 이상한 느낌이 몸통으로 내려가는 것 같았다. 몸통 안에는 내장 대신 공기만 있었다. 마지막으로 변을 본 게 언제인지 기억나지 않았다. 잘 수 있는 유일한 방법이 죽음이라면 어떡하지? 나는 생각했다. 목사와 상담해야 할까? 오, 말도 안 돼. 나는 뒹굴기 시작했다. 그 망할 인페르미테롤을 먹지 않았다면 좋았을 거라고 생각했다. 예전의 반쪽짜리 생활을 돌려받고 싶었다. 비디오플레이어가 작동하고, 리바가 와서 하찮은 불만을 늘어놓으면 그녀의 얄팍한 우주에 몇 시간 정신을 빼앗기다 잠으로 사라질 수 있었던 그때를. 이젠 리바가 승진하고 켄이 이야기에서 사라졌으니 그런 시절은 끝난 건지 궁금했다. 리바가 갑자기 성숙해져서 나를 실패한 과거의 유물로 여기며 내치게 될까? 잠의 한 해가 끝나면 내가 그녀에게 하려 했던 방식으로? 리바가 정말로 정신을 차리고 있을까? 내가 끔찍하게 나쁜 친구라는 걸 이제 깨달을까? 정말 나를 그토록 쉽게 버릴 수 있을까? 아니. 아니. 리바는 아무 생각이 없는 사람이다. 제정신이 아니다. 비디오플레이어가 작동했다면 나는 〈워킹 걸〉을 크게 틀어놓고 보면서 멜라토닌과 동물 크래커를 씹고 있었을 것이다. 아직 남은 게 있었다면 말이지만. 왜 동물 크래커를 사지 않게 된 걸까? 내가 한때는 인간의 아이였다는 사실을 잊은 건가? 그건 좋은 일인가?

TV를 켰다.

〈로 앤드 오더〉를 보았다. 〈뱀파이어 해결사〉를 보았다. 〈프렌즈〉 〈심슨 가족〉 〈사인필드〉 〈웨스트 윙〉 〈윌 앤드 그레이스〉를 보았다.

시간이 삼십 분 단위로 딸깍딸깍 넘어갔다. 며칠 동안 TV를 본 것 같고 잠은 자지 않았다. 이따금 현기증과 메스꺼움을 졸음으로 착각했지만 눈을 감으면 심장이 내달렸다. 〈킹 오브 퀸스〉를 보았다. 〈오프라 윈프리 쇼〉를 보았다. 〈도너휴〉. 〈리키 레이크 쇼〉. 〈샐리 제시 라파엘〉. 내가 죽은 건지 의문이 들었다. 슬픔은 느껴지지 않았고 내세에 대한 걱정만 들었다. 내세도 딱 이렇다면, 이렇게 지겹다면 어떡하지. 내가 죽은 거라면 이걸로 끝이기를, 나는 생각했다. 어리석기도 하지.

어느 순간에는 일어나서 부엌의 수돗물을 벌컥벌컥 마셨다. 그러고서 똑바로 섰을 때 눈이 멀기 시작했다. 머리 위에 형광등이 켜져 있었다. 시야 주변이 검게 변했다. 어둠이 마치 구름처럼 내려와 눈앞에 머물렀다. 눈동자를 위아래로 움직일 순 있었지만 검은 구름은 그 자리에 그대로 있었다. 그러더니 점점 커지고 넓어졌다. 나는 부엌 바닥 위로 무너져 차가운 타일에 널브러졌다. 이제 잠을 자게 될 거야, 나는 소망했다. 모든 것을 내맡기려고 했다. 하지만 잠들지 않았다. 몸이 거부했다. 심장이 덜덜 떨렸다. 숨이 턱 막혔다. 바로 지금인가봐, 나는 생각했다. 바로 지금 급사할 수 있을 거야. 아니면 지금. 지금. 하지만 심장은 그 둔한 쿵쿵거림을 지속하면서 리바가 현관문을 두드리듯이 내 가슴팍을 때렸다. 숨을 멈췄다. 숨을 내쉬었다. 나 여기 있어, 나는 생각했다. 난 깨어 있어. 무슨 소리가 들렸다고, 뭔가가 문을 긁는 소리가 났다고 생각했다. 그러더니 메아리가 울렸다. 그러더니 그 메아리의 메아리가 울렸다. 나는 일어나 앉았다. 찬 공기가 목으로 들이쳤다. "쉬이익" 하며 공기 소리가 났다. 피가 뇌로 몰려가는 소리였다. 시야가 밝아졌다. 나는 소파로 돌아갔다.

제니 존스와 모리 포비치의 토크쇼, 그리고 〈나이트라인〉을 보았다.

20일이 되어 닥터 터틀을 만나기 위해 다운타운으로 갔다. 옷을 입고 벽장에서 꺼낸 고무창 부츠의 끈을 묶는데 술에 취한 느낌이 들고 제정신이 아닌 것 같았다. 부츠를 산 기억은 없었다. 엘리베이터 안에서도, 요크 애비뉴를 가로질러 걸어갈 때도, 택시 안에서도 취한 느낌이었다. 닥터 터틀의 브라운스톤 주택으로 올라가는 계단을 엉금엉금 기어가 초인종을 꽤 오래, 그녀가 문으로 나올 때까지 꾹 눌렀다. 거리에 쌓인 눈 때문에 눈이 부셨다. 나는 눈을 감았다. 정말로 죽어가고 있었다. 닥터 터틀에게 그렇게 말할 참이었다. 나는 좀비였다.

"힘들어 보이네요." 닥터 터틀이 유리창 너머에서 사무적으로 말했다. 현관 입구에 서 있는 그녀를 보았다. 빨간색 긴 속옷 위에 플리스 망토를 걸친 모습이었다. 머리칼이 이마 위로 내려와 안경알 윗부분을 반쯤 가리고 있었다. 다시 목 보조기를 착용한 상태였다.

"재정비를 좀 했어요." 그녀가 문을 열며 말했다. "보면 알 거예요."

진료실에는 한 달여 만에 처음으로 간 것이었다. 초가 가득 꽂힌 메노라* 촛대에서 촛농이 녹아내려 대기실 라디에이터 위의 제빵용 접시에 쌓여 있었다. 한쪽 구석에 처박혀 있는 가짜 크리스마스트리는 위에서 삼분의 일 정도가 잘려나갔고, 잘린 조각은 그 옆의 우유상자 안에 놓여 있었다. 트리의 중심부는 보라색 반짝이줄과 모조 보석류로 보이는 것들—가짜 진주목걸이, 금은 팔찌, 아동용 가짜 다이아몬드 왕관, 방울 모양 클립온 귀걸이**—로 장식되어 있었다.

* 유대교 전통의식에 쓰이는 촛대로, 여러 갈래로 나뉘어 7개 혹은 9개의 초를 꽂을 수 있다.

** 귀를 뚫지 않고 귓불에 물려 착용하는 귀걸이.

진료실에서 요오드와 샐비어꽃 냄새가 났다. 앉을 수 없는 긴 의자가 있던 자리에는 일회용 반창고 색깔의 거대한 마사지 테이블이 있었다.

"바로 얼마 전에 샤먼 자격증을 땄어요. 샤먼sha-man이 아니라 샤우먼sha-woman이라 해야 하나?" 닥터 터틀이 말했다. "서 있기 싫으면 테이블 위에 올라가도 돼요. 아주 팍 쩔었군요. 그런 표현 쓰는 거 맞죠?" 나는 책장에 조심스럽게 기댔다.

"마사지 테이블은 무엇에 쓰나요?" 내가 묻는 소리가 들렸다.

"대부분 신비주의적 재보정에 쓰이죠. 미세체장微細體場*에서 침울 성향의 위치를 찾기 위해 구리로 된 장부못을 사용해요. 고대에 행하던 치유 형태죠. 암을 유발하는 에너지를 찾아내 외과적으로 제거하는 겁니다."

"그렇군요."

"그리고 제가 말하는 수술이란 형이상학적 수술입니다. 자석 흡인 같은 거죠. 관심 있다면 자석 기계를 보여줄 수 있어요. 핸드백 안에 들어갈 정도로 작아요. 값은 꽤 비싼데 굉장히 유용합니다. 굉장히요. 불면증 환자에겐 별로 소용없지만 강박적 도박

* 요가수행이론에서 초감각적 세계에 존재하는 몸을 미세체, 정묘체, 신비체 등으로 칭한다.

꾼과 관음증 환자—달리 말해 아드레날린 중독자들이죠—같은 사람들에겐 도움이 돼요. 뉴욕에는 그런 유형이 수두룩하니까 올해는 더 바빠지리라 예상합니다. 하지만 걱정 마요. 정신과 환자들을 버리진 않을 테니. 어차피 몇 명 되지도 않고요. 그래서 새로운 자격증을 딴 거죠. 돈은 많이 들지만 그럴 가치가 있어요. 그 위에 앉으세요." 그녀가 자꾸 권해서 그렇게 했다. 마사지 테이블의 차가운 인조가죽 모서리를 붙잡고 씨름하며 몸을 위로 끌어올렸다. 병원에 간 아이처럼 다리가 후들거렸다. "정말로 힘들어 보이네요. 요즘은 수면 상태가 어떤가요?"

"말한 대로 심각한 문제가 있어요." 나는 설명을 시작했다.

"말하지 말아요. 무슨 말 할지 알아요." 닥터 터틀이 말했다. 그녀가 책상에서 긴 구리선을 들더니 그 끝을 자기 볼에 대고 부드러운 살을 찔렀다. 내가 기억하는 피부보다 더 탄력 있어 보여서 아마도 닥터 터틀이 내 생각보다 더 젊을 거라는 생각이 스쳤다. 기껏해야 사십대 초반 정도였는지도 모른다. "인페르미테롤 때문이죠. 효과가 없었군요. 맞나요?"

"그건 아니고……"

"정확히 뭐가 잘못됐는지 알아요." 그녀가 말하며 구리선을 내려놓았다. "제가 준 샘플은 아동 용량이었어요. 그건, 말하자면, 물을 흐릴 뿐이죠. 뇌는 어떤 역치를 넘어서야만 비정상적으로 기능할 수 있습니다. 욕조에 물을 채울 때와 같죠. 물이 흘러 넘치기 전에는 아래층 이웃에게 아무런 영향도 주지 않잖아요."

"제가 하려던 말은 인페르미테롤이……"

"누수 때문이죠." 닥터 터틀이 명확히 지적했다.

"이제 진료 기록을 꺼낼 동안 조금만 기다리세요." 그녀가 책상 위의 서류를 정리했다. "12월 이후 처음 온 거네요? 크리스마스는 즐겁게 보냈나요?"

"괜찮았어요."

"올해 산타클로스가 좋은 걸 갖다주던가요?"

"이 모피 코트요." 나는 그녀에게 말했다.

"가족과 보내는 시간은 정신이상자에게 부담이 될 수 있어요." 그녀는 불쌍하다는 듯 혀를 찼다. 왜지? 그녀는 손가락에 침을 묻히고 내 진료 기록부의 서류를 너무나도 천천히 넘겼다. 미치겠다. "맹인이 맹인을 인도한다." 그녀가 애석하다는 투로 말했다. "몇 세기에 걸쳐 잘못 사용되는 표현이죠. 무지를 뜻하는 말이 전혀 아니거든요. 그것은 직관, 즉 심령의 감각인 육감에 관한 말이에요. 그게 없다면 어떻게 달리 맹인이 타인을 인도하겠어요? 그 답은 생각보다 과학과 더 큰 관련이 있죠. 의사가 심장이 멈춘 사람을 소생시키는 모습을 본 적 있나요? 사람들은 전기충격을 이해하지 못해요. 전기의자에 앉는 일과는 달라요. 다

허튼소리죠. 정신의학은 지금까지 큰 발전을 이뤄 영혼의 영역까지 진출했어요. 에너지를 다루는 데까지요. 부인하는 이들도 분명 있지만 죄다 거대 석유업체를 위해 일하는 사람들이죠. 자, 이제 가장 최근에 꾼 꿈에 대해 말해보세요."

"모르겠어요. 항상 잊어버려요. 그리고 잠을 전혀 자지 않아요. 그런 것 같아요."

"잊는 게 아닙니다, 아시겠어요? 의도적으로 무시하는 거죠. 기억 착오가 자기 책임임을 인정하고 계속하시겠어요?"

"네."

"그럼 이제 기술적인 질문을 하겠어요. 숭배하는 영웅이 있나요?"

"우피 골드버그가 제 영웅인 것 같아요."

"가족의 지인인가요?"

"어머니가 돌아가셨을 때 절 돌봐준 사람이에요." 나는 말했다. 우피 골드버그를 모르는 사람은 뭘까?

"어머니는 어떻게 돌아가셨죠? 갑작스러웠나요? 폭력 때문이었나요?"

이 질문에는 이미 대여섯 번쯤 답을 했다.

"내가 죽였어요." 나는 그렇게 말했다.

닥터 터틀이 히죽 웃고 안경을 고쳐 썼다. "어떻게 그런 업적을 이룬 거죠? 은유적으로 말이에요."

나는 생각을 짜냈다. "보드카에 옥시코돈을 빻아 넣었어요."

"그거면 충분하죠." 닥터 터틀이 그렇게 대답하더니 잉크가 안 나오는지 볼펜을 미친듯이 끄적였다. 차마 보고 있을 수가 없었다. 그녀가 이토록 거슬렸던 적은 없었다. 나는 눈을 감았다.

실제로 아버지는 서재에 하얀 대리석 막자사발과 막자를 보관했었다. 골동품이었다. 아버지가 남긴 옥시코돈 병을 가져와 사발 안에 알약을 넣고 빻는 나를 상상해봤다. 약을 갈고 그 흰 가루를 숟가락으로 떠서 어머니의 김 서린 벨베데르 보드카 병에 넣는 내 손이 보이는 듯했다. 나는 병을 흔들어 가루를 섞었다.

"이제 잠시 가만히 앉아 있어요." 닥터 터틀이 내 고백을 무시하며 말했다. 눈을 떴다. "인격 변화를 평가하려 해요. 오늘 당신 얼굴이 중심에서 살짝 틀어졌다는 걸 알았어요. 누군가 그런 지적한 적 없나요? 얼굴 전체가," 그녀가 펜을 들고 눈을 찡긋하며 나를 측정했다. "대략 마이너스 10도 정도로 기울었어요. 내 쪽에서 보면 반시계 방향이지만 집에 가서 직접 거울을 볼 때는 시계 방향이겠죠. 아주 미세한 기울어짐. 정말 눈이 숙련된 사람만 집어낼 수 있는 정도예요. 하지만 우리가 치료를 시작한 시점부터 생각하면 유의미한 편차입니다. 그러니 지금 잠들기가 더욱 힘든 건 당연하죠. 정신의 중심을 잡는 데만도 그만큼 더 힘겹게 노력해야 해요. 헛된 노력이죠, 유감스럽게도. 정신을 표류하도록 내버려두면 중심에서 벗어난 현실에 꽤 수월하게 적응할 수 있다는 사실을 알 겁니다. 하지만 자기정정 본능은 강력하죠. 오, 정말로 강력해요. 그 충동은 적절한 투약을 통해 누그러뜨릴 수 있습니다. 얼굴 편차에 대해선 몰랐나요?"

"네." 나는 대답하며 손을 들어 눈을 만졌다.

닥터 터틀이 종이백 안에 손을 넣어 인페르미테롤 샘플 네 병을 꺼냈다. "용량을 두 배로 늘려요. 하나에 10밀리그램짜리 알약들이에요. 두 알을 복용하세요." 그녀가 약병상자들을 책상 건너편으로 밀며 말했다. "얼굴에 신경쓰느라 밤잠을 못 이룰까봐 말하는데, 기울어짐은 아주 미세해요."

집으로 가는 택시 안에서 색을 입힌 창문에 반사된 내 모습을 보았다. 내 얼굴은 완벽한 균형을 이루었다. 닥터 터틀은 정신이 나간 게 분명했다.

아파트로 올라가는 엘리베이터의 금색 문에 비친 모습도 아직 보기 좋았다. 술 마신 다음날 아침의 젊은 로런 버콜 같았다. 부스스한 조운 폰테인이네, 나는 생각했다. 아파트 현관문을 열 때는 킴 노백이었다. "넌 샤론 스톤보다 더 예뻐." 리바라면 그렇게 말했을 것이다. 그 말이 맞았다. 나는 소파로 가서 TV를 켰다. 조지 워커 부시가 대통령 취임 선서를 하고 있었다. 그가 눈을 가늘게 뜨고 독백을 늘어놓는 모습을 지켜보았다. “책임 수행을 장려하는 일은 희생양을 찾기 위한 행위가 아닙니다. 양심을 요구하는 행위입니다.” 그게 대체 무슨 의미일까? 미국인이 세계의 모든 악에 대해 책임져야 한다는 건가? 아니면 우리 세상에 대해서만? 누가 상관이나 할까?

그때 내 재미없는 냉소에 소환되기라도 한 듯 리바가 다시 한 번 현관문을 두드리고 있었다. 나는 조금 고마운 마음으로 문을 열었다.

“음, 중절 수술 예약했어.” 그녀가 내 옆을 휙 지나 거실로 들어가며 말했다. “내가 옳은 일을 하고 있다고 네가 말해줘야 해.”

“저는 여러분께 시민이 되시라고 요청합니다. 관중이 아니라 시민 말입니다. 피통치자가 아니라 시민 말입니다. 봉사하는 지역사회와 기개 높은 나라를 건설하는 책임감 강한 시민 말입니다.”

“이번 부시는 지난번 부시보다 훨씬 귀엽다. 안 그래? 망나니 강아지처럼.”

“리바, 나 몸이 안 좋아.”

“음, 나도 안 좋아.” 그녀가 말했다. “그냥 자다 일어나보면 모든 게 끝나 있고, 다신 이 문제를 생각하지 않게 되면 좋겠어. 켄에게는 말하지 않을 거야. 그래야 한다는 느낌이 들지만 않으면. 하더라도 끝나고 나서 할 거야. 그 사람이 안타까워할 것 같니? 아, 속이 울렁거려. 아, 정말 끔찍한 기분이야."

"기분을 좀 부드럽게 해주는 걸 줄까?"

"와, 그래."

나는 모피 코트 주머니에서 닥터 터틀이 준 인페르미테롤 샘플 하나를 꺼냈다. 그 약에 리바도 나와 똑같이 반응할지 궁금했다.

"이게 뭐야?"

"샘플이야."

"샘플? 합법적인 거니?"

"그래, 리바. 당연히 합법적이지."

"하지만 이게 대체 뭐야, 인-페르-미-테-롤?" 리바가 상자를 보고는 찢어서 열었다.

"감각을 마비시키는 약이야." 내가 대답했다.

"듣던 중 반가운 소리다. 뭐든 시도해봐야지. 켄이 아직 날 사랑할지도 모른다는 생각 안 드니?"

"안 들어."

리바의 얼굴에 분노가 번쩍 떠올랐다 가라앉았다. 그녀가 병을 흔들어 알약을 하나 꺼내 손바닥 위에 얹었다. 저 얼굴도 기울어졌나? 모든 사람의 얼굴이 그런 건가? 내 눈에 문제가 있나? 리바가 허리를 숙이고 바닥에서 머리 묶는 고무줄을 하나 집었다.

"이거 빌려도 되니?" 나는 고개를 끄덕였다. 그녀가 알약을 내려놓고 머리를 정돈했다. "집에 가면 검색해볼 수 있겠지. 인-페르-미-"

"젠장. 괜찮아, 리바. 그리고 그건 검색 못해." 나는 한번도 검색한 적 없으면서 그렇게 말했다. "아직 시장에 나오지 않은 약이니까. 정신과 의사들에겐 항상 샘플이 있어. 제약회사에서 보낸다고. 다 그렇게 돌아가는 거야."

"그 의사가 토파맥스 샘플도 받을까? 살 빼는 약?"

"리바, 제발."

"그러니까 이게 안전하다는 말이지?"

"당연히 안전하지. 내 의사가 준 거야."

"먹으면 어떤 기분이 드니?"

"잘 설명하기 어려워." 나는 말했다. 진실이었다.

"흐음."

리바에게 솔직할 수 없었다. 의식상실을 겪었다고 인정하면 그녀는 그 얘기를 끝없이 하려 했을 것이다. 그녀가 공포와 충격에 빠져 고개를 설레설레 젓다가 내 손을 잡으려는 꼴을 보게 된다고 생각하니 견딜 수 없었다. "내게 다 말해!" 군침을 흘리며 이렇게 외치겠지. 불쌍한 리바. 그녀는 정말로 내가 뭔가를 나눌 수 있는 사람이라고 생각했는지도 모른다. "영원한 친구 아니니?" 하면서 나와 신성한 계약 같은 걸 맺고 싶어하겠지. 그녀는 항상 계약을 맺고 싶어했다. "적어도 한 달에 두 번은 함께 브런치를 먹기로 계약을 맺자. 매주 토요일에 센트럴파크에서 산책하기로 약속하자. 날마다 전화하기로 하자. 올해 스키 여행 가겠다고 맹세할래? 스키는 칼로리 소비가 엄청나."

"리바," 나는 말했다. "이건 수면제야. 그냥 먹고 자. 켄에게 집착하는 마음에서 좀 벗어나란 말이야."

"이건 집착이 아니야. 의학적 과정이지. 중절 수술은 해본 적이 없어. 넌 어때?"

"기분이 좋아지기를 원하는 거야, 아니야?"

"음, 원하지."

"이 약 먹은 다음에는 집밖에 나가지 마. 그리고 아무한테도 약에 관해 얘기하지 말고."

"왜? 불법 약물이라고 생각해서 그러는 거야? 네 의사가 마약상 같은 거라고 생각하는 거니?"

"이런, 아니야. 닥터 터틀은 인페르미테롤을 내게 주었어, 네가 아니라. 약은 다른 사람과 나눠 먹는 거 아니잖아. 만약 네가 심장마비를 일으키면 이 약을 처방한 게 그 의사라는 사실이 드러날 거야. 소송 같은 문제로 그 의사와 관계를 망치기 싫어. 아마 넌 이거 먹으면 안 되겠다."

"그 약이 내게 해로울 거라고 생각해? 아니면 아기에게 해로울까?"

"아기에게 해로울까봐 걱정하는 거니?"

"아직 내 안에 있는 동안은 아기를 죽이고 싶지 않아." 그녀가 말했다.

나는 눈을 흘기고 그녀가 테이블 위에 놔둔 약병을 흔들어 한 알을 꺼냈다. "나도 한 알 먹을 거야." 나는 입을 벌리고 그 안으로 약을 던져넣었다. 꿀꺽 삼켰다.

"좋아." 리바가 말하고는 핸드백에서 다이어트 세븐업을 꺼냈다. 그리고 영성체를 하듯 인페르미테롤을 혀 위에 올린 뒤 음료 반 캔을 들이켰다.

"이제 우리 뭐하지?"

나는 대답하지 않았다. 그저 소파에 앉아 TV 채널을 돌리다가 취임식을 보도하지 않는 곳을 찾았다. 리바는 안락의자에서 일어나 내 옆에 앉아 TV를 보았다.

"〈베이사이드 얄개들〉 한다!" 그녀가 말했다.

우리는 함께 앉아 드라마를 보았고, 리바는 이따금 잡담을 늘어놓았다. "아무 느낌도 없는데, 넌 있어?" 그러고는 "어차피 세상이 망해가는데 왜 굳이 애를 낳아?" 그러고는 "난 티파니앰버티센이 싫어. 이동주택 주차장에서 사는 애 같아. 걔 키가 165센티미터밖에 안 되는 거 아니? 중학교 때 딱 저렇게 생긴 애가 있었어. 조슬린. 길게 달랑거리는 귀걸이를 누구보다 먼저 차고 다닌 애야." 그러고는 "뭐 좀 물어봐도 돼? 한동안 눌러왔던 질문인데. 화내진 마. 하지만 꼭 물어야겠어. 안 그럼 난 좋은 친구가 아닐 거야" 했다.

"어서 말해, 리바. 뭐든 물어봐."

사흘 후에 깨어났을 때 나는 여전히 집에서 모피 코트를 입은 채 소파 위에 있었다. TV는 꺼졌고 리바는 가고 없었다. 일어나 부엌 개수대에서 물을 마셨다. 리바 아니면 내가 쓰레기를 내다 버린 듯했다. 아파트 안이 이상할 정도로 조용하고 깨끗했다. 냉장고 위에 내게 쓴 노란 포스트잇 쪽지가 있었다.

"오늘은 네 남은 삶의 첫날이야! xoxo*"

내가 무슨 말을 했기에 리바가 그렇게 오만한 격려 문구를 남겼는지 알 수 없었다. 아마 의식이 없는 동안 무슨 계약을 맺은

* 포옹과 키스를 보낸다는 의미의 약어.

모양이었다. "행복하자! 하루하루를 인생의 마지막날처럼 살자!" 웩. 나는 허리를 펴고 냉장고에서 쪽지를 확 떼어내 손아귀에 쥐고 구겼다. 기분이 조금 나아졌다. 스토니필드 바닐라맛 요거트를 한 컵 먹었다. 그걸 산 기억은 없었다.

마음을 진정시키기 위해 자낙스를 몇 알 먹기로 했다. 하지만 욕실 약장을 열어보니 약품이 하나도 없었다. 약병이 모조리 사라졌다.

뱃속이 철렁 내려앉았다. 귀도 살짝 먹먹해졌다.

"여보세요?"

당연히 내 약을 가져간 사람은 리바였다. 의심할 여지가 없었다. 내게 남긴 거라곤 알루미늄 밀봉포장에 든 베나드릴 일 회분, 그러니까 3센티미터짜리 네모판에 포장된 알량한 항히스타민제 두 알이었다. 황망하게 그걸 집어들고 약장 문을 닫았다. 그러다 거울 속 내 얼굴을 보고는 화들짝 놀랐다. 닥터 터틀이 이상한 평가를 한 뒤로 얼굴이 더 변했는지 보려고 거울 앞으로 몸을 기울였다. 정말로 달라 보였다. 어떻게 다른지 콕 집어 말할 순 없지만 예전에 없던 뭔가가 생겼다. 그게 뭘까? 내가 새로운 차원에 들어선 걸까? 말도 안 돼. 약장을 다시 열었다. 마술처럼 약이 다시 나타나는 일은 생기지 않았다.

리바가 이렇게 대담할 줄은 미처 몰랐다. 어쩌면 내가 일부러

약을 숨긴 건지도, 나는 생각했다. 복도와 부엌의 서랍과 찬장을 열어보기 시작했다. 싱크대 위로 올라서서 선반 맨 뒤까지 살폈다. 거기에는 아무것도 없었다. 침실에서는 협탁 서랍이나 침대 아래를 다 뒤졌다. 벽장에 있는 물건을 전부 끌어냈지만 아무것도 찾지 못하고 그것들을 도로 안에 쌓아놓았다. 서랍들을 꼼꼼히 살폈다. 거실로 돌아가 소파 쿠션의 지퍼도 열었다. 어쩌면 소파틀 안쪽에 쑤셔놓았을 수도, 나는 생각했다. 하지만 내가 왜 그런 짓을 하겠나? 침실에서 충전중인 휴대전화를 찾아 리바에게 전화했다. 받지 않았다.

"리바." 나는 음성메시지를 남겼다. 리바는 겁쟁이야, 나는 생각했다. 리바는 멍청이야.

"네가 의사니? 네가 무슨 전문가야? 오늘밤까지 내 빌어먹을 물건들을 약장에 되돌려놓지 않으면 우린 끝장이야. 친구 관계는 끝이라고. 다신 널 보고 싶지 않을 거야. 그러니까 내가 살아있기나 한다면 말이야. 내가 왜 이런 상태가 되었는지 그 내막을 네가 다 알지 못할 수도 있다는 생각은 안 해봤니? 갑자기 약을 끊어버리면 해로운 결과가 벌어질 수도 있다는 생각은 안 해봤어? 약을 안 먹으면 발작이 일어날 수도 있어, 리바. 동맥류 파열. 신경성 쇼크. 알겠어? 완전한 세포 붕괴! 너 때문에 내가 죽으면 넌 기분 더럽겠지. 그래놓고 스스로를 어떻게 감당할래. 얼마나 많이 토하고 스테어마스터를 밟아야 그런 일을 극복할 수 있겠니, 어? 사랑하는 사람을 죽이는 일이 최악의 자멸적 행동이라는 건 잘 알 거야. 철 좀 들어, 리바. 이게 도움 요청이니? 정말이라면 아주 한심한 지랄이다. 어쨌거나 전화해. 기다릴 테니까. 진짜로 몸이 너무 안 좋아."

베나드릴 두 알을 먹고 소파에 다시 앉아 TV를 켰다.

"100대 0이라는 압도적인 표차로 상원은 미치 대니얼스를 새로 출범한 부시 행정부의 백악관 예산관리국장으로 확정했습니다. 올해 쉰한 살인 대니얼스는 인디애나폴리스의 제약회사 일라이 릴리 앤드 컴퍼니의 전무를 역임했습니다."

채널을 돌렸다.

"이번 주에 할리우드의 시나리오 작가들과 제작 간부들 사이에 파업을 막기 위한 협상이 시작됩니다. 파업이 시행되면 TV 영화 제작이 전면 중단되고 수천 명의 시나리오 작가가 연예계에서 일자리를 잃게 될 수 있습니다. 엄청난 파장을 일으킬 이번 파업은 TV에 가장 막대한 타격을 줄 것이며, 시청자들은 대본이 있는 프로그램을 사실상 아무것도 시청하지 못하게 될 수 있습니다."

그다지 나쁜 일 같지는 않았다. 베나드릴이 효과를 내고 있나?

그때 고장난 비디오플레이어 위에 붙은 또다른 포스트잇 쪽지를 발견했다. 저 끔찍한 것! 나는 그게 리바가 "인생을 충만하게 살라"고 격려하는 또하나의 진부한 메시지일 거라고 예상했다. 일어나서 쪽지를 뜯어냈다. 정말로 진부했다. "상상할 수 있는 모든 것이 현실이다. 파블로 피카소." 하지만 리바의 필체가 아니었다. 알아보기까지 꽤 시간이 걸렸다. 그건 핑 시의 필체였다.

변기로 달려갔다.

토사물이 시큼하고 우유맛 나는 시럽처럼 올라왔다. 일부가 얼굴에 튀었다. 아까 삼킨 베나드릴 두 알이 물로 퐁당 떨어지며 형광 분홍색 소용돌이로 퍼지는 모습을 보았다. 며칠 전이라면 물에서 건져내려 했을지도 모르지만 어쨌거나 약은 거의 녹은 상태였다. 그냥 보내주자, 나는 속으로 말했다. 게다가 베나드릴 두 알 따위는 우스개나 마찬가지였다. 불타는 숲에 콧물을 날리는 것처럼. 사자를 길들이려고 엽서를 보내는 것처럼. 변기 물을 내리고 차가운 타일 위에 앉았다. 잠시 주위가 빙빙 돌면서 큰 파도에 떠밀리는 배의 갑판처럼 바닥이 오르락내리락했다. 속이 울렁거렸다. 뭔가 필요했다. 그것 없이는 미쳐버릴 것이다. 죽을 거야, 나는 그렇게 믿었다. 리바에게 전화가 오면 최대한 크게 들리도록 휴대전화 벨소리를 키웠다. 천천히 일어섰다. 이를 닦았다. 거울 속 얼굴이 벌겋고 땀으로 젖어 있었다. 이것은 분노다. 격렬한 두려움이다.

다시 소파에 앉아 TV 화면을 빤히 쳐다보다가 테이블에 발을 올렸다. 핑 시가 남긴 바보 같은 포스트잇 쪽지를 구겼다. 그러고선 혀 위에 올려놓고 입에 침이 고이면서 천천히 풀어지게 놔두었다. 터너클래식무비 채널에서 〈시빌〉을 방영했다. 침착하게 있겠다고 결심했다. 축축한 종이를 조각조각 씹어 삼켰다. "샐리 필드는 폭식증이야." 리바가 함께 있었다면 그렇게 말했을 것이다. "그렇다고 솔직하게 밝혔잖아. 제인 폰더도 마찬가지. 하지만 그건 모르는 사람이 없지. 다이어트 비디오에 나오는 그 여자 허벅지 기억나니? 그건 자연스럽지 않아."

"아, 입 다물어, 리바."

"널 사랑해."

아마 리바는 날 사랑했을 테고, 나는 그래서 그녀를 싫어했다.

의문이 들었다. 리바가 내 약을 모두 훔쳤듯이 나도 어머니의 약을 훔쳤다면 어머니는 더 잘 살았을까? 리바는 자기 어머니의 몸이 불타는 이미지에만 고통받고 있으니 운이 좋았다. '개인용 팬.' 그 어머니의 몸은 어쨌거나 파괴되었다. 더이상 존재하지 않았다. 죽은 내 어머니는 관 속에 누워 말라비틀어진 해골이 되었다. 아직도 나는 어머니가 저 아래서, 몸에 붙은 살이 쪼그라들고 뼈에서 떨어져 흩어지는 동안 억울하고 괴로워하며 무슨 일인가를 꾸미고 있는 듯한 기분이 들었다. 나를 탓할까? 우리는 그녀에게 티에리뮈글러의 카네이션핑크색 정장을 입혀서 묻었다. 머리 모양은 완벽했다. 립스틱도 크리스티앙디오르의 999호 핏빛 빨강으로 완벽했다. 지금 어머니를 파낸다면 그 립스틱 색깔은 희미해졌을까? 어쨌거나 어머니는 이제 거대한 곤충이 벗어놓은 외골격 허물처럼 뻣뻣한 껍질이 되었을 것이다. 그게 내 어머니였다. 학교로 돌아가기 전에 그 모든 처방약들을 변기에 흘려보내고 그 모든 술을 개수대에 부어버렸다면 어땠을까? 어머니는 내가 그래주기를 은밀하게 바랐을까? 내가 그랬다면 어머니는 단 한 순간이라도 행복했을까? 아니면 그런 행동이 그녀를 더 극단적으로 몰았을까? "내 딸이라는 애가!" 내 마음속에서 회한이 살짝 감지되었다. 실내에서 동전 냄새 같은 게 나는 듯했다. 건전지를 시험하느라 혀를 갖다댈 때와 같은 맛이 공기중에서 느껴졌다. 차갑고 전기적인. "나 같은 사람은 차지하는 공간도 아까워. 살아 있어서 미안해."* 아마 나는 환각을 경험하고 있었을 것이다. 아마 뇌졸중을 일으키고 있었을 것이다. 자낙스를 원했다. 클로노핀을 원했다. 리바는 심지어 씹어먹는 박하맛 멜라토닌이 들어 있던 빈 병까지 가지고 갔다. 어떻게 그럴 수 있지?

---

* 영화 〈시빌〉의 대사.

머릿속으로 먹고 싶은 약의 리스트를 만들고 그것들을 먹는 상상을 했다. 손을 오목하게 오므리고 보이지 않는 약을 손바닥에서 빼냈다. 그걸 하나하나 삼켰다. 효과가 없었다. 땀이 흐르기 시작했다. 부엌으로 다시 가서 수돗물을 마시고 냉동실에 머리를 들이밀었는데 쪼글쪼글한 흰 비닐봉지에 싸인 호세쿠엘보 한 병이 보였다. 그게 사람 머리가 아니라서 다행스러웠다. 나는 테킬라를 마시고 폴라로이드 사진 속 리바를 노려보았다. 그러다 리바의 아파트 열쇠 뭉치가 내게 있다는 사실을 기억해냈다.

리바의 집에 마지막으로 들렀던 때 이후로 몇 년간 어퍼웨스트사이드에는 간 적이 없었다. 그 동네에 가니 안전한 느낌이 들며 정신이 맑아졌다. 건물이 더 육중했다. 거리는 더 넓었다. 내가 컬럼비아대를 졸업할 당시부터 그다지 변한 데가 없었다. 웨스트사이드마켓. 리버사이드파크. 1020. 더웨스트엔드. 저렴한 조각피자 가게들. 그래서 리바가 여기를 좋아하나보다, 나는 생각했다. 값싼 탐식. 입맛이 고급스러운 사람은 폭식증에 걸리면 돈이 많이 든다. 리바가 졸업 후에도 이 동네에 살기로 한 선택이 나는 늘 한심하다고 생각했지만, 절망으로 광분한 상태에서 택시를 타고 지나가며 보니 이해할 것 같았다. 과거 속에 사는 안정감이 있었다.

웨스트 98번가에 있는 그 건물 앞에서 리바네 초인종을 몇 번 눌렀다. 아티반이 근사하겠어, 나는 생각했다. 그리고 이상하게 리튬 생각도 간절했다. 그리고 세로켈. 군침을 흘리고 구역질에 시달린 지난 몇 시간이—아마 앰비언, 퍼코셋, 그리고 언젠가 흘린 후 깔고 앉아 있던 비코딘 한 알쯤을 먹고—잠으로 강하게 돌입하기 전에 겪는 정화의 고문 같았다. 나는 리바의 집에서 약을 찾아 집으로 가서 열 시간 내리 잠들었다가 일어나 물 한 잔과 간식을 조금 먹고 다시 열 시간을 자게 될 거라고 생각했다. 제발!

초인종을 또 누르고 기다리면서 리바를 상상했다. 다고스티노스에서 산 식료품을 여남은 봉지나 들고 집을 향해 터덜터덜 걸어오다가 자기를 기다리는 나를 보고 충격과 수치심에 얼굴이 굳는 그 모습을. 팔에는 브라우니 믹스와 아이스크림과 감자칩과 케이크 등, 뭐가 되었든 그녀가 먹고 토하기를 그리도 좋아하는 것들을 가득 안고 있을 거라고도 상상했다. 그렇게 뻔뻔스러울 수가. 그렇게 위선적일 수가. 나는 그 건물의 작고 허름한 현관에서 뱅글뱅글 돌며 서성이다 난폭하게 초인종을 눌러댔다. 기다릴 수 없었다. 내게는 여분의 열쇠가 있었다. 안으로 들어갔다.

계단을 올라가는데 식초 냄새가 났다. 청소용 세제 냄새도 났다. 오줌 냄새가 난다는 생각도 들었다. 이층 난간 위에 연보랏빛이 도는 고양이가 올빼미처럼 앉아 있었다. "동물을 쓰다듬으며 야단 떠는 꿈을 꾸면 원시적이고 폭력적인 결과가 나타날 수 있어요." 언젠가 닥터 터틀이 코를 고는 뚱뚱한 얼룩 고양이를 쓰다듬으며 내게 말한 적이 있었다. 계단참에 올랐을 때 고양이를 계단통 아래로 밀어버리고 싶다는 생각이 들었다. 고양이의 눈빛이 아주 건방졌다. 리바네 문에 노크했다. 사람 목소리는 들리지 않고 바람이 몰아치는 소리만 들렸다. 문을 열면 토끼 캐릭터가 그려진 분홍색 플란넬 파자마에 분홍색 털슬리퍼를 신은 리바가 희한한 당뇨성 혼수에 빠져 있거나, "현실을 어떻게 감당해야 할지 알 수 없어서"라거나 그 밖의 뭐든 그녀가 잘 느끼는 쓰레기 같은 감정에 빠져 발작적으로 울고 있는 모습을 보리라 예상했다. 은색 열쇠로 문을 열었다. 안으로 들어갔다.

"집에 있어?"

어둠 속에서 토사물 냄새를 맡았다고 맹세할 수 있다.

"리바, 나야." 내가 말했다. "네 절친."

문 옆의 전등 스위치를 올렸더니 숨막히게 발간 불빛이 실내를 밝혔다. 조명이 분홍색이라고? 그곳은 기억했던 그대로 지저분하고 조용하고 답답했다. "리바? 여기 있니?" 하나뿐인 거실 창이 이 킬로그램짜리 아령으로 괴인 채 열려 있었지만 바람은 들어오지 않았다. 사이마스터*를 커튼봉에 걸어놓았고, 꽃무늬 커튼은 옆으로 뭉쳐 칩클립**으로 고정했다.

"내 물건 가지러 왔어." 나는 벽에 대고 말했다.

〈코즈모폴리턴〉과 〈마리클레르〉와 〈US 위클리〉가 무더기로 쌓여 있었다. 거실에서 유일하게 움직이는 건 리바의 거대한 델 컴퓨터 화면에서 빙글빙글 소용돌이치는 화면보호기였다. 구석의 조그만 테이블 위에 놓인 컴퓨터는 빨래건조대에 대부분이 가려졌고, 건조대는 앤테일러 스웨터 세트와 바나나리퍼블릭 정장 셔츠, 브래지어와 팬티 여러 벌에 짓눌려 있었다. 누레진 흰색 스포츠브라 대여섯 개. 수없이 많은 살구색 나일론 스타킹. "리바!" 나는 거실에 쌓인 밝은색 운동화 무더기를 걷어차며 크게 외쳤다.

부엌 싱크대 위에는 손가락으로 파먹은 흔적이 있는 말라빠진 시트케이크가 있고 그 옆에는 아이캔트빌리브잇츠낫버터 한 통과 무설탕 메이플시럽이 있었다. 개수대에는 설거짓거리가 쌓여 있었다. 조그만 쓰레기통이 즉석음식 포장지와 사과 속찌꺼기로 넘쳐흘렀다. 땅콩버터가 잔뜩 묻은 토스터용 와플 반 개, 지저분

---

* 허벅지 사이에 끼우고 근육을 단련하는 운동기구의 상표명.

** 플라스틱 집게의 상표명.

한 꼬마당근 봉지. 쓰레기통 옆 판지상자 속에는 우그러뜨린 다이어트 세븐업 캔이 가득했다. 어디에나 널려 있는 다이어트 세븐업. 표면에 초파리가 떠 있는 유리잔 속 오렌지주스.

싱크대 찬장에는 정확히 내가 예상했던 것들이 들어 있었다. 변비 예방 허브차, 메타뮤실 섬유질 보충제, 스위트앤드로, 헬시초이스 수프통조림 더미, 참치통조림 더미. 토스티토스 나초. 골드피시 크래커. 저지방 스키피 땅콩버터. 무가당 젤리. 무가당 허시초콜릿 시럽. 쌀 크래커. 전자레인지용 저지방 팝콘. 옐로우케이크 믹스 여러 상자. 냉동실을 열자 뿌연 김이 퍼져나왔다. 성에가 잔뜩 낀 내부에는 무지방 프로즌 요거트가 가득했다. 무가당 아이스바. 서리가 낀 벨베데르 한 병. 기시감을 느꼈다. 리바가 새로 좋아하게 되었다고 말한 칵테일—인페르미테롤을 먹었을 때 들었던가?—은 저칼로리 게토레이와 보드카를 섞은 것이었다.

"이건 하루 내내 마셔도 탈수가 생기지 않아."

"리바, 지금 숨었다 해도 내가 찾을 거야." 나는 크게 외쳤다.

리바의 침실은 바닥에 놓인 킹사이즈 매트리스보다 약간 큰 정도에 지나지 않았다. 어머니가 병을 앓으면서 "자꾸만 뒤척이는 바람에 아빠가 밤에 잠을 잘 수 없어서 더블 침대 두 개를 마련"했고, 그래서 자신이 그 매트리스를 물려받았다고 리바가 말했었다. 침대 협탁 위 다이어트 세븐업 캔 사이에서 디지털 알람 시계의 초록색 숫자가 빛났다. 네시 삼십칠분이었다. 땅콩버터 냄새와 함께 다시 한번 씁쓸하고 매캐한 토사물 냄새가 났다. 젖혀서 접어놓은 침대 맨 위 이불은 로라애슐리 제품이었다. 시트에는 음식 얼룩이 있었다. 침대 아래를 들여다봤지만 구두, 또다른 잡지, 조그만 빈 요거트 통, 바람을 뺀 축구공처럼 납작하게 눌린 버거킹 종이봉투만 몇 개씩 있을 뿐이었다. 협탁 서랍 안에는 보라색 바이브레이터, 미끈한 초록색 표지가 달린 일기장, 보라색 안대, 체리맛 라이프세이버스 사탕 한 줄 등이 있었다. 그리고 파밍데일의 집에서 티거 의상을 입고 비닐이 덧씌워진 소파에 앉아 수줍은 미소를 띤 리바 어머니의 폴라로이드 사진도 하나 있었는데, 하필 눈을 감은 사이에 사진에 찍힌 어머니는 조그만 곰돌이 푸로 분장한 다섯 살 리바를 무릎에 앉히고 노란 털이 보송보송한 딸의 올챙이배를 부드럽게 감싸안고 있었다. 일기를 꺼내 안을 보았다. 매일 숫자와 덧셈, 뺄셈을 채워놓은 기록이었는데, 동그라미를 친 최종 결과는 그 옆에 웃는 얼굴 또는 찡그린 얼굴을 그려 평가했다. 마지막 기록은 12월 23일이었다. 어머니가 돌아가셨을 때 이 매일의 숫자 게임을 그만둔 모양이었다.

밤마다 그 침대에서, 아마 술에 취한 채 뱃속 가득 아스파탐과

펩시드 소화제를 담고서 자는 리바를 생각했다. 아침마다 그녀는 외출 준비를 하고 평정의 가면을 쓴 채 세상에 나갔다. 그런데 내게 문제가 있다고? 정말 망가진 년은 누구야, 리바? 리바가 더욱더 싫었다.

욕실은 미인대회를 준비하는 사춘기 쌍둥이가 사용할 만한 곳처럼 보였다. 곰팡이와 토사물과 리졸 소독제 냄새가 났다. 모양과 크기가 다양한 화장솔과 도구, 약국용 화장품, 매니큐어, 훔친 테스트용 화장품, 색깔이 열 가지도 넘는 메이블린 립글로스 등으로 터질 듯한 분홍색 확장형 도구함이 있었다. 선반에는 헤어드라이어 두 개, 봉고데기 하나, 판고데기 하나, 보석 박힌 머리핀과 플라스틱 머리띠를 담은 그릇이 하나 있었다. 낮은 욕실장이 딸린 세면대 위 거울의 가장자리에는 패션 잡지에서 오려낸 이미지들이 테이프로 부착되어 있었다. 클라우디아 시퍼의 게스 청바지 광고. 캘빈클라인 속옷을 입은 케이트 모스. 런웨이를 걷는 막대기 같은 인물들. 린다 이밴절리스타. 케이트 모스. 케이트 모스. 케이트 모스. 솜과 면봉을 담은 그릇도 있었다. 실핀을 담은 그릇. 거대한 리스테린 구강청결제 두 병. 저마다 솔이 누렇게 닳아빠진 칫솔이 여남은 개쯤 꽂힌 컵 옆에는 비코딘 처방약이 한 병 있었다. 비코딘! 치과에서 받은 것이었다. 병 안에 열두 알이 남아 있었다. 나는 하나를 먹고 나머지는 주머니에 넣었다. 세면대 아래의 고리버들 바구니 안에서 더 많은 약을 발견했다. 뚜껑을 봉한 분홍색 리본으로 보아 부활절에 쓰였으리라 추측되는 그 바구니를 리바가 샀을 당시에는 안에 초콜릿 달걀이 들어 있었을 것이다. 재고 세일 상품. 바구니 속 내용물은 다이어렉스, 이부프로펜, 미란타, 둘코락스, 덱사트림, 마이돌, 아스피린, 펜펜. 욕실장 뒤쪽 구석에 빅토리아스시크릿의 선물용 쇼핑백이 처박혀 있었다. 그 안에는, 이럴 수가! 내 앰비언, 내 로제렘, 내 아티반, 내 자낙스, 내 트라조돈, 내 리튬. 세로켈, 루네스타. 발륨. 나는 깔깔 웃었다. 눈물을 글썽였다. 마침내 심장 박동이 느려졌다. 손이 약간 떨리기 시작했는데 어쩌면 계속 떨고 있었는지도 모른다. "이렇게 고마울 수가." 나는 소리 내어 말했다. 외풍이 불어와 축하하듯 쾅 소리를 내며 욕실 문을 닫았다.

리튬 세 알과 아티반 두 알, 앰비언 다섯 알을 세어 따로 꺼냈다. 벨벳 같은 암흑을 향해 호화로운 자유낙하를 유도할 근사한 조합 같았다. 트라조돈 두어 알도 꺼냈다. 앰비언을 무겁게 누르는 트라조돈의 특성 때문에, 꿈을 꾼다면 땅에 낮게 깔린 꿈을 꾸게 될 테니까. 그러면 안정적이겠지, 나는 생각했다. 그리고 아티반도 한 알 더. 내게 아티반은 신선한 공기 같았다. 살짝 까끌하고 시원한 바람. 좋구나, 나는 생각했다. 진지한 휴식. 입에 침이 고였다. 훌륭하고 강력한 미국식 잠. 이 알약들이 내 정신에 남은 인페르미테롤의 진창을 걷어내줄 것이다. 그러면 기분이 좋아지겠지. 그러면 준비 완료. 수월하게 살아야지. 수월하게 생각해야지. 뇌가 매끄럽게 움직이겠지. 나는 손바닥에 놓인 알약 모음을 보았다. 스냅사진 같은 장면. 나쁜 꿈이여, 안녕. 폴라로이드 카메라가 있어서 이 장면을 기록할 수 있으면 좋았겠다. "날 잊어, 리바." 그 얼굴 앞에 사진들을 내저으며 나는 말할 것이다. "날 다신 볼 수 없을 거야." 그런데 내가 신경쓰나? 그렇지 않은 것 같았다. 샤워커튼 뒤에서 목을 매단 리바의 시신을 발견하더라도 나는 그냥 집에 갔을지 모른다. 하지만 그 순간은 격식을 차려 기념할 만했다. 내 마법을 되찾았다. 이제 이건 내 거야, 나는 속으로 말했다. 이제 잠들어야지.

수돗물이 주황색인데다 피 맛이 났다. 내 좋은 약을 사탄의 땀으로 씻어넘기고 싶지는 않았다. 부엌 개수대에서 물을 받아야겠다고 생각하며 욕실 문으로 다가가 열려고 했다. 열리지 않았다. 잠금장치를 만지작거리며 문고리를 이쪽저쪽으로 돌렸다. "리바?" 뭔가 걸렸거나 부서졌다. 손바닥에 있는 약 한줌을 코트 주머니에 밀어넣고 문고리를 당기고 비틀면서 다시 돌렸다. 하지만 소용없었다. 나는 안에 갇혔다. 문을 쾅쾅 두드렸다.

"리바!" 다시 외쳤다.

대답은 없었다. 털이 보송보송한 분홍색 변기뚜껑 위에 앉아

이십 분가량으로 느껴지는 시간 동안 문고리를 이리저리 돌렸다. 문을 부수고 나가거나 리바가 퇴근하고 올 때까지 기다려야겠지, 나는 생각했다. 어느 쪽이든 대면을 피할 순 없을 것이다. 리바가 무슨 말을 할지 나는 이미 다 알았다. "너무 오랫동안 비켜서서 방관했어. 네겐 문제가 있어. 난 죽음의 길로 가는 널 그냥 외면할 수 없단 말이야."

그리고 내가 대꾸할 말도.

"걱정은 고맙다." 속이 부글부글 끓는 나, 리바를 죽여버리고 싶은 나. "난 의사의 통제하에 있어, 리바. 내 걱정은 전혀 안 해도 돼. 코셔*를 준수한 처방이라 이렇게 해도 된단 말이야. 다 안전하다고!"

혹은 리바가 상심의 경로를 밟을지도 모른다.

"바로 몇 주 전에 어머니를 땅에 묻었어. 너까지 묻지는 않을 거야."

"땅에 묻지 않았잖아."

"화장했지, 어쨌거나."

"난 수장이 좋아." 나는 말할 것이다. "날 검은 천에 둘둘 싸서 바다에 던져. 해적처럼."

---

* 유대교의 율법을 준수하여 만든 식품, 혹은 그 제조법.

곰팡이 낀 샤워커튼을 젖히고 수건걸이에 코트를 건 다음 욕조에 누워서 기다렸다. 리바가 와서 꺼내주기까지 몇 시간 동안 나는 잠들지 않았다. 잠들지 않으리라는 걸 알았다. 출구가 필요했다. 이 욕실과 약과 불면과 이 빌어먹을 실패한 인생에서 벗어날 출구가.

내 문제에 대한 해법이 떠올랐을 때, 그것은 절벽 위로 내려앉는 매처럼 내 머릿속에 안착했다. 마치 그동안 내내 저 위에서 선회하며 내 인생의 세부를 속속들이 주시하고 모든 조각을 맞추고 있었던 것처럼. "여기가 길이야." 나는 무엇을 해야 할지 정확히 알았다. 갇혀야 했다.

인페르미테롤 한 알로 얼빠진 무의식 상태를 사흘간 지속할 수 있다면, 내가 가진 약은 6월까지 어둠에서 나오지 않아도 될 만큼 충분한 양이었다. 감옥 문지기 하나만 있다면, 밖에 나가 어떤 일에든 연루될 두려움 없이 중단 없는 잠 속에서 살 수 있다. 이 모든 것이 현실적인 문제 같았다. 인페르미테롤이 효과가 있을 것이다. 안도감이 느껴졌고 거의 행복하기까지 했다. 마침내 리바가 집에 돌아와 힘겹게 욕실 문을 열었다가 소리를 꽥 지른 후 내 정신상태를 심각하게 걱정했지만 나는 전혀 개의치 않았다. 그러면서 리바는 나를 욕실 밖으로 떠밀었는데, 아마 뱃속에 토해내고 싶은 쓰레기가 가득차서 그랬던 것 같다.

인페르미테롤만 빼고 다른 약은 그 집에 남겨두었다.

집에 와서 열쇠공에게 전화하고, 다음날 오후에 핑 시와 만나기로 약속한 뒤, 닥터 터틀에게 전화해 앞으로 넉 달간 혼자 알아서 지내보겠다고 말했다.

"잘되면 선생님을 다시 볼 필요가 없을지도 몰라요." 내가 말했다.

"사람들은 항상 그렇게 말하더군요." 그녀가 말했다.

그것이 우리가 나눈 마지막 대화였다.

일곱

"이 옷들 안 입는 거 확실하니? 내가 입어서 늘어난 뒤에 네가 다시 입고 싶어지면 어떡하려고?"

리바에게 전화해 벽장을 정리하겠다고 말한 뒤였다. 그녀는 맨해튼의 다양한 백화점 쇼핑백들을 모아서 들고 왔다. 뭔가 옮겨야 해서 담을 것이 필요할 때를 대비해, 자신의 취향이 고상하다는 사실을 드러내고 돈을 좀 썼으니 꽤 우러러볼 만한 사람임을 주장하고자 아껴둔 것이 분명한 가방들이었다. 가정부나 입주 유모들이 그런 행동을 하는 걸 본 적 있다. 그들은 티파니 보석점이나 삭스피프스애비뉴 백화점의 조그맣고 구깃구깃한 쇼핑백에 점심을 담아 어퍼이스트사이드 주변을 걸어다녔다.

"이 옷 전부 다시는 보고 싶지 않아." 리바가 도착했을 때 내가 말했다. “이것들이 존재했다는 사실을 잊고 싶어. 네가 가져가지 않는 건 기부하거나 버릴 거야.”

“하지만 이걸 전부?”

리바는 사탕 가게에 간 아이처럼, 모든 원피스, 치마, 블라우스 등을 옷걸이까지 통째로 꼼꼼하게 마치 흡혈귀처럼 빼냈다. 명품 청바지도 모조리, 포장 그대로인 속옷도 모조리, 내가 신고 있는 더러운 슬리퍼만 빼고 신발도 모조리.

“이 정도면 맞는 편이야.” 한 번도 신지 않은 마놀로블라닉 구두를 신어보며 리바가 말했다. “이 정도면 괜찮지.”

리바는 해질녘 밀물이 들어올 때 모래성을 쌓는 사람처럼 긴박한 효율성을 발휘해 모든 것을 쇼핑백에 챙겼다. 곧 끝날 것이 확실한 꿈처럼. 재빨리 움직이면 신들이 깨어나지 않을 거야. 상표도 떼지 않은 옷이 대부분이었다.

“다이어트를 계속하라는 좋은 자극이 되겠어.” 리바는 쇼핑백들을 거실로 나르며 말했다. “앳킨스 다이어트가 좋겠다. 앞으로 육 개월간 베이컨과 달걀만 먹을 거야. 마음을 굳게 먹으면 할 수 있겠지. 의사는 중절 수술을 해도 체중이 눈에 띄게 줄진 않을 거라고 했지만 그래도 수술받을 거야. 할 수 있는 건 다 할 거야. 특히 지금은. 사이즈 2면 내 엉덩이엔 무리잖아. 이중 어떤 것도 다시 돌려받고 싶지 않을 거라고 확신해?” 리바는 기쁨에

겨워 얼굴이 발그레했다.

“보석들도 가져가.” 그렇게 말하고 돌아가보니 침실이 이젠 텅 비고 싸늘해진 것 같았다. 리바가 있어서 정말 다행이었다. 그녀의 탐욕이 내 허영을 덜어주었다. 나는 보석들을 하나하나 고르다가 그냥 상자째 줘버리기로 했다. 리바는 왜냐고 묻지 않았다. 어쩌면 내가 의식상실 상태에 있으며, 자신이 질문하면 깨어날 거라고 생각했는지도 모른다. 잠든 야수를 건드리지 말라. 육류 냉동고에 있는 흰 여우를.

엘리베이터를 타고 리바와 함께 내려갔다. 손에 든 가방들이 묵직하면서도 구름 같았고, 엘리베이터 안의 기압이 바뀌면서 마치 태풍 속을 날아가는 듯했다. 하지만 나는 거의 아무것도 느끼지 않았다. 수위가 문을 잡아주는 동안 우리는 밖으로 걸어나갔다.

“오, 정말로 감사합니다. 정말 친절하시네요.” 리바가 갑자기 품위 있고 말이 장황한 숙녀가 되어 말했다. “이렇게 다정하시다니. 감사해요, 마누엘.”

그의 이름. 나는 굳이 알려고도 하지 않았다. 리바에게 도심을 횡단할 택시비로 현금 사십 달러를 주었다. 수위가 휘파람으로 택시를 불렀다.

“나 여행 떠나, 리바.” 내가 말했다.

"재활기관?"

"대충 그런 거야."

"얼마나 오래?" 리바의 눈가가 아주 미미하게 파들거렸고, 모호해서 더 명백한 거짓말임에도 그녀는 별로 멈칫하지 않았다. 하지만 무슨 말을 할 수 있겠는가. 나를 홀로 내버려두게 하려고 나는 리바에게 고급 옷들로 뇌물을 먹였다.

"6월 1일에 돌아올 거야." 내가 말했다. "아니면 더 오래 있을 수도 있고. 전화도 못하게 할 거야. 과거에 알던 사람들과 연락하지 않는 게 최선이라고 했어."

"나한테도?" 리바는 예의를 차리고 있었다. 그녀가 이미 이런 저런 계획을 세우고 있다는 사실을 나는 알 것 같았다. 이 새로운 의상, 번쩍이는 갑옷, 가장 눈부신 위장을 활용해 사랑과 감탄을 얻으러 돌아다닐 계획. 리바가 입김으로 손을 덥히며 고개를 쭉 내밀어 다가오는 택시를 보았다.

"중절 수술 잘되길 빌게."

리바가 진지하게 고개를 끄덕였다. 나는 우리의 친구 관계가 그 순간에 끝났다고 생각한다. 그다음에 온 건 그녀가 내게 주곤 하던 이른바 사랑의 공허한 추억에 불과했다. 나는 그날 리바를 배웅하며 그녀에 대한 내 마음이 편안해지는 걸 느꼈다. 여태껏 나는 리바에게 너무 큰 자존감의 비용을 치르게 했지만, 그녀가 그날 택시 트렁크에 밀어넣고 있던 선물이 그걸 보상하는 것 같았다. 나는 사면받았다. 리바가 나를 안고 볼에 입을 맞췄다.

"네가 자랑스러워." 그녀가 말했다. "잘 이겨낼 거야, 난 알아." 내게서 떨어지는 그녀의 눈에 눈물이 고였지만 아마 추위 때문이었을 것이다. "복권에 당첨된 기분이야!" 리바는 행복했다. 나는 색을 입힌 차창 너머에서 미소 띤 얼굴로 손을 흔들며 멀어지는 그녀의 모습을 바라보았다.

보데가에서 커피 두 잔과 포장되어 나온 당근 케이크를 샀다. 그리고 그 이집트인들이 재고로 가진 쓰레기봉투를 전부 사서 아파트로 올라가 모든 것을 봉투에 담았다. 모든 책, 모든 화병, 모든 접시와 대접과 포크와 칼. 내 모든 비디오, 심지어 〈스타트렉〉 전집까지. 그래야 한다는 걸 알았다. 나는 곧 깊은 잠에 들어가게 될 테고, 그러고서 새로운 사람이 되어 다시 나오려면 텅 빈 캔버스 상태가 되어야 했다. 흰 벽과 맨 바닥, 미지근한 수돗물 말고는 아무것도 원하지 않았다. 비디오테이프와 CD와 노트북 컴퓨터, 켜지 않은 초, 모든 펜과 연필, 모든 전기선과 강간 방지 호루라기, 내가 가지도 않을 여러 곳을 안내하는 포도어스 여행책자 등을 모두 담았다.

유대인여성위원회 중고품 판매장에 전화를 걸어 이모가 돌아가셨다고 말했다. 한 시간 뒤에 남자 둘이 밴을 몰고 와서 쓰레기 봉투를 한 번에 네 개씩 복도로, 그다음에는 영원히 내 인생 밖으로 날랐다. 가구도 소파 테이블과 침대틀을 포함해 대부분 가져갔다. 소파와 안락의자는 건물 밖으로 옮겨 보도의 갓돌 부근에 놔두도록 했다. 집에 그대로 둔 가구는 매트리스, 식탁, 그리고 접이식 알루미늄 의자 한 개뿐이었다. 의자 쿠션의 얼룩진 회색마 커버는 벗겨서 쓰레기 낙하장치 아래로 던져버렸다. 짜잔.

나를 위해 남겨둔 물건은 수건 한 세트, 시트 두 벌, 두꺼운 이불, 파자마 세 벌, 면 속옷 세 벌, 브래지어 세 개, 양말 세 켤레, 머리빗, 타이드 세탁세제 한 상자, 대용량 루브리덤 수분로션 하나였다. 라이트에이드에서 새 칫솔 하나, 그리고 넉 달분에 해당하는 치약과 아이보리 비누와 화장지를 샀다. 넉 달분에 해당하는 철분보충제, 매일 복용하는 여성용 비타민, 아스피린. 플라스틱 컵과 접시, 플라스틱 포크와 칼 등도 여러 묶음 샀다.

핑 시에게 매주 일요일 오후에 치즈를 추가한 버섯과 페퍼로니 피자 라지 사이즈 한 판을 갖고 오라고 일러두었다. 의식을 찾을 때마다 물을 마시고 피자 한 조각을 먹은 뒤 윗몸 일으키기와 팔굽혀 펴기와 스쿼트와 런지를 할 계획이었다. 입고 있던 옷을 세탁기에 넣고 세탁된 옷은 건조기에 넣은 뒤 깨끗한 옷으로 갈아입고 인페르미테롤을 한 알 더 먹을 계획이었다. 이런 식으로, 내 휴식의 한 해가 끝날 때까지 암흑 속에 머무를 수 있으리라 생각했다.

열쇠공이 왔을 때, 아파트 안에 있는 사람이 밖으로 나가려면 열쇠가 필요하도록 문 바깥쪽에 새 자물쇠를 달아달라고 말했다. 그는 이유를 묻지 않았다. 안에 갇혀 있을 때 밖으로 나가려면 창문을 통하는 방법이 유일할 테다. 인페르미테롤을 먹은 상태에서 밖으로 뛰어내린다면 고통 없는 죽음을 맞이할 수 있겠다고 생각했다. 의식상실 상태의 죽음. 나는 아파트 안에서 안전하게 깨어나거나, 아예 깨어나지 않을 것이다. 그건 사흘마다 한 번씩 마흔 번을 감수하게 될 위험이었다. 6월에 깨어났을 때도 여전히 애써 살 가치가 없다면 삶을 끝내겠다. 창밖으로 뛰어내리겠다. 이것이 나 자신과 맺은 거래였다.

1월 31일에 핑 시가 오기 전에 나는 마지막 산책을 하러 밖으로 나갔다. 하늘은 희부옇고 내 귀를 때리는 바람의 거센 일렁임에 도시의 소음은 지워졌다. 그리움을 느끼지는 않았다. 하지만 두렵기는 했다. 미친 짓이었다. 잠을 통해 새 인생으로 들어간다는 이 아이디어는. 터무니없었다. 하지만 나는 이 여행의 깊은 영역으로 다가가고 있었다. 지금까지는 계속 숲속을 헤매고 있었던 거야, 나는 생각했다. 하지만 이제는 동굴의 입구에 다가가고 있다. 내면 깊은 곳에서 타오르는 불의 연기 냄새가 난다. 무언가를 태워 제물로 바쳐야 한다. 그러면 불이 다 타고 꺼질 것이다. 연기가 사라질 것이다. 내 눈이 어둠에 적응하겠지, 나는 생각했다. 발 딛고 설 자리를 찾겠지. 동굴에서 다시 빛으로 나오면, 마침내 잠에서 깨어나면, 모든 것—모든 세상—이 다시 새로워지겠지.

이스트엔드 애비뉴를 건넌 후, 카를슈르츠 공원을 가로지르는 소금 뿌린 보도를 건너 강을 향해 터덜터덜 건너갔다. 강은 쩍쩍 갈라진 흑요석이 펼쳐진 듯 너른 물길이었다. 모피 코트 옷깃이 턱을 간질였다. 그걸 기억한다. 강가의 난간에서 커플이 서로의 사진을 찍고 있었다.

"우리 둘 사진 좀 찍어주시겠어요?"

나는 축 늘어진 분홍색 손을 주머니에서 꺼내 둔하게 카메라를 잡았다.

"서로 가까이 서세요." 나는 이를 덜덜 떨며 말했다. 여자가 장갑 낀 손으로 윗입술의 물기를 닦았다. 빳빳한 모직 코트 차림의 남자가 앞으로 휘청했다. 나는 트레버를 생각했다. 뷰파인더로 보니 빛은 그들의 얼굴을 비추지 않고 머리카락이 바람에 흩날리는 머리 주위를 환히 밝혔다.

"치즈." 내가 말했다. 그들이 치즈, 하고 반복했다.

그들이 가고 난 뒤 나는 휴대전화를 강물에 던지고 아파트로 돌아가 수위에게 키 작은 아시아인 남자가 나를 정기적으로 찾아올 거라고 말했다. "제 남자친구는 아니지만 그와 비슷하게 대접해주세요. 그 사람이 우리집 열쇠도 갖고 있어요. 완전한 접근권을요." 나는 그렇게 말하고 올라가 목욕한 뒤 첫번째 파자마를 입고 침실의 매트리스에 누워 문에서 노크 소리가 나기를 기다렸다.

"서명하라고 계약서를 가져왔어요." 핑 시가 문가에 서서 말했다. 손에 들고 있던 소형 디지털카메라의 전원을 켜고 가슴 높이로 올렸다. "무슨 문제가 생길 경우, 그리고 당신이 마음을 바꿀 경우를 대비해서. 지금 녹화해도 되겠어요?"

"마음 안 바꿔요."

"그렇게 말할 줄 알았어요."

그러더니 그가 내 출생증명서를 불태우라고 권하며 그 의식을 비디오테이프로 녹화하겠다고 말했다. 나에 대한 그의 관심은 그 개들에 대한 관심과 비슷했다. 그는 기회주의자이자 스타일리스트이며 예술가라기보다는 오락물 제작자였다. 그렇지만 여느 예술가와 마찬가지로, 그는 우리가 함께하는 이 상황—그는 의식을 상실한 동안의 나를 자기의 '모델'로 이용해도 좋다는 완전한 승인을 받은 내 동면 관리인이었다—이 자기 고유의 천재성이 발현된 결과라고 확고하게 믿었다. 마치 전 우주가 조화를 부려 자신이 몇 년 전부터 무의식적으로 예측한 프로젝트로 자신을 이끌었다는 것처럼. 운명적 실현이라는 망상. 그는 자신을 이해하거나 발전하는 데 관심이 없었다. 그저 사람들에게 충격을 주고 싶을 뿐이었다. 그리고 그 때문에 사람들이 자신을 사랑하고 경멸하기를 바랐다. 물론 그의 관객들은 진정으로 충격받지 않았다. 그저 그의 창작 콘셉트에서 즐거움을 느낄 뿐이었다. 그는 미술계의 날품팔이였다. 하지만 성공적이었다. 어떻게 영업해야 하는지 알았다. 나는 그의 턱에 번들거리는 뭔가가 묻은 걸 보았다. 더 자세히 보았다. 턱에 바른 바셀린 밑에 오밀조밀 모인 커다랗고 붉은 여드름 모양 문신이 있었다.

"비디오를 많이 찍을 생각이에요." 그가 말했다. "대개는 이걸 손에 들고 디지털 녹화를 할 겁니다. 화질이 거칠게 나오죠. 난 좋아요."

"상관없어요. 계속 약을 먹는다면 기억도 못할 거예요."

그는 나를 안에 가두고, 이 잠의 감옥에 대해 비밀을 지키며, 내 아파트에 다른 누구도, 그의 조수나 심지어 청소부도 데려오지 않겠다고 약속했다. 촬영 소품이나 가구나 재료가 필요하면 그가 직접 운반해야 하며, 무엇보다 일을 마치고 나갈 때는 매번 어떤 활동의 흔적도 남기지 않아야 했다. 아무리 작은 조각이라도. 내가 인페르미테롤을 복용한 후 의식상실 사흘째에 깨어나면, 마지막으로 깨어났던 날 이후에 무슨 일이 있었는지를 드러내는 아무런 증거도 없어야 했다. 내가 추적할 서사도, 꿰어맞출 조각들도 없어야 했다. 약간의 호기심이라도 생긴다면 내 정신을 깨끗이 비우고 연상작용을 제거하며 뇌와 눈과 신경과 심장의 세포를 신선하고 새롭게 하려는 내 임무에 방해가 될 터였다.

"어쨌거나 내가 뭘 하려는지 당신이 아는 건 나도 원치 않아요. 그러면 내 작업이 엉망이 될 겁니다. 내가 창조의 동력을 얻으려면 당신이 계속…… 순진한 상태여야 해요."

어떤 작품이 될 것인지 말해달라고 내가 사정하지 않아서 그가 실망했다는 생각이 든다. 섹스 비디오를 찍을 수도 있다는 걱정은 들지 않았다. 그는 동성애자임이 확실해 보였다. 나는 위협을 느끼지 않았다.

"이곳이 깨끗하고, 비어 있고, 내가 매번 사흘째에 깨어날 때마다 당신이 가고 없기만 한다면, 그리고 내가 굶어죽거나 뼈라도 부러지는 일이 생기지 않는다면 난 당신의 예술작품에 상관 안 해요. 백지 위임장을 드릴게요. 그저 내가 여기서 나가지만 않게 해줘요. 나도 나름대로 중요한 일을 하고 있어요. 서로 돕는 셈 치죠."

"해준 만큼 받는다는 말이 더 맞겠군요." 그가 말했다. "그냥 여권을 불태우거나 운전면허증을 잘라버리는 건 어때요?" 그가 제안했다. 무슨 생각인지 알 수 있었다. 그는 비평가들이 그 비디오를 어떻게 묘사할지 상상하고 있었다. 그에겐 분석을 위한 미끼가 필요했다. 하지만 그 프로젝트는 '정체성'과 '사회'와 '제도'의 문제를 초월한 것이었다. 내게는 새로운 정신을 위한 탐구였다. 그걸 핑 시에게 설명할 생각은 없었다. 그는 나를 이해한다고 생각하겠지. 하지만 이해하지 못할 것이다. 그래야 하는 것도 아니다. 그리고 어쨌거나 나는 출생증명서와 여권과 운전면허증이 필요하다. 동면이 끝나면 나는 깨어날 테고—그럴 거라고 상상했다—내 과거의 삶을 유산으로 여길 것이다. 은행 계좌를 관리하고 여기저기 다니려면 옛 신분의 증거가 필요할 거다. 다른 얼굴과 몸과 이름을 지닌 채 깨어나진 않을 테니까. 겉보기엔 예전의 나처럼 보일 테니까.

"하지만 그건 속임수죠." 그가 말했다. "여길 걸어나간 후에도 다시 지금과 같은 사람이 될 계획이라면 이러는 의미가 뭡니까?"

"개인적인 거예요." 내가 말했다. "신분증과는 상관없어요. 내면의 문제죠. 내가 뭘 어쩌길 바라는 거죠? 숲으로 들어가 요새를 짓고 다람쥐를 사냥해요?"

"음, 그러는 편이 더 진정한 부활이 되겠죠. 타르코프스키 영화 안 봤어요? 루소의 책 안 읽어봤습니까?"

"난 특권층으로 태어났어요." 나는 핑 시에게 말했다. "그걸 허비하지 않을 거예요. 난 멍청이가 아니라고요."

"그럼 슈퍼8 필름으로 낮춰서 찍어야겠군요. 침실의 블라인드를 내려도 됩니까?" 그는 메신저백에서 손으로 쓴 서류를 꺼냈다.

"계약서는 치우세요." 내가 말했다. "고소하지 않을 테니까. 어쨌든 이 일을 망치지나 마요."

핑 시는 어깨를 으쓱했다.

그에게 새 자물쇠의 열쇠를 주었다.

"필요한 게 있으면 여기에 포스트잇 쪽지를 붙여놓을게요." 내가 식탁을 가리키며 말했다. "이 빨간 펜 보이죠?"

핑 시는 올 때마다 내 침실 문에 걸린 달력에서 지난 날짜를 지우기로 했다. 나는 사흘에 한 번씩 깨어나 달력을 보고 음식을 먹고 물을 마시고 목욕 등등을 할 작정이었다. 매번 한 시간 동안만 깨어 있을 계획이었다. 계산을 해보았다. 앞으로 넉 달, 총 백이십 일 동안 의식이 있는 상태로 보낼 시간은 겨우 마흔 시간이었다.

"좋은 꿈 꿔요." 핑 시가 말했다.

핏기 없는 그의 얼굴은 통통하고—아마 턱에 바른 바셀린 때문일 텐데—어쩐지 흐릿한 인상이었지만 두꺼운 눈꺼풀 아래의 눈은 예리하고 까맣고 맑았다. 나는 그가 어리석다는 사실을 알면서도 그의 결의는 신뢰했다. 그는 나를 밖으로 내보내지 않을 것이다. 자만심 때문에라도 자기가 한 말을 어기지 않을 테고, 야심이 강해서 내 제안을 활용할 기회를 포기하지 못할 것이다. 정신 나간 여자, 아파트 안에 갇히다. 나는 그의 면전에서 문을 닫았다. 그가 열쇠를 돌려 자물쇠를 잠그는 소리가 났다.

인페르미테롤 마흔 알 중 첫번째 한 알을 먹고 침실로 들어가 베개를 부풀린 후 드러누웠다.

사흘 밤이 지나 깜깜한 어둠 속에서 정신을 차린 나는 매트리스에서 기어나와 불을 켜고 거실로 나갔다. 문을 긁은 자국이나 야생동물이 의지에 반해 갇혀 있었던 증거 같은 것을 찾으리라 예상했지만 아무것도 찾지 못했다. 핑 시는 달력에 지난 날짜를 표시하지 않았다. 깨끗하고 텅 빈 아파트는 그 공백 때문에 알아보기가 어려울 정도였다. 옷을 잘 차려입은 부동산 중개인이 쳐들어오는 모습이 그려졌다. 팔을 위로 쳐들고 꽃무늬 스카프를 휘날리며 신혼부부에게 이 아파트의 장점을 격찬하는 모습. "높은 천장, 단단한 목제 바닥, 저 개성적인 몰딩, 그리고 고요함, 이고요함. 저 창문 너머로는 이스트강도 보인답니다." 부동산 중개인의 정장은 카나리아 같은 노란색이었다. 신혼부부는 내가 며칠 전 산책길에서 사진을 찍어준 이들이라고 상상했다. 기억이 상상으로 섞여들었지만 나는 내 상황을 잘 알고 있었다. 나 없이 사흘이 흘러갔고 앞으로도 먼 길이 남아 있음을 이해했다.

핑 시의 흔적은 부엌에 들어가서야 발견했다. 팝스트블루리본 맥주캔 여러 개, 부리토라고 추측되는 내용물 얼룩이 묻은 알루미늄포일, 2월 2일자 〈뉴욕 타임스〉. 나는 포스트잇에 원하는 물품 목록을 적어 식탁에 붙였다. "진저에일, 동물 크래커, 펩토비스몰 소화제." 그런 다음 이렇게 적었다. "왔다 갈 때는 쓰레기를 모두 치워요! 지나간 날짜에 가위표 하고요!" 핑 시는 비디오 프로젝트를 위해 측정하거나 의논하거나 계획을 스케치로 옮기기 위해 왔을 뿐, 실제 작업은 아직 하지 않았을 거라고 나는 추측했다. 그냥 그런 느낌이 들었다.

냉장고에서 피자 한 조각을 꺼내 차가운 채 먹었다. 눈을 감고 형광등 아래서 몸을 흔들흔들하면서. 머리 위에서 흘러내려온 불빛이 부엌 바닥에서 다시 반사되었다. 태양등을 살걸. 그런 생각이 떠오르자 내 머릿속 지루한 구석에 처박아두었던 종이 울리면서 비타민을 먹어야 한다고 알렸다. 수도꼭지에서 나오는 희끄무레한 물을 꿀꺽꿀꺽 삼켰다. 허리를 펴고 똑바로 일어났을 때 현관문의 자물쇠 생각이 나자 공포로 잠시 아득해졌다. 핑 시에게 무슨 일이 일어나면 난 여기서 죽을 수도 있어, 나는 생각했다. 하지만 부엌 불을 끄자마자 공포는 사라졌다.

재빨리 목욕하고 빨래를 세탁기에 넣고 몇 가지 운동을 한 다음, 이를 닦고 인페르미테롤을 한 알 먹은 뒤 다시 침실로 들어갔다. 아직은 그 무엇도 그리 깊게 느껴지지 않았다. 모든 것이 일상적이고 실질적이었다. 의식이 사라지기를 기다리는 사이에 트레버가 무릎을 꿇고 지금 만나는 아줌마 친구에게 구혼하는 모습을 상상했다. 그런 자기만족. 무언가를 '영원히' 원하는 멍청함. 그가, 그 여자가 불쌍하다는 생각이 들었다. 다시 차가운 잠으로 빠져들며 내가 킬킬 웃는 소리, 그러다 한숨을 쉬는 소리를 들었다.

두번째로 깨어난 때는 한낮이었다. 엄지손가락을 입에 문 채 정신을 차렸다. 손가락을 뺐더니 하얗고 쭈글쭈글한데다 턱이 뻐근한 느낌이 들면서 오럴을 해줄 때 일던 경련이 떠올랐다. 그렇다고 어떤 경각심이 들지는 않았다. 나는 정신이 명료하고 배고픈 상태로 일어나 부엌으로 갔다. 핑 시는 달력에 엿새를 지우고 냉장고에 "미안해요!"라고 쓴 포스트잇을 붙여놓았다. 냉장고를 열고 피자 한 조각을 씹어 삼킨 후 비타민을 먹고 슈웹스

한 캔을 들이켰다. 이번에는 쓰레기통이 비닐속지도 없이 텅 비어 있었다. 빈 탄산음료 캔을 부엌 싱크대 위에 올려놓다가 리바, 그리고 테킬라가 가득 든 그녀의 다이어트 세븐업을 아주 잠깐 떠올렸다. 목욕하고 머리 빗고 팔 벌려 뛰기 등등을 했다. 다음번에는 깨어나자마자 시트를 갈아야겠다고 다짐하고 인페르미테롤을 먹은 다음 누워서 손가락으로 턱을 주무르다 의식을 잃었다.

세번째 깨어났을 때는 아파트 안에 갇힌 지 아흐레가 되는 날이었다. 일어났을 때 눈에 문제가 생긴 느낌이 들었다. 멀리 있는 사물에 초점을 맞출 때 쓰는 근육이 위축된 듯했다. 조명을 낮게 유지했다. 샤워실에서 샴푸의 라벨을 읽다가 '라우릴황산나트륨'이라는 말에서 막혔다. 각 단어에서 연상되는 말들이 끝나지 않을 듯 꼬리를 물고 이어졌다. '나트륨.' 소금, 흰색, 구름, 거즈, 토사, 모래, 하늘, 종달새, 끈, 새끼고양이, 발톱, 상처, 철분, 오메가.

네번째로 깨어났을 때, 그 단어들이 다시 나를 붙들었다. '라우릴.' 셰익스피어, 오필리아, 밀레이*, 고통, 스테인드글라스, 교

* 〈오필리아〉를 그린 화가 존 에버렛 밀레이.

구목사관, 항문 마개, 감정, 돼지우리, 스네이크 아이스*, 뜨거운 부지깽이. 수돗물을 잠그고, 세탁물 규칙을 이행하고, 그 밖의 할일을 한 다음 인페르미테롤을 먹고 다시 매트리스 위에 누웠다. '황산.' 사탄, 산성, 라임, 모래언덕, 주거지, 꼽추, 잡종, 사무라이, 여성참정권운동가, 미로.

그렇게 나의 나날은 사흘씩 뭉텅이로 흘러갔다. 핑 시는 달력과 쓰레기 관리에 충실했다. 한번은 포스트잇 쪽지를 써서 슈웹스 대신 캐나다드라이를 사다놓으라고 요청했다. 또 한번은 건조기에 넣는 종이형 섬유유연제를 사다달라고 요청하는 쪽지를 썼다. 창틀에 쌓인 먼지나 솜털 같은 먼지 뭉치, 마룻장 사이에 낀 머리카락 등에 사소하게 신경이 쓰였다. 쪽지를 썼다. "직접 바닥을 쓸거나, 아니면 내가 의식상실 상태일 때 바닥을 쓸라고 말해줘요." 핑 시의 이름을 잠시 잊었다가 기억해냈다. 복도를 지나 아파트의 잠긴 현관문 쪽으로 걸어가 자물쇠라는 관념을 떠올리고 어렴풋이 고개를 끄덕였다. 마치 그것이 그저 이데아에 불과하고, 문 그 자체도 그저 문이라는 이데아에 불과한 것처럼.

* 포커에서 주사위 두 개 전부 1이 나오는 경우.

"플라톤." 분필, 사슬, 할리우드, 헤겔, 카르트 포스탈*, 바나나다이커리**, 산들바람, 음악, 길, 지평선. 현실의 확실성이 뼈에서 칼슘이 빠지듯 흘러나가는 느낌이 들었다. 나는 정신을 굶겨 엇나가게 했다. 느끼는 것이 점점 줄었다. 말이 떠오르면 머릿속으로 그 말을 했고, 말들의 소리에 아늑하게 안겨 그 음악에 취했다.

'진저.' 에일, 연기, 중국, 새틴, 장미, 여드름, 트레블***, 바브카케이크, 주먹.

2월 19일에 거울을 유심히 보았다. 입술이 갈라졌지만 나는 웃고 있었다. 머릿속에서 두 음절이 울렸고 나는 그것을 핑 시가 보게 될 포스트잇 쪽지에 썼다. "립밤."

"챕스틱." 딸기, 리놀륨, 급여 등급, 선데 아이스크림, 푸들.

그러다 쪽지를 또하나 썼다. "고마워요."

2월 25일, 뭔가가 다르다는 걸 곧바로 알아챘다. 나는 매트리스 위에서 팔다리를 뻗고 누운 자세로 깨어나지 않았다. 그 대신 예전에 책상이 놓여 있던 거실의 북동쪽 귀퉁이 바닥에서 웅크

* 프랑스어로 '엽서'.

** 럼에 과일주스를 섞은 칵테일.

*** 성악에서 최고 음역의 소리.

린 채 수건을 덮은 모습으로 정신이 들었다.

가스 냄새가 난다고 생각했고 불이 연상되면서 깜짝 놀라 일어나 스토브로 갔지만, 나중에야 그게 전기스토브라는 사실을 떠올렸다. 아마 그건 내 땀냄새였나보다, 나는 생각했다. 긴장을 풀었다.

냉장고를 열고 노란 불빛 속에 서서 피자 한 조각을 씹었다. 처음에는 침샘이 주저했으나 이내 순순히 반응했고, 그러고 나니 피자 맛이 기억보다 더 좋았다. 건조기에서 깨끗한 파자마를 꺼내 복도에서 갈아입었다. 다시 코를 공기 중에 대고 킁킁거리다 테레빈유 특유의 냄새를 알아차렸다. 침실에서 풍겨나오는 냄새였다. 침실 문은 잠겨 있었다.

문을 두드렸다.

"누구 있어요?"

문에 귀를 대고 들어봤지만 들리는 거라곤 내 얕은 호흡, 눈을 깜빡이는 소리, 입에 침이 고이는 소리, 침을 삼킬 때 목구멍에서 울리는 소리뿐이었다.

비타민은 먹었지만 목욕은 하지 않았다.

그날 인페르미테롤을 먹으며 핑 시의 그림을 떠올렸다. 그 그림이 기억처럼 머릿속에 번쩍 나타났다. 전부 '잠든 나체화'였다. 흐트러진 침대, 허연 팔다리와 금발의 뒤엉킴, 흰 시트의 주름에 깃든 푸르스름한 그림자, 배경의 흰 벽에 반사된 석양. 모든 그림에서 내 얼굴은 가려져 있었다. 그 그림들을 머릿속 눈으로 보았다. 싸구려 기성 캔버스 혹은 그보다 더 작은 밑칠된 패널에 그린 소형 유화들. 순진하고 대단찮은 그림이었다. 상관없었다. 그가 그림들을 수십만 달러에 팔면서 이렇게 주장할 수도 있을 것이다. 그림의 제도화에 대한, 심지어는 미술사를 관통하는 여체의 대상화에 대한 자의식 강한 비평을 담았다고. "학교는 예술가를 위한 곳이 아닙니다." 그가 그렇게 말하는 소리가 들리는 듯했다. "미술사는 파시즘입니다. 이 그림들은 선생들이 쥐여준 책을 읽는 동안 잠들어 있던 우리의 정신이 놓친 것에 관해 이야기합니다. 우리는 우리가 진정으로 누구인지 눈곱만큼도 관심 없는 제도에 세뇌되어 잠들어 있어요. 이 그림들이 주는 지루함은 의도된 특성입니다." 그는 그런 걸 창의적인 개념이라고 생각할까? 내가 그림을 위해 포즈를 취한 기억은 전혀 없지만, 인페르미테롤에 취해 있었다면 그냥 잠든 척했을 것이다.

나는 인페르미테롤을 한 알 먹은 다음, 깨끗한 수건을 접어 베개 대신 머리 아래에 깔고 거실 바닥에 누워 다시 잠들었다.

그다음 한 달 동안은 잠에서 깨어나면 머릿속이 색채로 가득했다. 아파트가 휑뎅그렁하다는 느낌이 덜해지기 시작했다. 한번은 깨어났더니 머리카락이 남자아이처럼 짧게 싹둑 잘려나갔고, 긴 금발이 변기 속에 쑤셔박혀 있었다. 어깨에 수건을 두르고 변기에 앉은 나와 내 앞에 서서 머리를 싹둑싹둑 자르는 핑시를 상상했다. 거울 속 내 모습은 대담하고 발랄해 보였다. 예쁘다고 생각했다. 포스트잇 쪽지에 신선한 과일과 생수, '좋은 일식당'에서 조리한 연어구이를 구해달라고 요청했다. 목욕하는 동안 켜놓을 양초도 부탁했다. 이 기간에 나는 깨어 있는 시간을 부드럽고 온화하게 보냈고, 안락하고 호사스러운 느낌에 점점 다시 익숙해졌다. 약간 살이 올라서 거실 바닥에 누워도 뼈가 배기지 않았다. 얼굴에서 신경질적인 분위기가 사라졌다. 나는 꽃을 사달라고 부탁했다. '백합.' '극락조화.' '데이지.' '버들강아지 가지.' 제자리 달리기, 누워서 다리 들어올리기, 팔굽혀 펴기를 했다. 일어났다가 다시 잠들기까지 시간을 보내기가 점점 편해졌다.

하지만 5월 말이 되자 머지않아 점점 안달이 날 것 같은 느낌이 들었다. 예측이었다. 젖은 도로 위를 달리는 타이어 소리. 창문이 열려 있어서 그 소리가 들렸다. 달콤한 봄 향기가 흘러들어왔다. 바깥세상은 변함없이 돌아가고 있지만 나는 몇 달째 그 세상을 보지 못했다. 팔다리를 뻗고 드러누워 여러 생각을 하자니 너무 힘들었다. 둥근 행성은 자라나는 생물체로 뒤덮였고 그 모든 것이 천천히 회전하는데, 그 회전축을 만드는 것은 뭘까. 어떤 기괴한 우연? 믿기 어려운 얘기 같았다. 세상은 둥글 수도 있지만 마찬가지로 평평할 수도 있다. 누가 무엇을 증명할 수 있을까? 언젠간 이해할 수 있겠지, 나는 속으로 말했다.

5월 28일에 깨어났을 때, 나는 이날을 마지막으로 내 반복적인 세정식과 인페르미테롤 복용이 끝날 것을 알았다. 남은 약이 한 알뿐이었다. 그것을 삼키고 기도로 자비를 구했다.

지나가는 차량의 불빛이 블라인드를 뚫고 들어와 거실 벽에 노란 줄무늬들을 한 번, 두 번 드리웠다. 고개를 들어 천장을 보았다. 마룻장이 폭풍 속에서 급선회하는 배의 신음처럼 짧게 삐걱이는 소리를 냈다. 공기 중의 웅웅거림이 다가오는 파도를 예고했다. 잠이 나를 데리러 오고 있었다. 이즈음 나는 그 소리를 알아들었다. 내 의식적 자아가 금붕어처럼 헤매는 동안 나를 자동조종 상태로 돌려놓는 죽은 공간의 무적霧笛소리. 그 소리는 점점 커져서 귀청을 찢을 듯하다가 멈췄다. 그 적막 속에서 나는 어둠 속으로 흘러들기 시작했다. 처음에는 느리고 꾸준하게 하강하는 탓에 마치 내 몸이 도르래로 내려지는 느낌이 들었다. 천사들이 내 몸에 금실 밧줄을 감아 내려주고 있다고 상상하다가, 곧이어 부모님을 매장할 때 사용된 전동식 관 하강장치를 연상하자 심장이 빠르게 뛰었다. 언젠가 내게 부모가 있었다는 사실,

마지막 남은 약을 먹었다는 사실, 이것이 무언가의 끝이라는 사실을 기억했다. 그러자 밧줄이 끊어진 것처럼 내 몸이 빠르게 떨어졌다. 뱃속이 울렁거렸고 식은땀이 나서 추웠다. 나는 온몸을 뒤척이며 처음에는 추락을 늦추려고 바닥에 깔아놓은 수건을 움켜쥐었다가 그래도 소용이 없자 토끼굴로 떨어지는 앨리스처럼, 혹은 〈인디애나 존스: 최후의 성전〉에서 끝없는 심연으로 떨어지는 엘자 슈나이더처럼 더욱 격렬히 몸부림쳤다. 희끄무레한 안개가 시야를 가렸다. 내가 인장* 너머로 건너간 걸까? 세상이 무너져내리고 있나? 진정해, 진정해, 나는 속으로 말했다. 중력이 나를 더 깊이 빨아들이고 시간의 흐름이 점점 빨라지며 주위의 어둠이 확장되는 느낌이 들다가 마침내 다른 곳에 다다랐다. 지평선도 없는 곳, 끝도 없이 영원해서 두려운 그 공간에서 나는 잠시 평온을 느꼈다. 그러다 내가 어디에도 고정되지 않은 채 둥둥 떠 있다는 사실을 알아차렸다. 소리를 지르려 했지만 그럴 수 없었다. 무서웠다. 두려움이 마치 갈망의 감정처럼 느껴지면서 갑자기 여태까지 간 적 있는 모든 곳, 내가 걸었던 모든 거리, 들어가 앉아 있었던 모든 방으로 돌아가고 싶었다. 전부 다시 보고

* 〈인디애나 존스: 최후의 성전〉에서 동굴 바닥에 새겨진 인장을 넘어가면 불멸의 삶을 주는 성배의 능력이 사라지고, 동굴이 무너져내려 성배를 가진 사람을 묻어버린다.

싶었다. 머릿속에서 폴라로이드 사진들을 넘기며 내 인생을 기억하려 했다. "그곳은 너무 예뻤어. 재미있었어!" 하지만 다시 돌아간다 해도, 그런 일이 삶에서나 꿈에서나 그대로 이루어질 수 있다 해도, 사실은 아무런 의미가 없다는 걸 알았다. 그러자 절절하게 외로워졌다. 그래서 팔을 뻗어 누군가—아마 핑 시였거나 내 몸을 벗어나 깨어 있는 의식이었을 것이다—를 붙들었고, 그 다른 손이 어떤 식으로든 나를 잡아주는 사이에 나는 추락하며 전 은하계를 지나갔다. 점멸하는 빛의 변덕스러운 파동이 내 몸을 훑고 지나며 눈을 거듭 멀게 했고, 압력 때문에 뇌가 지끈거렸으며, 눈에서는 눈물이 흐르면서 내 과거의 영상을 눈물 한 방울, 한 방울에 실어 떨어뜨렸다. 그 축축함이 목을 타고 흘러내리는 느낌이 들었다. 나는 울고 있었다. 그렇다는 걸 알았다. 흑흑거리고 훌쩍이는 소리가 들렸다. 그 소리에 집중하자 우주가 좁아져 섬세한 선이 되었고 궤적이 뚜렷해지자 기분이 나아진 나는 우주 공간을 따라 더 평화롭게 여행했다. 매번 쉬는 숨이 메아리처럼 이어지며 점점 더 부드러워졌고, 그 호흡의 리듬에 귀기울이다보니 나는 아주 멀리 떠나와 있었다. 그곳에는 소리도 움직임도 없었고, 확신이나 방향성도 필요하지 않았다. 나는 어디에도 없고 아무것도 하지 않았기 때문에. 나는 아무것도 아니었다. 나는 사라졌다.

2001년 6월 1일, 거실 바닥에서 가부좌한 상태로 깨어났다. 햇빛이 블라인드 틈새로 가늘게 새어들어와 층층이 십자무늬를 이룬 속에서 노란 먼지가 떠다니다, 내가 실눈을 뜨고 바라보면 흐릿하게 지워졌다. 짹짹거리는 새소리가 들렸다.

나는 살아 있었다.

내가 1월에 요청한 대로 핑 시는 식탁에 옷 한 벌을 펼쳐놓았다. 운동화, 운동복 바지, 티셔츠, 후드 집업. 신용카드들과 운전면허증, 여권, 출생증명서, 그리고 내가 밀봉해 그에게 보관하라고 준 봉투에 1천 달러 현금이 들어 있었다. 에비앙 생수 한 병과 식품점 비닐봉지에 든 사과 한 개, 샘플 사이즈의 뉴트로지나 자외선차단제—친절한 배려—도 있었다. 식탁 위의 포스트잇 쪽지들이 전부 치워져 감사한 기분이 들었으나, 잠시 후 쓰레기통 속에서 버려진 데이지 꽃다발처럼 한데 뭉쳐져 있는 걸 발견했다. 한 개를 집어 읽었다. "잊지 마세요. 옷, 신발, 그 봉투, 열쇠. 자외선차단제도 좀 사다주세요." 다른 쪽지에는 "고마워요. 행운을 빌어요"라고 쓰여 있었다. 그리고 웃는 얼굴 하나.

현관문 옆 벽에 예전에 입던 흰 모피 코트가 걸려 있고, 그 옆에 포스트잇 쪽지가 붙어 있었다. "내가 이 코트를 사준 이유는 그저 당신이 이걸 가졌으면 해서였어요. 당신과 함께 일한 때가 정말로 그리울 겁니다. PX."

현관문 자물쇠는 열려 있었다.

나는 옷을 입고 코트를 걸친 다음 밖으로 나가 엘리베이터를 타고 로비로 내려간 뒤, 유리문을 통해 터져들어오는 빛 쪽으로 어질어질하게 걸어가 거리로 나갔다.

"저기요." 수위가 부르는 소리가 들렸다. "내 말 들려요?" 그런 뒤 제복 바지가 뻣뻣하게 바스락거리는 소리와 함께 그가 쪼그려앉아 내 머리를 자기 손 위에 올렸다. 나는 바닥에 쓰러진 사실도 깨닫지 못했다.

누군가가 물 한 잔을 갖다주었다. 한 여자가 내 손을 잡고 로비의 가죽 안락의자에 앉혔다. 수위가 점심으로 싸 온 갈색 종이 봉투에서 달걀샐러드 샌드위치를 꺼내 내게 주었다.

"연락할 사람 있나요?"

사람들이 정말로 친절했다.

"아뇨, 아무도 없어요. 감사합니다. 그냥 현기증이 난 것뿐이에요."

한 주가 더 지나고서야 밖으로 나가 주변을 걸어다닐 힘이 생겼다. 다음날에는 세컨드 애비뉴까지 걸었다. 그 다음날에는 렉싱턴 애비뉴까지 내처 걸었다. 이스트 87번가의 식료품점에서 포장된 달걀샐러드 샌드위치를 사 먹었다. 카를슈르츠 공원 벤치에 몇 시간이고 앉아서, 작은 개들이 바닥에 타일을 깐 울타리 안 공간을 어정거리며 돌아다니고 개 주인들은 햇빛을 피해 휴대전화를 두드리는 모습을 바라보았다. 어느 날에는 누군가가 이스트 77번가 보도의 갓돌에 내놓은 책 무더기를 집으로 가져와 앞표지부터 뒤표지까지 한 권도 빠짐없이 읽었다. 미국 음주운전의 역사를 기록한 책. 인도 요리책. 『전쟁과 평화』. 『마오 II』. 『더미에게 물어봐! 이탈리아어』. 매드립스 게임* 책이 있어서 떠올릴 수 있는 가장 간단한 단어들로 직접 채웠다. 이런 식으로 네다섯 주를 보냈다. 휴대전화는 사지 않았다. 쓰던 매트리스는 버렸다. 매일 밤 아홉시가 되면 매끈한 나무마루 위에 누워 몸을 쭉 펴고 하품을 했고 아무런 어려움 없이 잠들 수 있었다. 꿈도 꾸지 않았다. 나는 막 태어난 동물 같았다. 해가 뜨면 일어났다. 68번가 아래 지역으로는 걸어가지 않았다.

6월 중순이 되자 핑 시가 놔둔 운동복이 너무 더워졌다. 108번가의 99센트 상점에서 흰 면팬티 한 묶음과 고무 슬립온 신발을 샀다. 할렘에 인접한 그 위쪽 동네가 마음에 들었다. 나는 빨간색과 파란색이 섞인 운동복 반바지에 헐렁한 운동복 티셔츠를

* 문장의 빈칸을 채우는 어휘 게임.

입고 세컨드 애비뉴를 따라 천천히 걸어다녔다. 아침마다 이집트인들의 상점에서 콘플레이크를 한 상자씩 사는 버릇을 들였다. 공원에서 다람쥐들에게 콘플레이크를 넉넉히 한 줌씩 먹였다. 커피는 마시지 않았다.

126번가에서 굿윌goodwill* 상점을 발견했다. 다른 사람들이 내놓은 물건들을 구경하는 일이 즐거웠다. 내가 냄새를 맡아보는 이 베갯잇은 어쩌면 어느 노인의 임종 때 쓰였을지도 모른다. 이 전등은 아마 어느 아파트의 소파 끝 협탁 위에 오십 년간 놓여 있었을 것이다. 그 전등이 불을 밝혀준 모든 장면을 상상할 수 있었다. 소파에서 사랑을 나누는 커플, TV 앞에서 먹은 수천 번의 저녁식사, 떼쓰는 아기, 엘크스 로지** 컵에 따른 위스키의 꿀빛 광채. 진정 굿윌이로구나. 그런 식으로 내 아파트를 다시 단장했다. 하루는 흰 여우털 코트를 굿윌 상점으로 가져가, 입구 옆 모퉁이에 난 문에서 기부 물품을 접수하는 십대 아이에게 건넸다. 그애는 그것을 담담하게 받으며 영수증을 원하느냐고 물었다. 가치를 평가하듯 털을 쓰다듬는 그애의 손을 보았다. 저걸 훔쳐 여자친구나 어머니에게 주겠구나. 나는 그러기를 바랐다.

---

* 저소득층의 직업적 자립을 돕는 미국 비영리단체.

** 미국 전역에 지부를 두고 자선사업 및 지역활동을 하는 단체.

그런데 그애는 커다란 파란 통 속에 코트를 던져넣었다.

8월에는 건전지로 작동하는 라디오를 한 대 사서 날마다 공원에 가지고 다녔다. 재즈 방송을 들었다. 곡명은 하나도 몰랐다. 콘플레이크 봉지를 펼치기만 하면 다람쥐들이 내게로 몰려들었다. 녀석들은 내 손바닥에서 직접 먹이를 받아먹었다. 시리얼을 바사삭 부수는 조그맣고 검은 손, 풍선처럼 부푸는 볼. "이런 돼지들!" 나는 다람쥐들에게 말했다. 녀석들은 내 조그만 라디오에서 나오는 음악에 불안해하는 것 같았다. 먹이를 줄 때는 음량을 낮췄다.

리바를 만날 때까지는 핑 시 생각을 그리 많이 하지 않았다. 8월 19일에 수위의 휴대전화로 리바에게 전화했다. 그 많은 수면과 망각에도 불구하고 나는 여전히 리바의 번호를 기억했고, 달력의 그날이 그녀의 생일임을 알았다.

리바는 그다음 일요일에 왔다. 그녀는 초조해 보였고, 지렁이 모양 젤리를 생각나게 하는 새로운 향수 냄새를 풍겼으며, 내 아파트의 이상한 가구 모음과 장식, 육 개월간의 실종, 휴대전화가 없다는 사실, 거실 벽을 따라 쌓인 곰팡이 핀 책 등에 대해 아무런 언급도 하지 않았다. 그저 "아, 참 오랜만인 것 같네" 하고는 내가 가리킨 곳—바닥에 피크닉 담요처럼 깔아놓은 굿윌 상점의 모포 위—에 앉아 회사에서 새로 맡은 일에 관해 재잘거렸다. 눈을 홉뜬 채 자기 상사를 'CIA의 도구'라고 묘사하고, 특정 전문용어를 강조해가며 자신이 맡은 일을 설명했다. 처음에 나는 그것들이 섹스 체위를 뜻하는 경구인가 싶었다. 리바의 모든 것이 괴로울 정도로 포르노 같은 분위기를 풍겼다. 무광 파운데이션, 진한 색으로 윤곽을 그린 입술, 그 향수, 당장이라도 움직일 듯 멈춰 있는 손. "혁신적 솔루션." "직장 폭력의 해부학." "강력한 목표." 그녀는 머리를 하나로 느슨하게 말아올렸는데, 내가 준 조그만 진주 귀걸이가 귓불에서 우유 방울처럼 피어난 모양이 변태스럽게도, 청순하게도 보인다고 나는 생각했다. 그리고 작은 구멍 장식이 있는 내 흰색 블라우스와 내가 준 청바지도 입었다. 그 옷들이 아깝거나 그립지는 않았다. 리바의 다리에는 이삼 센티미터 정도 긴 청바지는 밑단이 해졌다. 수선 전문점에 맡겨 바짓단을 고치라고 권해볼까 하는 생각이 들었다. 83번가에 전문점이 하나 있었다.

"이 소설을 〈뉴요커〉에서 읽었어." 리바가 거대한 핸드백에서 둥글게 말아놓은 잡지를 꺼내며 말했다. 소설 제목은 「수학을 못해서」였다. 클리블랜드에 사는 중국계 미국인 청소년이 PSAT*를

* 예비 대학수학능력 평가.

망치고서 다니던 중학교의 이층 건물에서 뛰어내렸다가 두 다리가 부러지는 이야기였다. 학교의 생활지도 교사가 소년의 가족을 압박해 그룹 상담을 받게 한 후, 소년의 부모는 슈퍼마켓 주차장에서 아들에게 사랑한다고 말하고 가족 모두가 울기 시작해 바닥에 무릎을 꿇고 통곡하는데, 다른 쇼핑객들은 아무런 놀라운 일도 벌어지지 않은 것처럼 모른 척하며 카트를 밀고 지나간다. "도입부를 들어봐." 리바가 말했다. "처음으로 그들이 그 말을 했다. 나는 그 사실이 내 정강이와 대퇴골이 부러진 것보다도 더 그들을 고통스럽게 했다고 생각한다."

"계속 읽어봐." 내가 말했다. 끔찍하게 못 쓴 소설이었다. 리바가 크게 읽었다.

듣고 있자니 핑 시가 머리에 떠올랐다. 작고 검은 눈으로 나를 응시하는 그 사람, 한쪽 눈을 감고 실눈을 뜬 채 물감 묻은 손에 든 붓을 앞으로 내밀어 내 몸의 비율을 측정하는 그 사람이 머릿속에 나타났다. 하지만 그게 내가 기억할 수 있는 전부였다. 그는 파충류 같은 소심한 존재로, 그와 비슷한 사람들, 주변 세상에 손을 담그고 이빨을 박는 대신에 돈과 대화에서 오락을 찾는 사람들의 마음을 울리기 위해 이 행성에 배치된 사람이라는 인상을 주었다. 얄팍하겠지, 아마도. 하지만 이 지구상에는 더 나쁜 사람들도 있다.

"나는 몇 달에 걸쳐 PSAT 준비를 했었다." 리바는 소설 전체를 읽었다. 적어도 삼십 분은 걸렸다. 그녀가 그저 분위기를 맞추려 한다는 것, 적당히 시간을 보내다 이곳을 나가 나를 영원히 떠나려 한다는 것을 나는 알았다. 어쨌든 그런 느낌을 받았다는 얘기다. 그녀가 그토록 거리를 둔다는 사실에 상처받지 않았다고 말할 순 없다. 하지만 그 점을 대놓고 따졌다면 그녀에겐 좀 가혹한 일이었을 것이다. 내게는 아무런 요구를 할 권리가 없었다. '재활센터' 혹은 내가 다녀왔다고 생각하는 곳이 어디든 그곳에서 경험한 일에 대해 그녀는 진정으로 듣고 싶은 마음이 없다는 사실을 나는 감지했다. 나는 움직이는 그녀의 입, 입술의 모든 잔주름, 왼쪽 뺨의 희미한 보조개, 두 눈에 달 모양으로 어린 슬픔을 바라보았다.

"청경채의 검은 줄기 하나가 말라붙어 쓰레기통 가장자리에 붙어 있었다." 리바가 읽었고 나는 그녀가 편한 기분을 느끼기를 바라며 계속 고개를 끄덕였다. 다 읽고 나자 리바는 한숨을 쉬고 핸드백에서 껌을 한 개 꺼냈다.

"가슴 아프다, 그치? 이렇게 냉혹한 문화라니."

"그러네, 가슴 아프네." 내가 말했다.

"이 중국인 아이에게 정말로 동질감을 느껴." 리바는 다시 잡지를 말면서 말했다.

나는 그녀의 접은 다리 위로 팔을 뻗어 손에 움켜쥔 그 잡지를 붙잡고 줄다리기하듯 당겼다. 리바가 가지 않았으면 했다. 머리 위 조명의 흰 불빛이 그녀의 빗장뼈 위에서 환히 빛났다. 리바는 아름다웠다. 그토록 심한 불안, 복잡하고 배배 꼬인 그 모든 감정과 모순과 두려움까지 다 포함하더라도. 리바를 직접 만나는 건 이번이 마지막이겠지.

"사랑해." 내가 말했다.

"나도 사랑해."

핑 시의 비디오와 그림은 8월 말에 더커트에 전시되었다. 전시회 제목은 '어느 아름다운 여인의 큰 머리 그림'이었다. 그 아니면 너태샤가 전시회 비평기사를 잘라서 페덱스로 보냈다. 따로 메모는 없었다. 전시회의 그림들은 침실에서 핑 시와 함께했던 날들에 대한 내 상상 속 기억과 달랐다. 나는 형편없이 그린 나체화 연작을 예상했었다. 하지만 핑 시는 나를 우타마로*의 목판화 스타일로 그렸고, 내가 입은 네온색 기모노에는 열대의 꽃과 립스틱 키스 자국, 코카콜라와 펜조일과 샤넬과 앱솔루트 보드카 상표가 인쇄되어 있었다. 모든 그림 속에서 나는 머리가 거대

* 일본 에도시대의 풍속화·목판화가 기타가와 우타마로.

했다. 핑 시가 내 진짜 머리카락을 콜라주로 붙인 초상화도 두어 점 있었다. 〈아트 포럼〉에서 로널드 존스는 나를 "죽은 이의 눈빛을 한 통통 부은 님프"라고 썼다. 필리스 브래프는 〈뉴욕 타임스〉에서 그 전시회를 "오이디푸스적 욕정의 산물"이라고 비난했다. 〈아트 리뷰〉는 "예상대로 실망스러운" 작품이라고 썼다. 그 외의 비평은 긍정적이었다. 이들 비평에서 묘사된 비디오 작품들은 카메라를 보며 아마 개인적인 이야기를 하는 듯한—어느 것에서는 우는—나를 찍은 것이었고 핑 시는 모든 영상에 더빙을 넣었다. 내 목소리 위에 입힌 소리는 핑 시의 어머니가 아들에게 광둥어로 남긴 길고 분노에 찬 음성메시지였다.

9월 초의 어느 날, 메트로폴리탄 미술관을 찾아갔다. 다른 이들이 각자의 삶으로 무엇을 했는지 보고 싶었던 것 같다. 혼자서 그림을 그리며 과일이 든 그릇을 열심히 오래 바라본 사람들. 포도가 시들며 말라가는 모습을 그들이 그저 바라보았을지, 시장으로 가서 사 온 다른 포도로 바꿔놓았을지, 마른 줄기를 버리기 전에 포도알을 몇 개쯤 먹기는 했을지 궁금했다. 자신들의 붓질로 불멸의 존재가 되어가던 대상을 그들이 어느 정도는 존중했기를 바랐다. 어쩌면 그날의 빛이 저물면 썩은 과일을 열린 창밖으로 내던지며 창 아래 거리를 지나는 굶주린 거지를 구할 수 있기를 바랐을지도 모르겠다, 나는 생각했다. 그러다 그 거지를 상상했다. 기름져 뭉친 머리칼에 벌레가 들끓고, 새의 날개처럼 펄럭이는 낡아빠진 누더기를 걸치고, 눈은 절망으로 이글거리며, 가슴은 우리에 갇혀 도살을 간청하는 동물 같고, 주민들이 도시의 광장을 거닐 때 영원한 기도를 드리듯 양손을 모은 괴물. 음울하고 낙담한 이들을 묘사하며 그림을 시작한 피카소는 옳았다. 그 청색들. 그가 창밖에서 본 것은 자신의 비참함이었다. 그 점을 나는 존중할 수 있었다. 하지만 이 과일 화가들은 작품이 아름다우면 죽음에 대한 두려움이 덜해지기라도 할 것처럼 오로지 자신의 필멸성만을 생각했다. 그 모든 그림이 거기 그렇게 무기력하고 노골적이고 무의미하게 걸려 있었다. 사물을 그렸으되 그 자체가 사물에 불과한 그림들이 자신의 불가피한 종말을 향해 시들어가고 있었다.

액자를 옆으로 밀면 나를 지켜보는 화가들을 볼 수 있을 듯한 느낌이 들었다. 반대편을 볼 수 있는 거울 너머에서 관절염에 시달리는 손마디를 뚝뚝 꺾고 까칠하게 자란 수염을 문지르며, 내가 자신의 무엇을 궁금해하는지, 내가 자신의 뛰어난 재능을 알아보기는 하는지, 자신의 인생이 무의미하지는 않았는지, 결국 오직 하느님만이 그들을 판단할 수 있지는 않은지 자문하고 있을 것 같았다. 그들은 더 많은 것을 원했을까? 발밑의 테레빈유에 찌든 걸레에서 더 짜낼 천재성이 있었을까? 더 잘 그릴 수 있었을까? 더 많이 그릴 수도 있었을까? 더 명확하게? 창밖으로 더 많은 과일을 떨어뜨릴 수 있었을까? 영광이란 진부한 것임을 알았을까? 그 시든 포도를 손가락으로 짓뭉개버린 뒤 여생을 풀밭을 거닐거나, 사랑에 빠지거나, 사제에게 망상을 고백하거나, 배고픈 영혼답게 굶주리거나, 한 번이라도 정직하게 도시 광장에서 동냥이나 구하며 살기를 바랐을까? 아마도 그들은 그릇되게 살았을 것이다. 위대함이 독이 되었을지도 모른다. 그들은 그런 의문을 품었을까? 어쩌면 밤에 잠을 못 이루었는지도 모른다. 악몽에 시달렸을까? 어쩌면 그들은 아름다움과 의미가 실은 서로 아무런 관련이 없음을 이해했을 것이다. 아마 천국의 문이란 없음을 내내 알면서도 진정한 예술가로 살았을 것이다. 창작도 희생도 한 인간을 천국으로 이끌지 못했다. 아니, 이끌었는지도 모른다. 어쩌면 초연한 태도로 아침을 맞으며, 붓과 기름을 오락거리로 삼을 수 있어서 행복해하고, 색깔을 섞고 파이프를 피우며 파리를 충분히 쫓아낸 뒤 작업하던 정물화로 다시 돌아갈 수 있어서 기뻐했는지도 모른다.

"물러서세요." 경비원이 하는 말이 들렸다.

내가 그림에 너무 가까이 다가갔다.

"물러서요!"

내 미래라는 관념이 갑자기 또렷하게 다가왔다. 즉, 미래는 아직 존재하지 않는다는 것. 나는 거기 서서 숨을 쉬고 내 몸 주변의 공기를 고요하게 유지한 채 무언가—아마도 어떤 생각—를 포착하려 하면서 그 미래를 만들고 있었다. 그런 일이 가능하기라도 한 것처럼, 그 그림들에 묘사된 망상—시간을 어딘가에 담고 사로잡을 수 있다는—을 내가 믿기라도 하는 것처럼. 무엇이 진실인지 알 수 없었다. 그래서 나는 뒤로 물러서지 않았다. 대신 손을 내밀어 그림이 걸린 액자를 만졌다. 그러다 메마르고 우둘투둘한 캔버스 표면에 손바닥 전체를 갖다댔다. 그저 내 영혼을 스토킹하는 하느님은 없다는 사실을 나 자신에게 증명하기 위해서. 시간은 유구하지 않았다. 사물은 그저 사물일 뿐이었다. "이보세요!" 경비원의 외침이 들렸고 그다음에는 어깨를 움켜쥐고 나를 옆으로 당기는 손을 느꼈다. 하지만 더 심한 일은 일어나지 않았다.

"죄송해요. 어지러워서 그랬어요." 나는 해명했다.

그게 다였다. 나는 풀려났다.

다음날 주 북부의 부동산 중개인이 손으로 쓴 편지를 보내 부모님 집을 사겠다는 이가 나타났다고 전했다. "만 달러를 깎아달라고 하는데 해주는 편이 낫겠습니다. 판매 대금은 주식에 넣겠습니다. 전화기가 고장났나보죠? 한동안 계속 그러네요."

센트럴파크로 가는 산책길에 그 편지를 챙겼다. 후끈한 바람에 실린 습기가 도시의 땀과 먼지와 때를 무성한 풀과 나무의 아찔한 향에 뒤섞었다. 주변이 온통 살아 숨쉬었다. 짙은 소나무와 낭창한 양치류 식물부터 거대하고 메마른 회색 바위 위에서 자라는 연두색 이끼에 이르기까지 모든 색조의 초록에서 생명이 약동했다. 노란빛을 퍼뜨리는 쥐엄나무와 은행나무에서도. 노란색이 겁쟁이 색깔이라고? 아니다.

"저건 무슨 새예요?" 환각 속 오색찬란한 까마귀처럼 보이는 새를 가리키며 한 아이가 젊은 엄마에게 묻는 소리가 들렸다. 진주빛 광이 나는 검은색 깃털은 번쩍이는 암흑에 무지개가 반사된 듯했고, 밝은 흰색 눈은 생명력을 발하며 바짝 경계의 빛을 띠었다.

"찌르레기야." 여자가 대답했다.

한 차례 숨을 쉬고 걸어가 벤치에 앉은 나는 지나가는 십대 무리의 머리 위를 빙글빙글 도는 벌 한 마리를 바라보았다. 버드나무 가지가 장엄함과 우아함이 깃든 속도로 흔들렸다. 다정함도 느껴졌다. 고통만이 성장의 유일한 기준은 아니야, 나는 속으로 말했다. 잠이 효과가 있었다. 부드럽고 차분한 기분이 들었고 감정도 살아났다. 좋은 일이다. 이제 이건 내 삶이다. 옛집 없이도 살아남을 수 있다. 나는 그 집이 곧 다른 사람의 기억 창고가 되리라는 사실을 이해했고 그건 아름다운 일이었다. 이제는 떨치고 나아갈 수 있다.

세컨드 애비뉴에서 공중전화를 찾았다.

"좋아요." 나는 부동산 중개인의 자동응답기에 말했다. "파세요. 그리고 다락에 있는 물건은 전부 버리라고 하세요. 전 필요 없어요. 제 서명이 필요한 서류는 우편으로 보내시고요."

그런 다음에 리바에게 전화했다. 그녀는 네번째 신호음에 숨을 몰아쉬며 긴장된 목소리로 전화를 받았다.

"헬스장이야." 그녀가 말했다. "나중에 얘기해도 될까?"

그런 일은 없었다.

여덟

9월 11일에 밖으로 나가 베스트바이에서 새 TV 겸 비디오플레이어를 샀다. 쌍둥이 빌딩에 충돌한 비행기들에 관한 뉴스를 녹화하기 위해서였다. 트레버는 바베이도스로 신혼여행을 떠났다는 사실을 나중에 알았지만 리바와는 연락이 끊겼다. 리바는 사라졌다. 그날 나는 비디오테이프를 계속 돌려 보며 스스로를 위로했다. 그후로도 계속 그것을 본다. 대개는 외로운 오후에, 혹은 인생이 살아갈 가치가 있는지 의문이 드는 다른 때에, 혹은 용기가 필요할 때나 지루할 때에. 북쪽 건물 78층에서 뛰어내리는 여자를 볼 때마다 나는 경외감에 사로잡힌다. 하이힐 한쪽이 벗겨져 여자의 위에서 날고 다른 한쪽은 너무 작은 듯 발에 끼워져 있으며, 블라우스는 허리춤에서 빠진 채 머리칼은 사방으로 흩어지고, 사지가 뻣뻣하게 굳어 아래로 곤두박질치는 동안 여름날의 호수로 뛰어드는 양 팔 하나를 들어올린 그 여자. 그 여자가 리바처럼 보여서가 아니라—사실 그게 리바라고, 리바와 거의 똑같다고 생각하지만—그리고 리바와 내가 친구였기 때문이라거나 이제 그녀를 다시는 보지 않을 거라서가 아니라, 그 여자가 아름다워서다. 저기 그녀가, 한 인간이, 미지의 세계로 뛰어들고 있다. 그녀는 완전히 깨어 있다.

잠을 통한 변신이라는 아늑한 환상

요즘처럼 경쟁적이고 분열적이고 치열한 세상을 살면서 평온하고 균형 잡힌 정신을 유지하기란 쉽지 않다. 마음을 다스리는 방법은 여러 가지가 있겠지만, 외부 환경을 바꾸는 일이든 자신을 들여다보고 성찰하는 일이든, 고단한 투쟁과 끈질긴 노력 없이는 단단한 정신을 기를 수 없다. 그런 힘든 과정을 겪느니 차라리 이리저리 흔들리며 마음의 멍을 안고 사는 쪽이 더 수월하게 느껴질지도 모른다. 그래서 술이나 약물이 주는 일시적인 평온이 고마울 수도 있지만 그 역시 나름의 대가를 치르지 않고는 얻을 수 없는 위로다.

하지만 우울함, 무기력, 열등감, 애정결핍 등등 각 증상에 맞춘 약들을 칵테일처럼 섞어 복용하고 깊이 잠들었다가 개운해진

정신으로 치유되어 일어날 수 있다면? 그렇게 해서 마음이나 몸에 아무런 해를 끼치지 않고도 자아와 과거와 정신이 만들어낸 쓰레기를 트럭 짐칸에 실어 내다버리듯 죄다 쏟아낼 수 있다면?

여기, 죽음을 불사하고 그런 유혹적인 방법을 실천한 한 여자가 있다. 오테사 모시페그가 2018년에 발표한 소설 『내 휴식과 이완의 해』의 주인공인 이 여자는 외적인 조건으로만 보면 모든 것을 다 가진 듯 아름답고 똑똑하고 부유한 젊은이지만, 그 정신은 사랑받지 못한 유년기에서 비롯된 삭막한 감정, 자만과 자기비하를 오가는 태도, 타인에 대한 혐오와 경멸로 바짝 메말라 있다. 누군가에게는 무기력하고 머리가 텅 빈 바비인형처럼 인식되지만, 미모에 가려져 드러나지 않아도 이따금 번뜩이는 통찰력은 그녀를 더욱 소외시킬 뿐이다. 주류에 끼려고 안간힘을 쓰는 사람들을 경멸하면서도 자신 또한 사랑과 인정을 갈구하며 자기파괴적인 삶을 이어나간다.

각자의 문제에 사로잡혀 자식을 사랑해주지 못하는 부모, 헤어지고도 끊어내지 못해 집착의 대상이 된 애인, 인정에 목말라 늘 다이어트에 매달리고 술에 의존하며 주인공에 대한 숭배와 질투가 뒤범벅되어 병적인 감정을 쏟아내는 절친까지, 그녀의 주위에는 진정한 공감과 든든한 정서적 지지를 해줄 사람이 하나도 없다.

그런 주인공이 무기력의 늪에서 빠져나오기 위해 선택한 방법은 획기적이다. 한 번 먹으면 사흘 내리 의식상실 상태에 빠졌다가 깨어나게 해주는 '인페르미테롤'이라는 약을 연달아 복용하면서 몇 달을 통째로 망각 속에 흘려보낸다는 것이다. 그렇게 약물에 의지한 평정 속에서 기억과 정신을 비워내고 깨어난 주인공은 그때까지 눈을 가리던 혐오와 경멸을 걷어내고 막 태어난 아기처럼 순수한 시선으로 세상과 사람들을 바라본다.

오테사 모시페그는 이란계 유대인 아버지와 크로아티아인 어머니 사이에서 태어난 미국인 작가다. 젊은 여성의 미묘한 심리, 억압과 탈출의 경험을 대범한 필치로 묘사한 장편 데뷔작 『아일린』에서 개성적인 문체와 서사 스타일을 확립했고, 뒤이어 발표한 『내 휴식과 이완의 해』에서도 백인 남성이 주류를 이루는 미국 사회에서 순응에 대한 압박에서 비켜나 있기에 차라리 자유로운 타자의 시선으로 자신이 속한 사회를 풍자하며 동시대 여성의 심리를 예리하고 냉소적으로 묘사했다.

약물 남용을 통해 새사람으로 거듭난다는, 상식적으로 터무니없는 전제를 태연히 밀어붙이며 과연 정신이 온전한 건지 의심이 드는 화자의 서술에 의지해 진행되는 이 이야기에서, 그런 일이 현실적으로 가능한가 묻는 일은 무의미하다. 주인공이 잠과 마음의 평화를 위해 한줌씩 입에 털어넣는 온갖 약물의 이름은 반은 진짜이고 반은 작가가 지어낸 것이다. 몇 달간의 중단 없는 잠을 가능하게 한 인페르미테롤 역시 가상의 약물로서 불타는 지옥을 의미하는 '인페르노'를 연상시킨다. 게다가 아직 시중에 나오지도 않았다는 이 약의 샘플을 준 정신과 의사 닥터 터틀이 행하는 말과 행동이 너무 황당해서 주인공조차 자신이 그 의사를 환상 속에서 만들어낸 건 아닌지 자문해볼 정도다.

그래서 이런 비현실적인 과정을 통해 정신의 쓰레기를 털어내버린 여자의 이야기는 유혹적인 만큼 의심스럽기도 하여 여러 질문이 꼬리를 물고 이어진다.

약이 마련해준 잠으로 한 해를 보내고 말갛게 깨어난 여자는 진정으로 구원받았을까? 잠에서 깨어난 그녀는 분명 다른 사람이 된 듯하지만, 그렇게 해서 새로 들어선 현실조차 또하나의 미몽은 아닐까? 그렇기에 그녀가 불타는 쌍둥이 빌딩에서 하늘을 나는 듯한 몸짓으로 추락하는 한 여자를 보았을 때, 완전히 깨어있는 상태로 죽음을 향해 돌진하는 그 여자가 아름답다고 느꼈을 때, 현실에 눈감은 채 망각에 의지해 새로 거듭나는 일은 있을 수 없음을, 새 삶으로 나아가기 위해서는 완전히 깨어 있어야

함을 비로소 깨달은 것은 아닐까? 빌딩에서 떨어지는 여자가 눈을 부릅뜨고 추락 지점을 응시하듯, 새로운 삶의 목적지가 머지않아 반드시 다가올 죽음임을 한시도 잊지 않은 채로?

민은영

옮긴이 **민은영**

고려대학교 영어교육과를 졸업하고 이화여자대학교 통번역대학원에서 석사학위를 받았다. 현재 전문 번역가로 활동중이다. 옮긴 책으로 윌리엄 포크너 『곰』, 아모스 오즈 『친구 사이』, 파울로 코엘료 『불륜』, 이언 매큐언 『칠드런 액트』 『차일드 인 타임』, 존 치버 『존 치버의 편지』, 폴 하딩 『에논』, 세라 윈먼 『마블러스 웨이즈의 일 년』, 앨리스 먼로 『거지 소녀』, 오테사 모시페그 『아일린』 등이 있다.

문학동네 세계문학
내 휴식과 이완의 해

1판 1쇄 2020년 3월 20일 | 1판 4쇄 2020년 8월 17일

지은이 오테사 모시페그 | 옮긴이 민은영 | 펴낸이 염현숙

책임편집 고선향 | 편집 김정희 이현정
디자인 김현우 최미영 | 저작권 한문숙 김지영 이영은
마케팅 정민호 이숙재 양서연 박지영
홍보 김희숙 김상만 지문희 우상희 김현지
제작 강신은 김동욱 임현식 | 제작처 상지사

펴낸곳 (주)문학동네
출판등록 1993년 10월 22일 제406-2003-000045호
주소 10881 경기도 파주시 회동길 210
전자우편 editor@munhak.com | 대표전화 031) 955-8888 | 팩스 031) 955-8855
문의전화 031) 955-3578(마케팅) 031) 955-1917(편집)
문학동네카페 http://cafe.naver.com/mhdn | 트위터 @munhakdongne
북클럽문학동네 http://bookclubmunhak.com

ISBN 978-89-546-7103-3 03840

잘못된 책은 구입하신 서점에서 교환해드립니다.
기타 교환 문의 031) 955-2661, 3580

www.munhak.com

2018 올해의 책

아마존 · 뉴욕 타임스 · 타임 · 워싱턴 포스트 · 가디언 · NPR · 엔터테인먼트 위클리
샌프란시스코 크로니클 · 허핑턴 포스트 · 커커스 리뷰 · GQ · 바이스 · 버슬

마거릿 애트우드 비호감 여자 주인공 가문에 탄생한 신랄하고 웃기고 어두운 새 식구.

조이스 캐럴 오츠 소름 돋게 냉정한 문장으로 숙성시킨 세련된 블랙코미디와 예리한 풍자, 드라마 <섹스 앤드 더 시티>와 영화 <레퀴엠>의 삐딱한 만남이 극강의 강렬함을 선사한다.

뉴욕 타임스 지독히도 염세적인 냉담함으로 글을 쓰지만 모시페그의 작품을 읽는 것은 늘 진정으로 즐겁다. 『내 휴식과 이완의 해』의 배경은 이십 년 전이지만 현재의 일처럼 다가온다. 동면이라는 발상이 매력적이다.

뉴요커 모시페그는 살아 있는 게 끔찍할 때 살아 있다는 문제를 다루는 가장 흥미로운 현대 미국 작가다. 존재의 소외라는 주제에 이상하고도 순수한 방식으로 접근한다.

가디언 모시페그의 지칠 줄 모르는 무자비함이 읽는 즐거움을 더한다. 코믹의 외피를 입고 있으며 실제로도 코믹하지만, 그렇다고 마냥 웃기다고만은 할 수 없고, 그럼에도 웃음이 터진다.

런던 리뷰 오브 북스 모시페그의 글은 은연중에 두려움에 들게 하는 힘이 있다. 표정 하나 변하지 않고 드러내는 솔직함, 부드럽게 가슴을 찌르는 문장들이 그렇다. 따라서 이 작품을 그 어떤 것과 비교하는 게 부적절하게 느껴진다.

보스턴 글로브 가슴 찡하고, 섬세하고, 성숙하다. 감히 말하건대, 이 재능 넘치는 작가가 지금까지 써온 작품 중 가장 진솔하다.

NPR 기이하게 매력적인 작품이다. 모시페그는 심술과 도발을 매력으로, 음침함을 뜻밖의 따뜻함으로 만들 줄 안다.

뉴욕 포스트 그저 약동하며 광적으로 재미있기만 한 작품이 아니다. 발칙하고도 속 깊은 걸작이다.